JN096613

贖罪婚
～それは、甘く歪んだ純愛～

栢野すばる

Subaru Kayano

Eternity

EB

エタニティ文庫

目次

贖罪婚 ～それは、甘く歪んだ純愛～

プロローグ

成瀬真那《なるせまな》、二十三歳、新婚。

夫、時生《ときお》の姓を名乗るようになって、一週間ほどが経っただろうか。

今夜も、真那は贖罪《しょくざい》のため、夫に抱かれていた。

かつて傷つけた男。自分を憎んでいるはずの人に。

時生はこの結婚について、真那を手に入れ、自分の地位が補強されて満足だとしか言わない。

――過去に縋《すが》っているのは、私だけ。愛しているのも、私だけ……

苦い切なさが胸の中で膨れ上がる。

だが、真那の身体は、淫《みだ》らな従順さで時生を受け入れていた。

「んっ、んん……っ……」

声を上げないように気をつけても、抽送のたびに息が乱れた。

「っ、あ、あ」

耐えきれずに、固く閉じていた唇から喘《あえ》ぎ声がこぼれる。

みっしりと中を満たす肉楔が引き抜かれ、また押し込まれるたびに、身体中にさざ波のような熱が広がってゆく。

昂《たかぶ》る肉杭を根元まで呑み込まされ、真那は思わず腰を揺すった。

「いや、……ぁぁ」

繋がり合った場所から、甘い蜜が幾度《いくど》となくしたたり落ちる。

「あんっ……あ……だめ、奥、そんなに……あ……っ……」

快楽のあまり、視界が歪んだ。

時生の手が、必死で背《そむ》ける真那の顔を、強引に前に向かせる。

汗に濡れた唇を押し付けられ、舌先で歯列をなぞられて、真那は従順に不慣れな舌先で応《こた》えた。

「く、ふ……」

口づけの合間にも隘路《あいろ》を攻め立てられ、くちゅくちゅという淫猥《いんわい》な蜜音が響く。

愛おしくて、気持ちよくて、真那の身体中から力が抜けていく。

けれど、どうしても、彼の顔を見られない。こんな乱れた表情を見られるなんて、恥《は》ずかしくて耐えがたいからだ。

「そんなに俺の顔を見たくありませんか」

真那を突き上げる動きを止め、『夫』の時生が問う。

時生は、笑っていた。まるで真那の拙《つたな》い反抗がおかしくてたまらないとでも言うように。

うっすらと汗に濡れた彼の顔は、吸い込まれそうな妖艶《ようえん》さを湛《たた》えている。

「そんなこと……あ……」

真那は、焼けるような熱杭に貫かれたまま、甘い疼《うず》きに歯を食いしばる。

時生と目を合わせたくないのは、愛されていないという事実に心が負けそうだからだ。

身体はこの上なく慈《いつく》しまれ、繰り返し絶頂を刻み込まれているのに、時生が真那に向けてくれる愛情は、三年前に消滅してしまったから。

引き締まった胸をかすかに上下させ、時生が薄い唇に笑みを浮かべる。

「俺の顔を見たくないなら、目隠しをしましょうか」

「……っ……え……？」

怯《おび》えた真那の顔に、アイマスクが掛けられた。

時生の匂いがする。彼が睡眠時に使用しているものなのだろう。

「な、なにを、時生」

視覚を奪われ、真那は戸惑った声を上げる。

「手も、俺に触らずに済むようにしますね」

時生の声音は、相変わらずなんの感情も感じさせない。

ずるりと音を立てて、中を穿《うが》っていた時生の肉杭が抜け出た。

「あ……」

みっしりと埋め尽くされていた淫洞が、物欲しげに蠢《うごめ》く。腿《もも》の辺りまで蜜に汚れたまま、真那は耳を澄まして様子をうかがう。

時生に満たされていた場所が、冷気に触れて冷え始めた。

――なにを……しているの……？

視界を塞《ふさ》がれたままの真那の手首に、ぐるりとなにかが巻かれた。

「自転車に乗るとき、ズボンの裾《すそ》を止めるマジックテープです。痛くはないはずですが」

真那の両手首をひとまとめにし、縛りながら時生が言う。

「え、い、嫌……」

視界はおろか、手の自由まで奪われてしまった。

全裸でなんという破廉恥《はれんち》な格好をさせられてしまったのか。

困惑する真那の両脚に手が掛かる。

脚を大きく開かれ、濡れそぼった秘部が晒《さら》された。

「ここ、ぴくぴくしていますね、まだ食べ足りないということでしょうか」

浅ましい姿を見られているのだ。

どこに視線が注《そそ》がれているのかを悟り、真那の身体がぴくんと跳ねる。

「……っ……あ……あの……」

真那は両脚を掴《つか》まれたまま、身じろぎする。

身体中が熱くなってきた。時生に見られることにも、恥《は》ずかしいことを言われるのにもこの一週間で慣れたはずなのに……

「ぐしょぐしょです、ほら」

言いながら時生が、先ほどまで肉杭を食《は》んでいた秘裂に、ずぶりと指を沈めた。

「ン、あっ！」

両手を戒《いまし》められたまま、真那は腰を浮かせる。視界を奪われているので、時生がなにをしようとしているのかわからなかった。

「あ……だ、駄目……汚れる、指……」

「これだけ濡れていれば、そうでしょうね」

一度指が抜かれ、二本に増える。真那のそこは、ぐちゅぐちゅと淫《みだ》らな音を立てて、二本の指を呑み込んだ。

「い、いや……あぁ……っ」

時生の指が、熱く火照《ほて》った淫壁を擦る。指との摩擦《まさつ》で、真那の下腹部がひくひくと波打った。

「あ、貴方、なにして……あ、あぁんっ」

擦られるたびに、とろりと熱いものが溢《あふ》れてくる。

「ひ、ん、あぁんっ、駄目、駄目よ、指、ん、くっ」

胸の上で結束された両手をぎゅっと握り、真那は身を縮める。

――だ、駄目……指になんか反応したら……あ……

真那は、甘い喘《あえ》ぎ声を堪《こら》えて懸命に口をつぐむ。

身体は本能的に、体内に押し入ってくる指をぎゅうぎゅうと締め付けた。

抜き差しのたびに、耐えがたいほどに恥《は》ずかしい音がする。

「ん、あぁぁっ、そこ、擦らないで、っ、あ！」

お腹の側の粘膜を、指で、ひときわ強く擦られた。

「ざらざらしてる……不思議な感触ですね。どこを触ってもびくびく震えて、本当に可愛らしい身体だ」

晒《さら》された乳房の頂点が、強い快感に収縮し、硬く勃《た》ち上がる。

「あ、嫌……指で、あぅ」

手を胸の上で組まされて、胎児のように丸まったまま、真那はひたすら指の悪戯《いたずら》に耐えた。

吐き出す息が、火で炙《あぶ》られたように熱くなってきた。

「嫌……？　そうかな。お身体とお口では意見の相違があるようですね」

合わさっていた時生の二本の指が、狭い蜜路をこじ開けるように開かれた。

「ん、うっ」

アイマスクに隠された目を、真那はぎゅっと閉じる。

腰をくねらせた反動で、蜜口から、どっと熱い雫《しずく》が溢《あふ》れ出した。

「指が食いちぎられそうです。葛城《かつらぎ》家のお嬢様だった貴女が、こんないやらしい身体をしていたなんて知りませんでした」

「い、いや、そんなこと言わないで……あ、あぁ！」

真那の抗議を封じるように、時生の親指が膨らんだ花芽をぎゅっと潰《つぶ》し、指がねっとりと前後に行き来する。

痺《しび》れに似た強すぎる疼《うず》きに、真那は足の指でシーツを掴《つか》んだ。

「あぁぁっ、嫌、これ、い、い……や……」

指を咥《くわ》え込んだ場所が、はくはくと開閉する。

心と裏腹に、身体は『もっと気持ちよくして』と素直にねだっているのだ。

――ゆ、指、指は嫌……

真那は自由を奪われた状態で、四肢を強ばらせた。

「ん、や、だめぇ……っ、あんっ、あ、っ」

「だめ……？　俺は続きもしたいんですけど。貴女は違うんですか？」

「あ、あ、違わな……っ、あ！」

真那の下腹が、刺激に耐えかねてひくんと波打つ。

目の前が赤くなってくる。真那の膣内が、ぎゅうぎゅうと収斂《しゅうれん》した。

花襞《はなひだ》が多量の蜜をこぼして、呑み込んだ指に絡みつく。

「ひ、あ……あぁ……」

情けなくも、甘えたような声が漏れた。あまりの快感にのけぞると、口の端からひとしずくの涎《よだれ》が伝い落ちてゆく。

「あ……はぁ……っ……」

汗ばんだ肌を火照《ほて》らせ、真那は身体中をぐにゃりと弛緩《しかん》させた。

びくびくとのたうつ隘路《あいろ》から、時生の指が無情に引き抜かれる。

熱い液体が垂れて、幾筋もシーツに広がっていく。

「ずいぶん美味《おい》しそうに貪《むさぼ》っていましたが……貴女は俺の指のほうが好きなのかな」

からかうような言葉に、真那は唇を噛む。

同時に時生の身体がのし掛かってきた。

――ああ……時生……

かき乱された思考では、なにも考えられない。かつて愛した、そして今でも愛しい『夫』

が、真那の濡れた唇にキスを落としてくる。

果てたばかりの下腹に、勢いを失わない熱楔が触れた。

その昂《たかぶ》りの大きさに、真那は息を呑む。

「続きをしてもいいですか？　奥様」

真那は、操られてでもいるかのように頷く。

挿れてほしい。中に時生の熱を注《そそ》いでほしい。

声に出せない欲望は、どうやら時生に伝わったようだ。

濡れそぼった秘所に、昂《たかぶ》りの先端が押し付けられる。

「く……う……」

蕩《とろ》けるほどにほぐされた場所は、はしたない蜜音を立てて時生自身を呑み込んだ。

「ああ、また締まりましたね。一度、指でイッたはずなのに。欲張りなお嬢様だ」

時生が、真那を焦らすように楔《くさび》をゆっくりと前後させた。

「ああん、あ、はぁ……っ……」

指で強引に果てさせられたはずの身体に、ふたたび快楽の火が灯される。

抱きつきたいのに、縛られた手では叶わない。

「真那さんの中、すごく熱いな……」

時生の声も、いつになくうわずっていた。

「もっとゆっくり可愛がって差し上げたいんですが……駄目だ、動きたい、動きますね」

ゆるゆると前後していた肉杭が、不意にずぶりと沈んだ。

「っ、ひぁ、っ！」

最奥を激しく突き上げられ、真那は不自由な姿勢でのけぞった。喘《あえ》ぐ身体が、時生に縋《すが》り付きたいと訴えてくる。けれど、自分では手をほどけない。

「あ、あ、時生……っ、あ……」

律動のたびに高まっていく官能を逃《のが》しきれない。

杭が行き来するごとに、貪欲に蜜が溢《あふ》れて抑えられなかった。

時生が真那の痩《や》せた腰に手を添え、獰猛《どうもう》な、打ち付けるような抽送を繰り返す。

「ん、ふ、あぅ……っ、あ、あぁんっ」

真那の中が、くちゅくちゅと激しい蜜音を立てる。激しい動きに、結合部からしたたり落ちた雫《しずく》がシーツにしみを広げていく。

時生が大きく息をついて、真那の顔からアイマスクを剥《は》ぎ取った。不意に視界が明るくなると同時に、胸の前で組まされていた手首の戒《いまし》めも外された。

視界に映った時生の目は、真那しか見ていなかった。快楽に呑まれる寸前の艶《なま》めかしい表情に、真那の隘路《あいろ》がひときわ強く疼《うず》いた。

「真那さん」

時生が掠《かす》れた声で真那を呼び、汗ばんだ身体を強く抱きしめた。

その抱擁《ほうよう》の意味もわからぬまま、真那は無我夢中で時生の背中にしがみつく。

時生を愛している。そして、身体だけは多分、時生に愛されている。

「あ、あぁ、っ、時生……っ」

めちゃくちゃな勢いで突き上げられ、揺すぶられながら、必死で手足を絡みつかせた。

強く抱き合っているせいで、乳房が胸板に潰《つぶ》されて苦しいくらいだ。

真那の目尻から、涙が伝い落ちる。快楽のあまりに流れた、生理的な涙のはず。そのはずだ。

力いっぱい真那をかき抱いていた時生が、小さな声を漏らす。

「……っ……は……っ」

なにも言わずに、時生が接合部を擦り合わせた。

時生の恥骨に潰《つぶ》された花芽から、快感が火花のように散り、身体中に広がる。

真那の隘路《あいろ》が、時生を搾り取るようにぎゅうぎゅうと収縮した。

「時、っ……あ、あぁ……っ」

身体中を震わせた真那の淫奥に、多量の熱液が吐き出される。真っ白な欲望に、真那のお腹の奥が染め上げられていく。

執拗《しつよう》に、刻み込むように、ドクドクと脈打つ楔《くさび》が奥へ押し込まれる。

真那の小さなその場所では、注《そそ》がれた多量の白濁を受け止めきれない。震える脚の間から、濁った欲液がとろりと溢《あふ》れ出す。

――熱い……焼けそう、お腹の中が……

吐き出された熱に淫窩を焼かれながら、真那は目を閉じて必死で息を整えた。ぐったりと真那にのし掛かった時生が、真那の頭に頬を擦りつける。まるで愛しい妻にするかのような仕草だ。

しばらく真那に頬ずりしていた時生が、額《ひたい》に、頬に、繰り返しキスをしてくる。こんな風にされたら、愛されていると錯覚してしまうのに……

口づけの雨を降らせていた時生が、満足したようにもう一度、真那を抱きしめた。

「……寝ていいですよ、真那さん」

その声は、いつも通り冷たい。

真那の目尻から、また涙が伝い落ちる。

――時生を傷つけたのは、私だ。三年前の、私……

「どうしてあのとき、約束を破ったんですか」

「え……？」

唐突で不思議な質問に、真那は薄く目を開ける。だが、頭を時生の肩のところに抱え込まれていて、なにも見えない。

「時生、今、なんて？」

「いいえ。お休みください。特に話すことはありません」

時生の汗を身体中で感じながら、真那は涙が滲《にじ》んだ目を閉じる。

真那にできるのは、時生の怒りと復讐心を受け止めることだけだ。夜ごと抱かれて啼かされても、拒むつもりはない。

触れられたい相手は、この世で時生だけだからだ。ある種、病的な潔癖さを持つ真那は、他のどんな男に触られることには耐えられない。それに……

『恋しい相手にしか触れられたくない』

その思いは、真那の立場では、ただのわがままだった。

わがままの果てにすべてを駄目にして、時生まで傷つけてしまったのだ。

——時生、ごめんね……ごめんなさい……

愛しい夫の身体を力の入らない腕で抱きしめ、真那はそのまま眠りについた。

第一章

葛城真那、二十三歳。

家族はなく、一人暮らしだ。

夕方の空はもう暗く、吐く息が真っ白くなるほどの寒さで、今にも雪が降りそうである。

――寒いなあ……

帰っても、家は冷え切っている。迎えてくれる家族もいないが、自分を叱咤《しった》して足を動かし続ける。

真那は、大手メーカー『葛城工業』の創業者一族の長男と、旧財閥の当主一族の長女だった母の間に生まれた。

父系、母系、共に代を遡《さかのぼ》れば、国内の名家の多くと血縁がある。真那はその『葛城家』の一人娘だった。

両親は一人娘の真那を大切に育ててくれた。

有能で誠実な父と、淑《しと》やかで優しい母。

愛し合う両親に守られた、幸せな毎日。

薔薇《ばら》色の人生だった。だが、両親の死で、真那の人生は変わった。

真那が高校一年生のとき、優しい両親は、車の事故で帰らぬ人となってしまったのだ。

亡き父のあとを継いで社長の座についたのは、父の弟である叔父だ。

だが彼は、重責に耐えられなかった。

叔父は、あっという間に精神のバランスを崩し、近づいてきたろくでなしたちに誘われるままに会社の金に手を出して、三年後に、特別背任罪で逮捕された。

会社が崩壊していく最中《さなか》、真那の母方の祖父、弾正太一郎《だんじょうたいちろう》は『亡《し》き娘の嫁ぎ先を救うために』と、孫娘の真那に何度もお見合いを強いた。

祖父は、弾正グループという金融系コングロマリットの総帥だ。

弾正家の傍流《ぼうりゅう》の出で、本家の跡取り娘だった祖母の婿として迎えられた。婿となったあと、身を粉にして弾正家の発展に尽くし、弾正グループのドンとして君臨するようになった。現在は、日本経済界の支配者の一人と言われている。

超一流のビジネスマンである祖父には、充分に葛城工業を救える目算があったのだろう。そのために、孫娘を通じて、葛城家への干渉を強めようと画策していたようだった。

優秀な『操り人形』を真那の夫に据え、間接的に葛城工業の経営を建て直そうと……

だが、間に合わなかった。

男性に対して、過度に潔癖である真那には、『政略結婚』は無理だったのだ。

真那に触れることができるのは、父と、『初恋の人』だけだから……

葛城一族は太一郎の助力を拒み続け、新社長となった叔父の暴走を止めることもできないまま、会社をライバル企業に売却することになった。

先代社長の一人娘だった真那も、父母から受け継いだ葛城工業の株をすべて手放した。

その際に得たお金は、弁護士と会計士に相談の上、母が生前支援していたNGO団体に寄付をし、住み慣れた屋敷や別荘、先祖伝来の調度品、両親の所有していた美術品などもすべて処分して、そのお金も寄付に上乗せした。

財産を手放した理由は、安全のためだ。

政略結婚を拒み続けた以上、祖父の援助は受けられないし、父母の遺してくれた財産は、二十歳の女の子が所持するには危険すぎる大金だったから。

政略結婚を果たせず、葛城工業を救えなかった跡取り娘には、なにも望む資格はないとわかっている。これからは、誰の迷惑にもならないよう、一人で生きていく。

祖父母にはそう宣言し、今ではほぼ絶縁状態だ。

過去を思い出しながら冷え切った足で自宅マンションへ急いでいた真那は、不意に、腕を掴《つか》まれた。

突然乱暴に引き留められ、真那は、ぎくりとなって振り返る。

真那を引き留めたのは、背の高い男だった。

黒のコートに、アッシュグレイのマフラーを巻いている。夜を切り取ったような姿だ。佇《たたず》んでいるだけで様になる、均整の取れた体つき。

引き締まった美貌《びぼう》には、なんの感情も浮かんでいない。見覚えのある男の顔に、真那は絶句した。

「こんばんは、真那さん」

感情のない低い声が、真那の耳朶《じだ》を打つ。身体中から血の気が引いてゆく。

真那は手首を掴《つか》まれたまま、背の高いその男を見上げた。

「時生、どうして」

漆黒の目で真那を見据える男の名前は、成瀬時生。真那の実家に勤めていた家政婦の息子。

幼なじみで、初恋の相手で……

そして、かつて真那が手ひどく突き放して、深く傷つけた人だった。

――どうして私に会いにきたの？　アメリカにいるはずなのに……

呆然とする真那に、時生がゆっくり歩み寄ってくる。

三年前よりも逞《たくま》しさを増した姿に威圧され、真那は、じり、と後ずさった。

「お久しぶりです」

落ち着き払った口調に、真那は我に返る。

「え、ええ……久しぶり、いつ日本に？」

「三ヶ月ほど前に戻りました。真那さんはお仕事帰りですか？」

時生が薄い唇を開く。ひどく他人行儀な口調だった。

少なくとも、真那の記憶にある優しい声ではない。

放心状態で立ち尽くす真那に、時生が感情のない声音で続けた。

「ずいぶん、みすぼらしいお姿ですね」

時生の言うとおりだ。

かつての真那は、日本でも指折りの富豪の娘として、すべてにおいて満たされた暮らしをしていた。けれど、今は……

政略結婚を果たせず、祖父の期待を裏切った真那に、贅沢《ぜいたく》する資格はない。

だから、ただひたすら彷徨《さまよ》って、そのうちいつか、朝露《あさつゆ》のように消えられればいいと思っていた。

「なにをなさっているんですか。上流階級の男に嫁ぐ予定だったのでは？」

憎悪《ぞうお》に満ちた時生の声に、真那は唇を噛んだ。

三年前の別れの日、真那がついた『嘘』は、いまだに時生の胸に残っているとわかったからだ。

……あのときの真那には、時生に嫌われる必要があった。幼い頃からずっと時生だけが好きで、その恋心を、後見人である祖父に知られてしまったからだ。

『成瀬め、使用人の息子の分際で、私の孫娘をたぶらかしおったな。真那、お前もお前だ！　あんな生まれの悪い男に近づくのは金輪際《こんりんざい》許さんぞ』

祖父の厳しい声が真那の心に蘇《よみがえ》る。

両親の死の直後、二人の中を誤解し怒り狂った祖父の手によって、時生はひどい圧力を掛けられた。時生は、兄代わりとして真那を守ろうとしてくれただけ。ただ一方的に、真那が時生を慕っていただけなのに。

ちょうど大学を卒業する歳だった時生は、祖父の陰謀で国内での新卒就職の道を閉ざされ、アメリカに発《た》たざるを得なかったのだ。

だから、真那は、葛城家が崩壊したとき、居住中のアメリカから駆けつけ、助けの手を差し伸べてくれた時生を突き放した。

『もう助けにこないで、お祖父様が、また貴方にひどいことをするのが怖い』

真那はそう思い、時生を振り切ると決めたのだ。

時生のように誠実な人間と断絶するためには、その人間にふさわしくない『卑怯者』になり見切りを付けられるのが、一番効果的だ。

だから真那は、あのときわざと、取り返しが付かないくらいに時生を傷つけた。

「貴女は、使用人の息子風情《ふぜい》が勘違いするなと俺に言いましたよね？」

凍《い》てつくような時生の声に、真那は頷く。

「ええ、そう言ったわ」

真那は時生に悟られないよう歯を食いしばり、低い声で続けた。

「時生も知っての通り、私は世間知らずでしょう。お相手をえり好みしすぎて、結局縁談は決まらなかったの。その挙げ句に、お祖父様に反抗して、見捨てられて、この有様よ」

この言い訳で、賢い時生を誤魔化《ごまか》せるだろうか。

真那は懸命に無表情を保ったまま、時生に尋ねた。

「それで、どうしたの？　私を笑いにわざわざ来たの？」

「ええ、そうですよ。貴女が片田舎のウィークリーマンションで一人暮らししていると聞いて、俺を振ったお嬢様が今、どんな顔をなさっているのか見にきました」

時生の形のよい唇が歪んだ。

記憶の中の時生の声とまるで違う。氷のような声だ。ひと言ひと言が、いつの間にか降り始めた重い雪の礫《つぶて》と共に真那に打ち付けられる。

――動揺した顔を見せては駄目。

真那は湿った髪を、冷え切った手でかき上げた。

「明日も仕事だから帰るわ、ごきげんよう」

だが、振り切ろうとした真那の腕は、もう一度大きな腕に掴《つか》まれ、引き留められた。

「放して」

「いいえ」

時生の腕は緩まない。真那を見下ろす目は、叩きつけるぼた雪より冷たくて、反抗する言葉が喉の奥で溶けていく。

「真那さんは今、フリーの翻訳家として細々と収入を得つつ、財産を処分した際の残金を切り崩しながら生活しているんですよね？」

なぜ時生は、真那の今の仕事まで知っているのだろうか。

真那は素早く視線を走らせ、時生の服装を確認する。

上質な仕立てのコートだ。スラックスの生地も、雪に濡らすには惜しいような品に見える。

かつての真那が見慣れた『裕福な男性』の装《よそお》いだった。

――多分、興信所を使ったのね。でも、なぜ今更、私のことを調べたんだろう。

湧き上がる疑問を一旦胸に納め、真那は冷え切った唇を開いた。

「そうよ。今は経験を積んでいる最中なの」

「へえ、それが真那さんの今の夢なんですね。財産まで捨てる必要があったんですか？二度と上流階級に戻らないと言わんばかりのお振る舞いですが、なぜそこまで？」

「だから、言ったでしょう。世間知らずだったから、あのときはこれでいいと思ったのよ。失敗したと気付いたときには遅かっただけ」

自嘲《じちょう》するように真那は答えた。

「それで、真那さんは行き当たりばったりに生きてきて、今に至ると？」

真那は唇を噛み、頷いた。

「ええ。そうよ。貴方こそ、今更なぜ私に会いにきたの？」

真那の問いに、時生が短くため息をつく。整いすぎた顔からは、なんの感情も読み取れない。冷たい面持《おもも》ちでなにかを考えていた時生が、意を決したように唇を開いた。

「あのメールを送ってきたのは、真那さんですか？」

「メール……？」

時生の連絡先は、三年前から知らない。

真那の怪訝《けげん》な表情に納得がいったのか、時生は首を横に振った。

「『まなをむかえにいってください』って書いてあったんですよね。誰が送りつけてきたんだろう」

時生の言葉に、真那は眉根を寄せた。

「私を迎えに？　そんなことを貴方に頼む人がいるとは思えないのだけど」

「俺もそう思います。ですが、悪戯《いたずら》に乗せられるのも面白いかなと思ったので」

時生の薄い唇に、ほのかな笑みが浮かんだ。

「あんな風に切り捨てられた『番犬』が、また『お嬢様』を迎えに行ったらどうなるか、確かめたくなったんです。貴女に嫌がられるのか、軽蔑《けいべつ》されるのか」

真那の腕を掴《つか》む手に力がこもった。黒い瞳に浮かぶ冷たい光が、強さを増す。

「三年前は、本気で真那さんを助けたかった。俺も純情でしたから」

冗談めかしているけれど、血の滲《にじ》むような声だった。

「一緒に来てほしかったんです、アメリカに」

時生はあのとき、政略結婚を強《し》いられている真那を守りたい。祖父の怒りを買ってもいいから、駆け落ちのフリをしてどこかに逃げよう、と言ってくれたのだ。それなのに……。

「ごめんなさい」

うわずった声で、真那は謝罪を口にする。だが時生は答えてくれない。

「もちろん謝罪だけですむとは思っていないわ。だけど、貴方はここになにをしに来たの？　お祖父様に見捨てられた私を見て、溜飲《りゅういん》を下げるため？」

「まさか。そこまで嫌な男じゃないですよ。もう少し前向きな理由で来たんです」

「そ、そうだとしても、どうして……急に……」

時生の低い声が、不意に、表現できない歪みを帯《お》びた。

「真那さんは今、なにを考えていますか？　使用人の息子に付きまとわれて怖い、とか？　だから、そんなに震えていらっしゃるんですか」

「ち、ちが……」

「……結婚していないのは、どうしてですか？　俺以外の男にご自分を高く売りつけるのではなかったんですか？」

「あ、あの……それは……」

「どんな男ならよかったんです？　金持ち？　品がある？　生まれがいい？　教えてくださいよ、俺が貴女に踏みにじられて、選んでもらえなかった理由を」

「ど、どれも、違う……から……」

皮肉で言われているとわかるのに、異性の話を持ち出された嫌悪で、真那の身体がますます震え出す。

愛してもいない男性と結婚させられることを考えると、こうなのだ。

相手がどんなにいい人で、祖父が選んでくれた間違いのない人であっても、駄目だ。好きになれない相手に触れられることを思うと、嫌悪と恐怖でなにも考えられなくなる。

専門医のカウンセリングを受けても改善しなくて、医者も匙《さじ》を投げた。

身をすくませる真那に時生は顔を近づけ、切れ長の黒い目で、じっと覗《のぞ》き込む。

「俺が触るのは、まだ平気なんですか？」

あっと思う間もなく、時生の腕が背中に回り、真那の身体をしっかりと捕らえる。嫌悪感はなかった。されるがままに抱き寄せられ、真那の身体から力が抜けそうになる。

「ああ、平気みたいですね。お気の毒に。この厄介な症状さえなければ、真那さんは今頃どんな男でも選べていたはずなのに」

時生の声が、小暗く歪んだ。

昔から、真那に触ることができる『男性』は時生だけだった。今となっては残酷な事実だ。

深く傷つけた相手だけが、真那の身体に触れることができるなんて。

「さっき俺に謝ってくれたのは本気ですか？」

真那は必死で頷く。一方的に傷つけたのは真那だから、なにも言い訳はできない。だが、傷つけて申し訳なかった、取り返しのつかない非礼を働いたと思っているのは事実だ。

「本当に、本気で？　じゃあ、俺がなにかをお願いしたら、お詫びにそれを叶えてくれたりします？」

「お、お願い……？　それはなに？」

償《つぐな》える方法があるならば、と、真那は縋《すが》るような気持ちで顔を上げた。

真那の顔を覗《のぞ》き込む時生の顔には、昔のような優しさも、温もりも、欠片《かけら》も見当たらなかった。

すくむ真那の目をひたと見据えながら、時生がゆっくりと言う。

「俺と結婚してください。……この間、新生葛城グループの取締役に就任しましたので、それなりの配偶者が必要になりました」

ひときわ強い風が吹き付け、真那の髪を巻き上げる。雪が髪やコートに張り付き、冷気が身体に食い込んだ。

――結婚……？　私の実家が所有していた会社の、役員に就任……？

ひどく遅れて、時生の言葉が真那の頭に届いた。

「と、時生、なにを」

聞き間違いかと思う真那に、時生は言った。

「三年前に売却された葛城工業は、半年前に再度社長を交代し、経営の更なる立て直しを図ることになりました。俺は海外の同業他社でのコンサルティング経験を買われて、葛城工業にヘッドハンティングされたんです。いえ、正しくはあらゆるコネを使って、ヘッドハンティングされるように動きました。面白そうでしたからね、葛城家の元使用人の息子の俺が、あの会社の役員になれるなんて」

真那は呆然としつつ、時生の言葉を反芻《はんすう》した。

葛城家はかつて、閉鎖的な同族経営を貫く会社だった。

しかし、カリスマ経営者だった父が急逝し、叔父が経営に失敗したため、ライバルだった同系統の企業に一旦買い取られた。

それでも統合はうまくいっていないと聞いた。

おそらく、機能不全に陥《おちい》った葛城工業を立て直すために呼ばれたのが時生なのだろう。

時生はまだ若いが、大学時代からベンチャー企業を成功させた手腕の持ち主だ。

アメリカに渡ったあとは、世界的なコンサルティングファームで、卓越した業績を残したと聞く。アジア人では二人しかいない、二十代でのディレクター就任も果たしたと。

「だけど、あの会社にはまだまだ、葛城の関係者が残っているんですよね。仕事を進める上で、身分のない俺の話に耳を貸さない、どうしようもない老害共が」

冷たく怒りに満ちた口調だった。

葛城工業を他者に売るとき、真那は両親から受け継いだ株式のすべてを新会社に譲渡《じょうと》したが、あの会社に残った親族もいる。今でも会社の幹部として勤めているはずだ。排他的で、自分たちを特権階級と見做《みな》す態度も変わっていないだろう。

そんな中で、優秀なエリート取締役として迎えられた時生への風当たりは強いに違いない。

「ですから、貴女を手に入れて、俺に足りない『身分』を補強します。貴女は腐っても葛城本家のご令嬢、財産だってご自分の意思で寄付されただけで、別に落ちぶれたわけではない。上流階級の方々も、いまだに真那さんとの縁談を望んでいる方が多いと伺っています。なにしろ真那さんは、あの弾正太一郎の孫娘ですからね」

言い終えた時生が、薄く笑う。

「俺は自分に箔《はく》を付けたいんですよ。それから真那さんがお持ちのコネクションも利用させてほしい。このお上品な世界でも『友人』を作らないといけませんから。それには同じ世界の住人からの招待状が必要だ。真那さんには、その招待状を用意して頂きたい」

次から次へと繰り出される『予想外の話』に、真那は愕然《がくぜん》とする。

「そ、そんな理由で、結婚したいなんて」

抗《あらが》う言葉は弱々しい声にしかならなかった。

「……まあ、どうしても俺との結婚を断るというなら、諦《あきら》めます。今後は見合い相手に脚を開いて、頑張ってください」

突然、時生が投げ出すような口調で吐き捨てた。

「い……いや！」

殴りつけられたような衝撃が走り、弱々しい惨《みじ》めな叫びが漏れ出す。

愛していない男に触れられるなんて、絶対に嫌だ。

震え続ける真那を見て、時生が笑った。

自分の言葉が、的確に真那の急所を刺したことがわかったのだろう。獲物を仕留めた狩人のような笑みだった。

『見合い相手に脚を開け』という衝撃の言葉に打ちのめされた真那に、時生が言った。

「……諦《あきら》めて、俺と結婚してくださる気になりました？」

かたかた揺れ続ける手を上げ、真那は額《ひたい》を押さえる。

駄目だ。この状態ではなにも考えられない。

血の気が引いた真那に、時生は優しい笑顔で告げた。

「別に逃げても構いません、追いかけっこも楽しそうですし。ただし俺はしつこいですよ」

愕然《がくぜん》として真那は時生の顔を見上げる。

時生が空いていた片手で、真那の髪を優しく梳《す》く。

傍目から見たら、周りの視線も忘れて寄り添う恋人同士のように見えただろう。

歯の根が合わないくらい震え続ける真那を見て、時生が笑った。

「もう一度聞きます。お見合い結婚をして、夫になった男に犯されるのはお嫌なんですね？」

すっかり血の気の失せた顔で、真那は素直に頷いた。どうしても嫌だ、それだけは。

他になにも考えられない。

「じゃあ、交渉成立です。行きましょう」

時生が、真那の手から鞄を奪い、もう片方の手で腕を掴《つか》んだまま歩き出す。

真那はよろめく足取りで、時生のあとを付いて歩き出した。

隙を見て真那の弱みを的確に突き、脅して、正常な思考を奪った手腕は、冷酷で見事だった。昔の優しい時生と同じ人間には思えない。

——私が貴方を傷つけたせいなの……？

その問いの答えは、どこからも得られそうになかった。

第二章

葛城真那、二十歳。

両親はすでに亡く、父が守《も》り立てた会社も、その弟の手によって見事に潰《つい》えた。

そして真那は財産も屋敷もすべてを捨てて、再出発しようとしている。

――私は葛城家の後継者にはなれない。だって、政略結婚はできないから。だからこの家の『お嬢様』であることも辞めるわ。

真那はため息をついて、住み慣れた部屋の中を見回す。

がらんとして、なにもない。今日は、引っ越したばかりの新居から、売りに出す実家の最終チェックにやってきたのだ。

両親が愛用していた小物だけは処分せず手元に残した。換金する予定はない。ジュエリーや万年筆、時計など場所を取らない品物だけ思い出として持っていき、普段から使おうと思う。

真那はため息と共に自分の姿を見下ろす。

グレーのニットに、黒のパンツ。他の服も、喪に服しているようなそうでないような、無彩色の服ばかりだ。灰色が一番、真那の心にふさわしい。きっと一生、この色を纏《まと》って生きるだろう。

量販店で購入した無地の服を着た真那を見て『数十億の財産を手放したばかりの、元お嬢様』だと思う人はいないに違いない。

このまま誰からも顧《かえり》みられずに消えていくのが、今の真那の望みだった。

亡き両親は『男性への嫌悪感を抑えられない』と悩む真那の意思を尊重してくれた。

父は、祖父の代で傾きかけた葛城工業を立て直したカリスマ経営者で、父が社長の座にいる限りは、経営はまず安定するだろうと見做《みな》されていた。

見合い結婚だった両親は心から愛し合っていて、真那の幸せを願ってくれる人たちだった。

『……どうしてもお見合いが嫌なら仕方ないわね、貴女は、私そっくりな頑固《がんこ》娘だもの。お母さんは真那が本当に好きな人に出会えるように応援するわ』

親族から真那の婚約をせっつかれても、母は、いつも盾になって庇《かば》ってくれた。

父も『娘の気持ちを優先してあげたいし、大きくなれば自分で相手を見つけるだろうから』と、母同様に真那を守ってくれた。

けれど幸せな日々は、両親の死と共に終わった。父の弟には、葛城工業を支える力がなかったのだ。

だから、跡継ぎ娘の真那は、早急に『政略結婚のための道具』にならねばならなかった。

母方の祖父、弾正太一郎の支援を受けるため。祖父が目星を付けた『優秀な男』を夫に迎え、葛城工業の新たな経営者となってもらうため。

同族経営を絶対に譲らない葛城工業に、稀代《きだい》の辣腕《らつわん》と呼ばれた弾正太一郎の力を取り込むために。それなのに……。

――私は、弾正のお祖父様の言いつけに背《そむ》きました。葛城家の後継者として、なんの役にも立てませんでした。許してください、お父様、お母様。

真那は顔を上げ、生まれ育った屋敷の玄関扉を開いた。目の前に、素晴らしい庭が広がる。

葛城家の庭は昔から美しいことで有名で、父母は知人や親戚を呼んでよく園遊会を開いていた。

真那がこの庭に戻る日は二度と来ない。どうか次の買い手が、父母の愛した庭園を美しく保ってくれますようにと心の中で祈ったとき……。

「真那さん」

懐かしい声が聞こえた。視線の先に、門から入ってきたとおぼしき青年の姿が映る。

「時生……」

真那は思わず足を止めた。なぜ、彼がここにいるのだろう、日本にはいないはずなのに。

目を丸くした真那に歩み寄り、時生は言った。

「よかった、間に合って」

久しぶりに目にした姿に、どうしようもなく胸が騒ぎ始める。

「お、驚いたわ。貴方はアメリカにいたんじゃないの」

真那の問いに、時生が昔と変わらない静かな声で答えた。

「一時帰国したんです、休みを取って」

時生が切れ長の目を細める。

艶《つや》のある漆黒の瞳に見つめられ、真那は動けなくなる。引き締まった輪郭《りんかく》もまっすぐに伸びた背中も、最後に見たときより、男らしく力強く見えた。

成瀬時生は、真那より六つ年上の幼なじみだ。

長年真那の実家で働いていた家政婦、成瀬康子《やすこ》のひとり息子で、夫の浮気で独り身となった彼女に、女手一つで育てられていた。

幼い頃の時生は、台所の隅で母を待ちながら、勉強をしていた。

大きくなってからも、母の康子から力仕事に駆り出されて、よく葛城の屋敷に顔を出してくれたものだ。だから、真那とも頻繁《ひんぱん》に顔を合わせた。

真那の父は、時生に目を掛けていた。

もしも父が生きていたら、時生を葛城工業の重役候補として迎えたがったかもしれない。

『真那は、時生君をお婿さんに迎えたいのか？』

父のからかい半分の言葉に真那は、真っ赤になったものだ。

恐らく両親は感づいていたのだろう。異性に対しての娘の病的な狭量《きょうりょう》さでは、幼なじみの時生しか受け入れられないのだ、ということを……

──親だもの、気付くよね……

ほろ苦い気持ちで、真那は父の笑顔を思い返した。

──私も、いつか、時生のお嫁さんになれたらいいなぁって思っていたわ。時生も私を好きになってくれたらいいなって……本当に、子供だったな。

懐かしい。今となっては、なにもかもが遠い夢の話だ。

「母に真那さんのことを聞いて、すっ飛んできました。旦那様の弟さんが捕まったって聞いて」

多忙な時生は、休みを取るのだって大変だったろうに。

時生がどれほど真那を案じていたか、痛いくらいに伝わってきた。

昔からそうだ。時生は、『母の雇い主の娘』に過ぎない真那を、とても大事にしてくれた。

真那のうぬぼれでなければ、本物の妹同然に思っていてくれたはずだ。

「こんなことになってるなら、メールで教えてくれればよかったのに」

──連絡なんてできるわけがない。貴方は心配して駆けつけてくれるもの。

真那の脳裏に、祖父の顔が浮かぶ。

『お前をたぶらかした男を私が許すと思うか。娘夫婦はあの成瀬とやらを可愛がっていたのかもしれないが、もう状況は変わった。真那、お前は私の指示に従いなさい』

胸に、一筋の冷や汗が伝った。

時生が大学を出たばかりの頃、祖父が彼をどんな目にあわせたのかを思い出したからだ。

日本での就職をことごとく邪魔され、排除され、彼は新天地を求めてアメリカに旅立たざるを得なかった。真那のせいで、時生は人生を狂わされてしまったのだ。

「ごめんなさい。一人で大丈夫だから、私」

無意識に顔を背《そむ》けた真那の手首が、不意に握られた。

「そうですか？　俺にはそうは思えない」

──時生……そうよね、貴方は覚えているはずだわ。私がどんなにお見合いを嫌がっていたか……貴方に心配してもらえて、私は本当に幸せ者だわ。

目頭が熱くなる。真那にとって時生は、物心ついたときから憧《あこが》れの人だった。

母親を支え、苦学しながらも、澄み切った水のように綺麗《きれい》な空気を纏《まと》った、年上の男の子。

名家の令嬢として贅沢《ぜいたく》に育てられた世間知らずの真那にも優しく、『お嬢様と使用人の息子』という関係だからと卑屈になることもなかった。

いつもまっすぐに背を伸ばして、自分のすべきことを見据えているような、大人びた時生。

真那の目には、時生は神様から素晴らしい『ギフト』をもらった人間に見えた。

時生に対する真那の評価は今でも変わらない。彼は素晴らしい人だ。生まれも立場も時生の本質には関係ない。お見合いで、どんな名家のエリート御曹司に引き合わされても、真那には『時生が一番いい』としか思えなかったのだ。

吸い寄せられるように時生を見つめていた真那は、慌てて、視線をもぎ離した。

「時生は、自分のために時間を使って。心配してくれてありがとう」

二人の間に、沈黙が満ちた。握られた手首がひどく熱く感じる。

時生以外の男性は全部駄目なんて、真那の個人的な事情に過ぎない。

儚《はかな》い初恋は、今日で終わらせる。時生には明るい未来に旅立ってもらおう。ただ真那に親切にしただけで、嫌がらせされて苦しむような、理不尽な思いはもうさせない。

「真那さんは、これからどうするつもりなんですか」

時生から目を逸《そ》らしたまま、真那は小さな声で答えた。

「叔父様の件で、騒動になってしまったでしょう。だから今後は、どこか遠くで暮らすつもり。家のことは、弁護士さんたちに一通り対応してもらったから大丈夫。私のお金もふさわしい団体に寄付したわ。身軽になったから……私は大丈夫よ」

不安なときこそ、大丈夫だと繰り返してしまうものだ。違和感を覚えたのか、時生がかすかに眉根を寄せる。

「真那さん、大学はどうされたんですか？」

「辞めたわ。自分で勉強するからいいの。こんなことになってしまって、周囲から好奇の目で見られて、通いづらいし」

そう答えたとき、真那の胸はかすかに痛んだ。本当はもっと勉強して父の跡を継ぎたかった。そのときに、隣に時生がいてくれたらいいな、と夢見ていた。

未練は判断を鈍らせる。もう時生の前から去ろうと心を決めた瞬間、彼が口を開いた。

「あの……真那さん……」

思いつめたような口調に、真那は思わず目を開き時生を見上げる。

いつも落ち着き払っている時生の声は、わずかにうわずっていた。

「俺が就職したあと、母も無事に再婚しました。あとは、真那さんだけです。俺の力では、昔と同じようには無理ですが、……俺を頼ってもらえませんか？」

恋しい相手の優しい言葉に、真那の胸が疼《うず》いた。時生がこんなことを言い出した理由は薄々察しが付く。

亡き両親は、シングルマザーで苦労していた時生の母を助け、屋敷の家政婦として雇い、時生のことも大学に通えるよう支援していた。

時生にとっては、真那の両親は恩人なのだ。だから彼は、そのお返しに真那を助けてくれようとしているに違いない。

――お父様とお母様はもういない。私のことなんて無視しても、誰も貴方を責めないのに……お祖父様だって、あんなに貴方にひどいことを言ったのに。孫に近づくなとか、お父様とお母様のお葬式に来ないでくれ、とか……

優しくてまっすぐで、えもいわれぬ情熱を湛《たた》えた目だ。

涙が滲《にじ》みそうになり、真那は無言で首を振る。

「気持ちだけで充分よ、ありがとう。具体的にお願いできることはないから、あとの自分の始末は自分で付けます」

「い、いや、そうではなく……あの……」

整いすぎた顔をかすかに赤く染め、時生がやや途切れがちな口調で言った。

「俺と結婚、か……形だけでもいいので、結婚して、一緒にアメリカに来てください。貴女はずっと俺が守りたい」

勇気を振り絞ったのだろう。

時生の口調は、いつになくぎこちなかった。

朴訥《ぼくとつ》な言葉に、真那の身体がふわりと温かくなる。

好きだった人に守りたいと言われて、嬉しかった。泣きたいくらいに嬉しい。

だが、時生は、もう真那の嵌《は》まった泥沼に関わらなくていい。

せっかくこれまで未来を切り開こうと頑張ってきたのだから、そのまま明るい場所に行ってほしいと思っている。

迷惑を掛けるのが怖い。足手まといには、なりたくない。

「行かないわ」

真那はきっぱり首を振った。だが、時生は諦《あきら》めなかった。

「俺は昔から貴女が大事なんです。だから守ります。一緒に来てほしい」

真摯《しんし》な声音に、真那の視界がぐにゃりと歪んだ。

六つも年下の、妹も同然の幼なじみ。そして、恩人の娘。

愛されてはいなくても、信じられないほど大切にしてもらえる。だからこそ、縋《すが》ってはいけないのだと改めて実感した。

――泣くな。

自分にそう言い聞かせ、真那はもう一度首を振る。

「ありがとう。でも私、一人で大丈夫だから」

他人行儀過ぎる真那の答えに、時生が怯《ひる》んだように口をつぐむ。

当たり前だ。本来は、誠実な相手に対してこんなそっけない態度を取るべきではない。

泣きたい気持ちを誤魔化《ごまか》そうと、真那は庭の花々に目をやる。

色とりどりの花が、甘い香りを振りまいていた。持ち主の人生は大きく変わったのに、庭は昔のままだ。

かつてはこの庭で、優しい両親が微笑んでいた。真那は、康子に駆り出された時生と二人、庭の手入れを手伝ったものだ。

草むしりの途中、飛び出してきた虫に悲鳴を上げて、時生に笑われた。手伝いを終えたあと、母が入れてくれたアイスティーは、世界で一番美味《おい》しかった……

完璧な幸福に彩《いろど》られた世界は、遠い過去。

どんなに戻りたくても、もう戻れない。

真那は悟られないよう歯を食いしばり、顔を上げて、緊張の面持《おもも》ちを浮かべる時生に告げた。

「じゃあ時生、元気でね」

これで時生が引き下がってくれればいい。どうか、わかりましたと答えて、真那を置いて去ってほしい。これ以上ひどいことを言いたくない。

だが、真那の必死な祈りも叶わず、時生は首を横に振った。

「待ってください。俺は一人で行かせるのは嫌だ」

去ろうとする真那の身体を、時生が乱暴に抱き寄せる。

子供の頃、ふざけて抱きついて以来だ。

しなやかで力強い男の身体の感触を初めて知って、真那は激しく動揺した。

「真那さんのことを本当に助けたいんです」

まっすぐな言葉が胸をえぐる。

時生に抱かれた真那の目から、ぽとりと涙が落ちた。

――泣くな……人前で……

必死に言い聞かせても止まらない。真那は、掌《てのひら》の皮が爪で破れるくらいに、強く拳《こぶし》を握った。

「俺とアメリカに行きましょう。お願いです、真那さん。いくら貴女がしっかり者でも、こんな状況の貴女を一人にできない。俺が絶対に色々なことから守ります、だから……」

時生の心配は当然のことだ。

真那はまだ二十歳。時生に心配されているとおり、お嬢様育ちで世間の恐ろしさを知らず、父母が授けてくれた知恵以外に身を守る術《すべ》を持ち合わせていない。

真那は掌《てのひら》の痛みを確かめながら、乱れた息を整える。時生がそこまで思ってくれて、とても嬉しいし幸せだ。

だから、その尊く誠実な愛情は、この先、別の人に捧《ささ》げてほしい。なにもできないお嬢様のために、権力者の怒りを買う必要はないのだ。

「あ、あの、わ、私……私……」

潰《つぶ》されていく心が小さな悲鳴を上げる。

――アメリカから駆けつけてくれてありがとう、時生と一緒に行きたい。

湧き上がった本音を呑み込み、真那は力を込めて、ぐいと時生を押しのけた。

『今すぐに時生に軽蔑《けいべつ》され、嫌われろ』

萎《な》えそうな心を奮《ふる》い立たせ、自分自身にそう命令する。

時生を自分の人生から切り離すのだ。

祖父に、彼の人生を潰《つぶ》させてはいけない。彼だけは、守らなくては……

そう思いながら、真那は震える唇を開く。

「私、したくもない結婚をするなら、せめて葛城家と同じ階級の人がいいの。だから、その提案はお受けできないわ」

腫れぼったい目や、涙の伝った頬を誤魔化《ごまか》す余裕はない。

庭を満たす甘い花の香りを残酷に感じた。心は裂かれて血を流しているのに、この庭は夢のように美しくて優しい。まるで自分だけが天国から追い出されたようだ。

凍りついた時生に、真那は矢継ぎ早にまくし立てる。

「どうして驚くの？　当たり前でしょう？　貴方と結婚するほど落ちぶれていないわ。同情してくれてありがとう」

真那は濡れた顔で時生を見上げ、うわずった声で言った。

「だけど勘違いしないで。私、使用人の息子の妻なんて絶対にお断りよ」

心が完全に折れる前に、時生と自分の人生を切り離さなくては。

「真那……さん……」

「遠路はるばる来てもらったのにごめんなさい。じゃあ、さようなら。康子さんによろしくね」

真那は涙を隠すために、急いで時生に背を向ける。

引き留める声はもう聞こえない。真那も、二度と背後を振り返らなかった。

――大丈夫、これでもう、時生は私を忘れる……

一歩歩くごとに、心が軋《きし》んでバラバラになっていくようだ。

心の中から、人間らしい感情が少しずつ腐って剥《は》がれ落ちていく。

――さようなら、本当にありがとう。どうか、幸せに……

足早に歩み去る真那を、時生は追ってこなかった。

どうやら、ソファに腰掛けたままうたた寝していたようだ。静まりかえった部屋の中で、真那は目を覚ました。

――嫌な夢……見たな……

頭が一瞬痛み、真那は顔をしかめる。

何度、あの一瞬をやり直せたらと願っただろう。

『迷惑を掛けるけれど、時生と離れたくない』と素直に泣いて頼めばよかったのだろうか。

けれど、若い二人で祖父から逃げて果たして上手くいったのか……

一つわかるのは、今より世間知らずだった真那を抱え、時生は大変な苦労をしただろうな、ということだけだ。

だが、あの日から状況は大きく変わった。

三年前よりはるかに出世した時生は、弾正太一郎の孫娘であり、葛城本家の血を引く唯一の『令嬢』がほしいと言いだしたのだ。

成り上がりの自分に必要だからだと。

――たしかに、私にはまだ、亡くなった両親のお友達や、社交界へのコネクションがある。お父様の母方の従兄《いとこ》は、今、都銀の頭取《とうどり》をなさっているし、もう一人の従妹《いとこ》は欧州の大使夫人で。その気になればいくらでも、時生と『上流階級』の人たちを繋ぐことができるわ。でも……

真那は頭を押さえたまま、ゆっくりと立ち上がった。

手足の先がひどく冷たいが、部屋の中は暖かい。横たわっているのは広いベッドだ。

ホテルのエグゼクティブフロアだろうか。そこまで考えて、真那は我に返った。

ここは時生の家だ。駅で車に乗せられ、ここに連れてこられた。

真那はこれまでの経緯を思い出し、乱れた髪や着崩れた衣服を整える。

コートは壁に掛かっている。周囲はとても静かだ。

――無駄に逆《さか》らうより、体力を温存しようと思って休憩したんだっけ。なにもしないってわざわざ言うくらいだから、本当になにもしないのだろうし。……男の人相手に逆《さか》らっても、力で勝ち目なんてないものね。

真那はコートを着込み、床に置いてあったバッグを手に取る。財布はある。スマートフォンも弄《いじ》られた様子はない。

身支度を整え、真那は部屋を出た。廊下に人気《ひとけ》はない。確か玄関は左手のほうだったと思ったとき、少し先の扉が開いて、時生が顔を出した。

白いシャツ一枚の軽装だ。そういえば、この家の中は完璧に暖房が効いている。

立ち尽くす真那に、時生が落ち着いた声で言った。

「疲れが取れましたか。では、こちらへ」

「なんのために私をここへ？」

表情を変えることなく尋ねた真那に、時生が無表情に繰り返す。

「こちらへ来てください。話があるので」

どうやら振り切るのは難しそうだ。真那は素直に彼の言葉に従った。

通されたのは居間のようだ。ざっと目算して、四十畳ほどはある。

かなりの広さだ。同時に、車で連れてこられたとき、最後に降りたインターチェンジが、都心の高級住宅街のそばだったことを思い出す。

――都心に、これだけの広さの家を構えているなんて。本当に成功しているのね。

「飲み物はコーヒーでいいですか？」

時生の問いかけに、真那は無言で首を横に振る。なにも口にしたくない。

「コートを脱いで、ソファに腰掛けてください」

淡々とした時生の声に、真那は諦《あきら》めてコートを脱ぎ、鞄を足下に置き、言われたとおりに腰掛けた。

「どうぞ」

置かれたコーヒーからは、香ばしい香りがした。真那は手を付けずに、向かいの席に腰を下ろした時生に尋ねる。

「なぜ私をここに連れてきたの」

「申し上げたとおりですが」

半眼《はんがん》になって押し黙る真那の前で、時生が傍《かたわ》らに置いていたクリアファイルから、一枚の書類を取り出した。

「サインしてください」

見慣れない書類だ。左上に大きな字で『婚姻届』とある。

――本気なの？

真那は動揺したことを悟られないよう、冷め切った口調で言う。

「私に無理矢理署名させても、貴方に協力するとは限らないわ」

「ええ、積極的になにかをしてくれとまでは言いません。俺は貴女と結婚したいだけ。それと、子供を産んで頂ければ、なおいいですね」

「こど……も……？」

真那は己の耳を疑う。

「はい。俺の地位を盤石《ばんじゃく》にするためにお願いします」

戸惑う真那に、時生がいたぶるような声で尋ねる。

「昨日も伺いましたが、お祖父様の決めた御曹司と俺、どっちに犯されるのがいいですか？」

「な……っ……！」

あまりの言葉に飛び上がりそうになる。

こんなことを口にするような人ではなかったのに。

真那の心臓がドクドクと嫌な音を立てる。背中に冷や汗が伝った。

「どちらも嫌なら、まだ我慢できるほうを選んではどうでしょう？」

あざ笑うような冷ややかな笑みに、真那の足が震え出す。

時生はもう、昔の時生ではない。改めてそれを思い知らされ、真那は強く首を横に振る。

「ど、どっちもいやよ……どうしてそんな……」

「まあ、そうかもしれませんが、どちらか選んで頂くしかないです。どっちにします？　俺にするか、顔も知らない男に犯されるか。さあ選んでください、今この場で」

——か、顔も知らない……

ざあっと音を立てて血の気が引いた。耳にした言葉が脳に届いた刹那《せつな》、吐き気がして動くことすらできなくなる。青ざめて震える真那の肩に、時生が手を置いた。

「そう、よかった。俺のほうがましなんですね」

笑いを含んだ声で問われ、ますます身体が震えた。

——どうして、そんなに嬉しそうなの、時生。

紛《まぎ》れもない喜びを宿した目が恐ろしい。血筋のいい女を利用できることは、そんなにも魅力的なのだろうか。

償《つぐな》うと約束したからには、なんでもするつもりだ。だが、真那の『協力』は時生を本当に幸せにするのだろうか。もう二度と、時生を傷つけたくないのに……

「……少し、考えさせて」

「なにを考えるんです？　他の男が駄目なんだから、俺にすればいい、そうでしょう？」

反射的に頷きかけて、真那はぎゅっと拳《こぶし》を握った。時生の声が悪魔の囁《ささや》きのように感じられた。

「ね、真那さん、俺でいいと言ってください」

時生の声が低く甘く真那の肌に絡みつく。真那は吸い寄せられるように時生の顔を見上げた。

「俺はどんなに嫌がられても、貴女が必要だ。だから無理を通して迎えにきたんです。もし、どうしても嫌だというなら、閉じ込めてしまおうかな……ええ、それがいい。そうしましょうか」

突然の言葉に、真那の身体がゾクッと震えた。

「どうしますか？　『俺は貴女がいい』、貴女は？」

甘く妖《あや》しい声に、真那の身体が震えた。

『私も』

飛び出しそうになった言葉を、真那は慌てて抑え込む。

――私、今……私も貴方がいいって、答えそうになった……

〜時生　I〜

時生が二十歳だった夏のある日。

真那の両親が、屋敷の庭でガーデンパーティを開いた。

海外からの賓客《ひんきゃく》や政治家も招かれた、目もくらむような豪華な場だ。

葛城家の屋敷は、明治時代に迎賓館《げいひんかん》として建てられたものである。庭の設計は、今は亡き高名なガーデンデザイナーの手によるもので、周囲を彩《いろど》る薔薇《ばら》は葛城家の庭にしか咲いていない、特別な種類も多い。好事家《こうずか》が土下座して株分けをしてくれと頼むような名花ばかりだ。

来客は美しい薔薇《ばら》を楽しみ、屋敷と庭の素晴らしさを褒め称《たた》えながら、極上のシャンパンを片手に笑いさざめいている。

時生は、その煌《きら》びやかな会場の片隅で、黒子として控えていた。さっきから一つ気がかりなことがあるからだ。

来客として招かれている名家のご子息の様子がおかしい。昔から時生は、真那に関するセンサーだけは異様に発達している。真那に近づく不届き者は絶対に許さないと心に決めている時生の目に、ご子息は『警戒対象』として映っていた。

パーティが始まって二時間ほど経った頃、予想どおりの事態が起きた。

——嫌な予感があたったな……

泣きながら逃げてきた真那を背中に庇《かば》い、時生は、その来客の息子と対峙《たいじ》していた。

——たしか、旦那様が、このご子息とのお見合いを断ったんだっけ。だとしたら、ずいぶん後先考えない振る舞いだな、こんなに泣いているホスト側の令嬢を追い回すなんて。

時生は冷ややかな目で、その若者の姿を確かめる。

同じ二十歳と聞いているが、高級ブランドの腕時計を身につけていて、金のかかった身なりだ。

「どうして逃げるんですか？　僕の話を聞いてほしいと言っただけなのに」

若者は、整った顔に薄笑いを浮かべながら、時生の背中に隠れた真那の顔を覗《のぞ》き込もうとする。

儚《はかな》げな怯《おび》える美少女に向けて嗜虐心露《しぎゃくしんあら》わだ。時生は強い嫌悪感を覚え、眉根を寄せた。

――やめてくれ。真那さんは本当に嫌がっているのに。

使用人の立場で、来客と令嬢の会話に立ち入るわけにはいかない。

だが、真那が泣きながら逃げてきたのは異常事態だ。

真那は男性が極度に苦手だが、人前で感情を剥き出しにしたりしない。葛城家の後継者として、幼い頃から振る舞いを躾《しつ》けられているからだ。

「か、髪に……触らないでください……」

真那が震え声で、若者に抗議した。

「ごめんなさい、あまりに貴女が綺麗《きれい》だったものだから」

若者の言葉に、時生の背後の真那がますます縮こまる気配がした。

「おい、君は席を外してくれ」

若者が、不機嫌そうに時生に『命令』した。こんな風に見下されるのは慣れている。時生は使用人の息子だ。上流階級の人の中には、時生に人権があることすら想像できない人間が、たまにいる。

――席を外せ？　できるわけがないだろうが。俺の最優先は真那さんを守ることなんだよ。

心の中で冷ややかに言い返し、時生はそっと真那を振り返った。

「どうなさいました、真那さん？　あちらでお休みになりますか」

青ざめた真那が、細い肩を震わせこくりと頷く。

「おい、あっちに行ってくれと言ってるだろう」

――二十の男が、十四歳の中学生と二人きりでなにを話すんだか。

心の中で下心丸出しの若者をせせら笑い、時生は薄い唇を開く。

「申し訳ありません、お嬢様はちょっとお疲れのようですので」

冷淡さの滲《にじ》む、慇懃《いんぎん》な口調にカッとなったのか、若者が乱暴に時生の肩を押した。

「君は席を外してくれと言ったはずだ！」

「あ……っ……」

華奢《きゃしゃ》な腕を無理矢理引っ張られ、真那が大きな目にふたたび涙を浮かべる。

「い、いや、やめてください、引っ張らないで」

震えながらも気丈に拒否した真那の肩に、若者が馴《な》れ馴《な》れしく手を回す。

「我が一族との縁談は、葛城さんにとっても悪いものではないはずです。まだ中学生の真那さんには、きちんと理解して頂けていないみたいですね。僕と仲良くなりませんか?」

若者に無理矢理抱き寄せられた真那は、蒼白《そうはく》になって震えている。

「と……時生……助け……」

涙目の真那が細い手を差し伸べ、蚊の鳴くような声で時生に訴えた。

若者の両親は財界の大物だ。真那との縁談はなくなったものの、家同士の付き合いは継続したい、というのが双方の意向だったはずだ。

おそらく『縁談を再開したい』というのは、この御曹司の一存だろう。

理由は多分、真那が美しいから。彼女に個人的な執着を抱《いだ》いているからに違いない。

あまり大騒ぎにならなければいいが……と思いつつ、時生はわざと、生意気に聞こえる口調で、若者に告げた。

「すみませんが、お嬢様は嫌がってらっしゃいますので」

言いながら、遠慮なく、真那の身体を若者の腕から奪い取る。

これまでは一切本気は出さなかったが、真那の怯《おび》えようを見ていて限界が近いことを悟り、放っておけなくなった。

予想外の力で押しのけられた若者が、怒りの声を上げる。

「なんなんだ、お前は……！」

若者の罵声《ばせい》も、計算内だ。時生は、もっと大声を出させようと、あえて生意気な態度を取り続ける。

「大丈夫ですか、真那さん」

若者に背を向け、少し乱れてしまった真那の髪の毛を直した。

次に、若者を無視したまま、真那の冷や汗を自分のハンカチで拭う。真那はほっとしたように、ふたたび時生の陰に隠れた。

「まだ中学生ですよ。そんなにガッつかれたら怖がるに決まってる」

時生の冷淡な言葉に、若者が大きな声で反論しようとした。

「な……ッ！　失礼な、誰が……！」

そのとき、背後から足音が聞こえてきた。

「真那」

男性の声に、時生の背後に隠れていた真那が弾《はじ》かれたように声を上げる。

「お父様！」

そこに立っていたのは、真那の父、真一《しんいち》だった。威厳ある長身の紳士の登場に、若者の表情に怯《おび》えが走る。

この場面を真一に見つかるのは計算外だったのだろう。

「裏庭でなにをしているんだ。お客様がいらっしゃるんだから、ちゃんと表にいなさい」

言いながらも、娘の顔色に気付いたのだろう。真一は真那の額《ひたい》に触れ、眉をひそめた。

「どうした、具合が悪いのか？　……なにがあった？」

娘を案じる真一の脇を、先ほど真那に絡んでいた若者が無言で通り抜ける。

さっさと姿をくらました若者に、時生は苦笑した。

——さすがに、葛城家のご当主の怒りを買う度胸はないのか。

無言で父娘の様子を見守っていると、真那の様子を確認し終えた真一が顔を上げた。

「時生君、騒ぎにならずに収めてくれてありがとう」

真那の肩を抱いたまま、真一が優しく微笑む。

「今日のゲストには、彼のご両親の知り合いも多い。考えなしに真那を追い回されてどうしようかと思っていたが、まあ、私に一度見つかったから懲《こ》りるだろう。君がうまく真那を庇《かば》ってくれて助かった」

娘の長い髪を撫《な》で、真一が優雅に語りかける。

どうやら、真一は事態を把握《はあく》していて、裏庭に連れ込まれた真那を心配していたようだ。

真一がゲストとの会話を止めて突然駆けつけたら、皆心配して、あるいは好奇心で、自分のあとを追って押しかけると予想したのだろう。

そうなれば、若者が真那にしつこくしている場面を多くの人が見ることになる。

だからこの場を、常に真那の『番犬』を務めている時生に任せつつ、裏庭に来られるタイミングを狙っていたのだ。

「落ち着いたら表においで。もう少し我慢できるね、真那」

父の言葉に、真那は素直に頷いた。

「では、私は先に戻っているからね、お茶でも飲んで休憩してきなさい」

時生は一礼して、真一の広い背中を見送る。それから、真那を振り返った。

小さな白い顔には血色が戻り、いつもの愛らしい桃色の頬を取り戻している。

「大丈夫ですか、真那さん」

尋ねると、真那が頬をかすかに染め、頷いた。

「時生が助けてくれたから」

恥《は》じらうように俯《うつむ》くさまは、まるで咲き初《ぞ》めた春薔薇《はるばら》のようだ。

全幅《ぜんぷく》の信頼を込めた真那の笑みに、時生の心が深い満足を覚えた。

昔から、この年下の女の子が喜んでくれればそれでよかった。

妹のような存在だからなのか、頼られることで自尊心が満たされるからなのか、それは自分でも明確にはわからない。

だが、真那が時生を信用してくれることが嬉しいのだ。

それだけで、なんでもしてあげようと思える。

――当然です、真那さんは俺と母さんの恩人のお嬢様なんだから。

時生は微笑んで真那を見つめた。

卵形の綺麗《きれい》な輪郭《りんかく》に、まっすぐなさらさらの黒い髪。

そしてなにより目を惹《ひ》くのが、まっすぐに凛《りん》と伸びた背中。年相応の愛らしさが、滲《にじ》み出る生来《しょうらい》の気品と相まって、真那を真珠《しんじゅ》のように見せている。

美貌《びぼう》で名高い母親似の真那は、道行く人が振り返るほどの美少女だ。

葛城家の掌中《しょうちゅう》の珠《たま》として、誰からも大切にされている。

もちろん時生にとっても、真那は主君の大切なお嬢様、だ。幼い頃は、やんちゃな真那に、ボール遊びに虫取り、おんぶに抱っこと、散々付き合わされた。

妹のように大切な存在。それが、時生にとっての真那だ。

葛城夫妻は心の広い人たちで、娘と使用人の子が遊んでいても嫌な顔一つしない。

真那の父、真一は『真那は一人っ子だからね。兄のように真那を大事にしてくれる人がいるのは、親として嬉しいよ。男嫌いのあの子も、珍しく君には懐いているし』と言って、避暑の際など、時生を同行してくれることもある。

『身分違いの子供なのに優遇されすぎている』と陰口をたたかれているのは知っている

が、仕方がない。実際に、身に余る厚遇なのだから。

だが、なんと言われようと、時生は葛城家のお嬢様の『番犬』であることをやめない。

時生の母、康子は、浮気性の夫に逃げられ、女手一つで苦労して幼い時生を育てていた。困窮《こんきゅう》し途方に暮れていたところに手を差し伸べてくれたのが、社会福祉やチャリティに強い関心を持つ葛城夫妻だった。

寡婦《かふ》の支援団体から母の状態を聞いた夫妻は、家で家政婦として働くよう持ちかけてくれた。

それ以降、母は葛城夫妻に深く感謝し『もっともっと尽くして、ご恩を返さなくては』と、仕事に精を出している。

「ちょっとお茶を飲んでから戻ろうかな……」

真那の言葉に、時生は頷いた。

「では、お淹《い》れしますね。居間に参りましょうか」

「ありがとう」

真那は時生の言葉に屈託なく笑って、目の前を歩き出す。

ぴんと張り詰めたような美しい足取りだ。真那は幼い頃からバレエに日舞《にちぶ》に、一通り習ってきている。滑るように優雅な歩き方は、一朝一夕《いっちょういっせき》に身につくものではない。

大学にもバイト先にも、綺麗《きれい》な女の子はたくさんいる。

だが、真那のような人間は見たことがない。

『姫君』という言葉がふさわしい少女は、時生の知る限り真那だけだ。

「あ、そうだ。時生に本を貸す約束をしてたわね」

ふと真那が口にしたのは、最近日本でも翻訳され、大ブームを起こした、イギリスのファンタジー小説のタイトルだった。

半月ほど前、イギリス出張していた真一が、愛娘への土産《みやげ》にと原書を買ってきたもののはず。

『俺も興味がある』と口にした時生に、真那が『読み終わったら貸してあげる』と約束してくれたのだ。律儀《りちぎ》な彼女は絶対に約束を忘れない。

『約束を忘れるのは、相手を軽《かろ》んじているのと同じだから気をつけなさい』と両親から躾《しつ》けられているせいもあるのだろうが、根が生真面目なのだ。

「もう読み終わったんですか？　旦那様があの本をくださったのは、ついこの間では？」

英語の小説は、実用書と違って読みにくい。

造語や見慣れない名詞が頻繁《ひんぱん》に出てくるし、その国の故事を知らないと理解できない表現も多いからだ。

「読み終わったわ。日本語版と比べて、何ヶ所か、翻訳時に変えられていた設定があったけど。やっぱり小説は、文化的な素養がないと理解できない表現が多いわ。キリスト教の故事なんて、日本の義務教育じゃ、なかなか触れないものね。あとで時生も読んでみて」

あっさりと言い切った真那に、時生は感嘆《かんたん》する。

――あの厚さの英語の本をもう読んだのか。勉強や習い事にも時間が取られるだろうに。さすが、真那さんだな……

真那は父親の真一に似た、非常に聡明な少女だ。

都内の難関私立高校に通い、成績はトップクラスをキープし、海外からの賓客《ひんきゃく》が葛城邸を訪れたときも、臆することなく英語でやり取りしている。

真那と接した誰もが、さすがは名家のご令嬢と感嘆《かんたん》する。

だが、素顔の真那は普通の素直で明るい少女だ。時生や母の康子に対しても、高圧的な態度だったことなど一度もない。いつも品がよく穏やかで、思いやりに溢《あふ》れている。

まさに本物の『姫君』だ。きっと将来は、淑女のお手本のような女性になるだろう。

――男性が苦手なのも、年頃になれば治るだろうしな。

二十歳になった真那は、どれほど美しいのだろう。社交界の男たちは、こぞって葛城家の美貌《びぼう》の姫君……真那に求婚するに違いない。

どんなによい縁談であっても、真那が怖がるような相手は論外だ。状況の許す限り、時生が真那を守らなければ。

だが、もし、真那が笑顔を向ける男性が現れたら、その時は……そこまで考え、胸がかすかに痛んだ。

わかっている。身のほどはわきまえているつもりだ。真那にふさわしい相手が現れれば、そのとき、番犬はお役御免《ごめん》になると。

「どうしたの？」

前を歩いていた真那が、驚いたように振り返る。

やるせなさに沈んでいた時生は、我に返って真那に微笑みかけた。

「いいえ、少しぼうっとしていました。すみません」

返事を聞いて、真那が安心したように微笑む。

――先のことなんて知らない。真那さんがふさわしい相手に出会うまでは、俺が守る。

時生は、心に生じた妙なざわめきを振り切り、そう決意した。

第三章

どうやら、家に帰してもらえそうにない。しばらくこの家で寝起きしろということのようだ。真那は諦《あきら》めて時生の言葉に従うことにした。

──お風呂、使った形跡がなかった。多分、この家、ベッドルームとバスルームがそれぞれ二つ以上あるんだと思う。外国人富裕層向けの物件なのかも。

入浴を終えた真那は、放心したまま、ベッドに腰を下ろす。

バスローブ姿では寒い気もしたが、着替える気力が湧いてこなかった。

結局、婚姻届へのサインは考えさせてくれと言い張った。

ひとまずは許してくれたが、次はないだろう。色々なことがありすぎて、頭が働かない。

──家の中では自由にしていて構わない、って言っていたわね。

寛大な待遇に感心したが、すぐに当たり前だ、と思う。

逃げようがないからだ。今の時生には、おそらく十分な資金があり、真那のことなどいくらでも探せるのだから。

だが、諦《あきら》めては駄目だ。気力を奮《ふる》い起こし、真那はその先を考えた。

──こ、子供なんて作れない……。無理よ……。愛し合ってもいないのに……

男性と付き合った経験がないのでわからないが、男性だって愛情がなければ行為には及べないはずだ。時生はなにを考えているのだろう。

──だけど、時生と結婚したら、一生時生以外の人に触れられずに済む。

不意に滲《にじ》み出す甘い毒のような誘惑を真那は慌てて振り払う。

真那は気分を変えようと、『自室』として与えられた部屋を見回した。

――広いわ、すごく。

先ほど使用を許可されたバスルームや、居間の広さを思い返す。そして、この辺りの家賃相場を想像し、ため息をついた。

――サラリーマンが住める家じゃないわ……。

新生葛城工業の役員としてヘッドハントされたというのは、事実なのだろう。

世界トップクラスのコンサルティングファームで実績を挙げていた時生なら、業務改革のために迎えられることもありえる。

そうでなければ、こんな暮らしは不可能だ。

――そうだ。仕事のメールをチェックしておかなくちゃ。

真那はバッグから小さな軽量ノートパソコンを取り出し、スイッチを入れた。そろそろ次の案件の相談をしたい、と取引先に言われていたことを思い出す。

仕事用のメールを確認すると、やはり連絡がきていた。

――通訳さんの補助業務……か。私、今後、自由に外出できるのかな?

やはり時生がなにを考えているか、もう一度確認しなくては。

先ほどの時生の冷淡さを思うと怯《ひる》んでしまうが、この異常な状況だけは少しでも改善せねばならない。そう思いながらメールを送り終え、真那はノートパソコンを閉じた。

バッグにノートパソコンをしまい終えると同時に、部屋の扉がノックされる。

真那の全身が緊張に強ばった。

「今いいですか」

感情の抜け落ちたような時生の声に、真那は反射的に立ち上がり、扉を開けた。

「どうしたの？」

時生と目が合った瞬間、自分のはしたない格好を思い出す。真那はさりげなく胸元に手を当て、肌を晒《さら》す部分を少しでも減らそうと振る舞った。

「落ち着いていますね。なにをしに来たのかくらいわかるでしょうに」

真那は眉根を寄せた。

自分の生命線を握る相手に、動じている顔を見せたくない。

――弱気なところを見せては駄目。

気力を振り絞って顔を上げ、真那は無表情に佇《たたず》む時生に尋ねた。

「なんの用？」

時生は答えない。真那は平静を装《よそお》ったまま、可能な限り淡々と話を続けた。

「一つ教えて。今後、私に外出の自由はあるのかしら。仕事があるんだけど」

「構いませんよ、どうぞお出かけください」

そこで話は途切れる。

どうせ貴女は逃げられない、と言外に匂わされ、真那は小さく唇を噛んだ。

「ありがとう。助かるわ」

先ほどまで晒《さら》されていた雪の冷たさが、まだ身体に残っているかのようだ。

時生とこんな会話しかできなくなったのは自分のせい。謝る資格すらないほどに、時生を貶《おとし》めた。だからもう、昔には戻れない。改めてそう実感する。

「……ですが、なにをするにもまず、俺に汚されてからにしてくださいね」

時生の声音が、がらりと変わったのは、そのときだった。

「な……っ……」

唐突な時生の言葉に、真那の肩が揺れた。心臓がどくんと重い音を立てる。

「よ、汚されて……って……なにを……っ」

「当たり前でしょう、貴女が俺の知らないところで、どんな人間と繋がっているかわからないんです。所有権は主張させてもらう。自由に行動していいのは、俺のものになってから……です」

足が、身体を支えられないくらい震え出す。未知の世界に突き飛ばされたような衝撃で、震えが止まらない。

「なぜこんなに震えているんです？」

真那は時生の身体を突き放そうとした。だが、まるで力が入らない。

「使用人の子に好きにされるのが、そんなに無念ですか」

「ち……違う……あれは、私が、悪かっ……」

言い訳を口にしかけて、真那は血が出るほどに唇を噛んだ。

時生の尊厳を傷つけたのだ。口先の謝罪で許されるはずがない。

――私にできることは……私に……

必死に顔を背《そむ》け、真那は考え続ける。心の奥のほうで、諦《あきら》めの声が聞こえた。

『時生の好きにさせてあげるしかないんじゃない？　だって、私もお祖父様も、そのくらいひどいことをしたんだもの』

それは、間違いなく自分の声だ。間違った判断だとわかっているのに、その声が妙に心に響く。

――私にできることは、怒りに任せて踏みにじられるだけなの？　そんなの悲しすぎる。

唇だけが、最後の抵抗の言葉を絞り出そうとする。

「あ、愛がない結婚なんて、間違ってるわ、お願いだから……」

目の前が涙の膜で、ぐにゃりと歪む。なにを言っても虚しいと気付く。時生とは、もう心は通わないのだろう。

深く傷つけられた彼には真那の言葉を聞く意思などないし、傷つけた側の真那には、なにを語る権利もないのだ。

「愛がない？　どうしてそう思うんです？」

時生が初めて、楽しげな笑い声を立てた。

大好きだった昔の時生の声だ。過去の幸せだった時間が一気にフラッシュバックする。

花が咲き乱れる葛城家の庭園で、大学生の頃の時生が笑いかけてくる。

その思い出にひびが入って、四散した。

今の時生は、あの頃とは笑い方が違う。真那の知っている彼ではないのだ。

「俺は愛していましたよ、ずっと」

黙って涙をこぼす真那の顎《あご》を上向かせ、時生が顔を近づけてくる。

ぞっとするくらい綺麗《きれい》な顔だ。表情がなくなった分、顔立ちの端麗さがより際立って見える。

仮面のような美貌《びぼう》に、真那の視線は吸い込まれた。

「今も愛しています」

時生の白い顔が、夜空に浮かぶ月のように見える。なんの感情もない。この愛の言葉だって、ただ文章を読み上げているだけだろう。

「納得できませんか？　では言い方を変えましょう。俺にとって、貴女は価値がある。どうしても必要だし、他の人間に渡すのも御免《ごめん》だ。これだけ執着しているのですから、愛していると言っても構わないでしょう？　だから、俺のものになってください」

——抱かれれば償《つぐな》いになるの？　時生はそんなことで満足できるの……？

頬を涙が伝ったのがわかった。

『地位と身体で返せって、はっきり言ってくれるだけましだわ。私とお祖父様は、時生に対してそれだけひどいことをしたのよ』

諦《あきら》めたような自分の声が心の奥から聞こえる。

真那の身体から力が抜けた。

「嘘つき。愛してるなんて軽々しく口にしたら、いつか罰《ばち》が当たるんだから」

唇をもぎ離し、真那はそれだけ言った。

「嘘ではありません。愛している、放したくない、ずっと俺のそばにいてもらいたい」

落ち着き払った声で時生が言う。愛の告白にはほど遠い、学校の先生のような形式ばった口調で。

「……自己暗示みたい」

「そうかもしれませんね」

乱れた真那の髪を指で梳《す》きながら、唇を耳元に近づけてくる。

「では真那さんも、暗示に掛かったふりをしてください。俺の妄言に話を合わせてくれれば、少しは優しくできるかもしれません」

「な、なにを……」

「真那さんは、俺を罵倒《ばとう》したことを後悔していらっしゃるんでしょう？」

突然、後悔してもし足りない『あの過去』に切り込まれ、真那の身体がびくりと揺れる。

「そのくらいわかります。貴女はとても優しい人ですからね。たとえ本気の言葉であっても、俺を傷つけたこと自体は悔いているはずだ」

──時生……？

身体を震わせる真那の髪を繰り返し梳《す》きながら、時生は優しい声で言った。

「俺は本気で迎えに行ったのに、哀しかった。哀しかった事実は消えません。だから一生貴女の謝罪は受けない。言葉はいらないので俺のものになってください。お願いしたいことはそれだけです」

時生の言葉をゆっくり咀嚼《そしゃく》する。

理解するごとに、血の気が引いていく。

──一生……謝罪は……受けない……

やはり、彼は自分を憎んでいたのだ。

今、確証を得られた。真那の中に、どぷりと絶望の闇が広がった。

「……わかり……ました……」

枯れ果てた老婆のような声。自分の身体を使って、他人が声を出しているようだ。

真那を抱いたまま、時生がかすかに身体を揺らした。笑っているのだ。だが、その笑い声は泣き声のようにも感じられる。

「物わかりがよくて結構なことだ」

諦《あきら》めの気持ちで、真那は目を閉じる。

「真那さん、あのベッドに自分で乗って、それを脱いでもらえませんか」

あまりの言葉に、真那の四肢が硬直する。

涙が滲《にじ》んだ。屈辱なのか恐怖なのかわからないが、喉元まで熱い塊《かたまり》がせり上がってくる。

――初めてだと言っても、時生は、同情なんかしてくれないわね。

バスローブ姿でいるだけで恥《は》ずかしかったが、そんなのは些末《さまつ》なことだった。これから味わわされるのは、更なる羞恥《しゅうち》なのだ。

――惨《みじ》めな顔だけは見せられない……

真那は、気を緩めれば力が抜けそうになる足を踏ん張り、気合いを入れた。

「ええ、わかった。貴方の言うとおりにする」

まっすぐに背を伸ばした真那に、時生がおや、という顔をする。真那は彼に背を向け、迷いのない足取りでベッドに向かい、そこに腰を下ろした。

――自分で決めたことだもの。最後まで耐えられる。

時生は、償《つぐな》いの気持ちがあるなら、自分の道具になれと言っているのだ。そして、真那に真の自由は与えない、どこにも逃がさないと。

真那はバスローブに手を掛け、かすかに視線を下げた。

今までの人生で一番苦しかったのは、突然両親を失ったこと。叔父が、父が心血を注《そそ》いだ葛城工業をめちゃくちゃにし、一族の恥《はじ》をさらして投獄されたことだった。

それに比べれば、かつての知り合いから、妻になれと迫られることなんて……

——私は貴方が大好きだったわ。悲しいことに、今も……

真那は込み上げる本音を呑み込んだ。

幸せだった頃の、時生の笑顔が思い出せない。

時生が『貴女を助けたい』と言ってくれたときの声が思い出せない。

——泣くな。

真那は悟られないよう、唇の裏を噛んだ。

自分は葛城家の娘だ。

家族と、葛城工業の従業員を守ろうと真剣に働いていた父と、困っているたくさんの人に手を差し伸べてきた母の娘なのだ。

相手が誰であろうと、泣いて怯《おび》えて、許しを請うような真似はしない。

誇りを持てと自分自身に言い聞かせるうちに、真那の涙は止まった。

「貴方を傷つけてごめんなさい。……私は、これから貴方に償《つぐな》うわ」

「別に謝らなくていいですよ。貴女がこれから身の程知らずで成り上がりの、俺の役に立ってくれさえすれば、それでいい」

真那は歩み寄ってきた時生を見据えたまま、落ち着きを心がけ、穏やかに告げた。

「貴方は身の程知らずでも成り上がりでもないわ。私の夫になるのでしょう。不必要にお互いの感情を刺激するのは控えてほしいのだけど、どうかしら」

時生は身を屈め、真那の目を覗《のぞ》き込み、柔《やわ》らかな声で言った。

「変わりませんね、葛城家の『お姫様』は」

皮肉なのか褒め言葉なのか、すぐには判断できない口調。ほんのわずかに眉をひそめた真那に、時生が更に顔を寄せた。

「可愛らしくて、お優しい。今から貴女を犯す男にまで、こんなに優しくて。その優しさが打算から生まれたのだとしたら……尊敬しますよ、たいした策士だ、真那さんは」

顎《あご》の下に手を掛けられ、そっと顔を引き寄せられた。

またキスされる、と思ったとき、時生が傍《かたわ》らに腰掛けてきた。

距離の近さに、真那は身体を固くする。だが、キスをされるのかと思った真那は、予想もしなかった感触に、ごくりと息を呑んだ。

真那が動いた弾《はず》みで着崩れ、胸元が大きく開いたバスローブの襟元に、時生の手が滑り込んできたからだ。

温かだった肌が、冷たい掌《てのひら》に縮み上がる。

「な……っ……」

乳房に触れられ、真那は思わず手を振りほどこうとする。

だが、中に入った手は、そのまま更に奥へと入り込み、背中にまで回った。無理矢理広げられたバスローブの前が、着崩れて、肌を滑り落ちる。

裸の胸が露《あら》わになった。反射的に片手で胸を抱いたが、そのまま真那の身体は時生に抱き寄せられた。

顎《あご》を掴《つか》んでいた手は、真那の顔を固定したままだ。

時生の唇が、真那の唇を塞《ふさ》ぐ。

胸を隠し、身体を抱いたまま、真那は抗《あらが》えないキスを受け止めた。

どくん、どくん、と重く低い心臓の音が、身体の中にこだまする。

生まれて初めて男性とキスをした。かすかに感じるのは、時生の匂いだ。不思議な、お日様のようないい匂いで、子供の頃からあまり変わっていない。

夏休み、別荘の外に遊びに行って『歩けない』と甘えた幼い真那を背負ってくれたときの匂いが、色あせた記憶の中から、鮮やかな色を纏《まと》って蘇《よみがえ》る。

真那の胸の奥で、なにかが疼《うず》いた。

どれほど合理的に振る舞ったところで、真那の気持ちはなにも変わっていないのだ。

時生のことが今でも好きで、傷つけたことが苦しくてたまらない。

心のどこかで、愚《おろ》かな真那は、時生に触れられることにかすかな喜びを感じている。

たとえ愛などなくても、自分の肌に触れる相手が時生で嬉しいと。

大きな冷たい手が肌を這《は》う。

どうしていいのかわからず、真那はひたすら身体を強ばらせる。

唇は離れなかった。柔《やわ》らかな唇に、自分の乾いた唇を貪《むさぼ》られながら、真那は緊張のあまり手を握りしめた。

「少しだけ我慢してくださいね」

不意に唇が離れ、真那の肌に掌《てのひら》を滑らせながら時生が言う。いたわるような響きに、がちがちに固まっていた真那の心が一瞬緩む。

わずかな、幻のような優しさにも縋《すが》りたいのだ。

そんな自分が情けなかった。それに、今のキスは、真那のファーストキスで……。心臓の鼓動がますます大きくなる。どんなに落ち着き払っているように見せても、自分は小娘なのだと痛感する。

「だ、大丈夫。私は大丈夫だから」

どんなときも自分は意地っ張りだ。本当は怖いくせに。そう自嘲《じちょう》しつつ答えた刹那《せつな》、真那の身体はゆっくりとベッドに押し倒された。

真那の身体に覆《おお》い被さった時生が、真那の乱れた髪をゆっくりとかき上げる。露《あら》わになった額《ひたい》に唇を落とし、彼は低い声で真那に命じた。

「下着を脱いで、自分で脚を開いて」

その言葉を理解すると同時に、真那の身体がかっと火照《ほて》った。

収まりどころのない羞恥心《しゅうちしん》を堪《こら》え、真那はショーツに手を掛け、脚を曲げて、それを抜き取る。

脱いだ下着を人目に晒《さら》すわけにはいかない。戸惑った末、それを枕の下に隠し、真那はぎゅっと目を瞑って己の膝に手を掛けた。

「ずいぶん素直に従いますね。男と寝たことがあるんですか？」

冷たい声で言われ、真那は涙目で否定した。

「あ……あるわけ……ない……」

その答えに時生がかすかに目を細めた。黒い瞳に、得体の知れない光が宿る。

容赦《ようしゃ》ない視線に晒《さら》され、開いた脚ががくがくと震えたが、真那は必死に手に力を込める。

目の前にいる人に特別な感情はない、今からすることもなんの意味もない……そう言い聞かせているうちに、自分の身体が他人のもののように思えてきた。

「それでは見えません、脚をご自分の手で持ち上げて」

時生の声に、震えがますますひどくなった。

——こんな、淫《みだ》らな格好を、時生の前で……っ……

抑えがたい羞恥《しゅうち》に肌を染め、真那は言われたとおりに脚を曲げて浮かせた。

身体を屈曲させ、秘部を晒《さら》した姿勢で顔を背《そむ》ける。

時生の手が脚に掛かり、ますます大きく開かせた。空《くう》に浮いた脚が、びくんと大きく揺れる。

「そのまま脚を押さえていてくださいね」

真那がごくりと息を呑むと同時に、冷たい指先が、誰も触れたことのない秘裂を、つうっとなぞる。

閉じ合わさっていたその場所が、ひくりと収縮した。

「……っ」

声が漏れ、下腹が痙攣《けいれん》するように波打つ。

「ここ、赤くなりましたね、触っただけで」

からかうような時生の声に、真那はなにも答えずに顔を背《そむ》け続ける。

なんのことなのか理解したくない。

真那は力を入れてぎゅっと目を瞑り、反射的に脚を閉じようとした。

だが、時生が身体の間に割り込んでくる。

弱々しく膝頭《ひざがしら》に添えただけの手は、強引に位置を変えられた。

「こうやって持って、開いて、俺に見せつけてください」

左右の膝裏に手を掛け、脚を開いて持ち上げる体位を取らされた。

真那は全身に力を入れて身構える。

怖くて時生の顔が見られない。今から、どんなひどいことをされるのか想像もできない。

「触ります」

感情のない声と共に、更に脚を大きく開かされる。次の瞬間、内股にさらりと髪が触れた。

——え……っ……？

驚きが恐怖に勝《まさ》った。

真那は目を開け、正面に向き直る。そして、脚の間に時生の頭があることに気付いて、思わず声を上げた。

「い、嫌……」

時生は答えない。脚の付け根に近い場所に唇を押し当て、じゅっと音を立てて白磁《はくじ》のような肌を吸う。

ちりっとした痛みが走り、次に、軽く噛まれる感触がした。

バスローブの前をはだけ、裸体を晒《さら》しているだけでも耐えがたいのに、こんなに恥《は》ずかしい場所に男性の顔がある。真那は、耐え抜こうという決意も忘れて、思わず身体を引こうとした。

「い……や、嫌ぁ……！　なんで、そんなところ……っ」

「脚をちゃんと持っていてください」

「駄目、そんな場所、お願い、やめて」

逃げようとした身体は、腰を掴《つか》まれて引き戻された。まるで逆《さか》らえない。大きな犬と、痩《や》せこけた子猫のような力の差だ。

真那は涙ぐんだまま、せめて彼の視線に晒《さら》すまいと脚の間に手を伸ばす。

「見ないで」

「いいですね、初心《うぶ》な反応で。俺も興奮してきました」

秘部を隠そうとした手はあっさりと払われ、ふたたび太腿《ふともも》に歯を立てられる。

真那は必死に時生の頭を押しのけようとした。だが唇は離れない。

「嫌なの、嫌……放して」

うわずった声で懇願《こんがん》すると、ようやく腿《もも》から唇が離れた。だが……

「……っ、嫌、っ、駄目……！」

今度こそ、真那は悲鳴を上げた。剥き出しの花心に、時生が口づけたからだ。

あられもない体位で弱い場所を攻められながら、真那は懸命にもがいた。

「そんなところ、嫌、お願い、やめ……っ……あぁ……っ！」

両脚を掴《つか》まれたまま、和毛《にこげ》に守られた裂け目を舌でなぞられる。

「……う、あぁ……」

身体の芯がずくんと疼《うず》いて、力が急に抜けた。

しかし、逆《さか》らえないからといって、こんな破廉恥《はれんち》な行為を許すわけにはいかない。

真那は、脚を押さえつける時生の手を振り払おうと虚しい抵抗を繰り返す。

「やめて、や、め……あ！」

脚を押さえつけられたまま、真那は腰を浮かせた。

「……毎日痕《あと》だらけにしておけば、他の男の前では脚を開けませんから」

秘裂に唇が触れそうな位置で、時生が不意に言った。

吐息がかかり、濡れた粘膜がひくりと震える。

「あ、貴方は、な……なにを……言って……」

泣きそうな顔を見られるのは、嫌なはずだった。だが今は、乱れた自分を恥《は》じる余裕もない。

「真那さんのここ、花みたいな色をしている」

「や……あ……」

秘裂の縁《ふち》の小さな粒を軽く吸われて、真那は愕然《がくぜん》と目を見開いた。

そこがひどくじんじんして、時生の唇に過剰に反応したのがわかる。

ふたたび、わざと真那に音を聞かせるように、時生がその小さな粒を吸う。

固く閉じていたはずの蜜路が、その刺激にぐねりと動いたのがわかった。

なにも受け入れたことのなかった無垢《むく》な場所が、刺激に応《こた》えるようにほころびてゆく。

「あぁ……っ、だめ、っ、あぁんっ！」

突然、濡れた裂け目に舌が差し込まれた。

あまりのことに、真那は舌先から逃《のが》れようともがく。だが、脚の付け根辺りを巧みに押さえ込まれていて、動けない。

「いや、っ、だめ、だめぇっ！」

羞恥《しゅうち》と恐怖で真那は髪を振り乱して抵抗する。

「嫌なの、嫌……ん、っ、あぁぁっ！」

ざらりとした舌が、無垢《むく》な粘膜をぐるりと舐《な》めた。

真那の目から涙が一滴落ちる。

「は、っ、あん……嫌……だめ……舌……」

下肢が、がくがくと震え始める。真那の更に奥に、舌が忍び込んできた。

「いやぁ、っ、ひゃうっ」

脚を弱々しくばたつかせても、舌は離れない。

「やめて、やめて……そんなところ舐《な》めないで……おねが……、っ、あぁ……っ」

中から抜けた舌が、裂け目を大きく舐《な》め上げる。強すぎる羞恥心《しゅうちしん》に、攻め立てられていた花芯からどろりと蜜が溢《あふ》れ出した。

――どうしよう、こんな場所を見られて……

現実が受け入れられず、目の前が霞《かす》む。

時生に、こんなに淫《みだ》らな真似をされると思っていなかったからだ。

脚の間に陣取ったままの時生が、朦朧《もうろう》としている真那を見下ろし、半笑いの顔で言った。

「よかった。無理かと思ったけど、ちゃんと貴女を抱けそうです」

「え……?」

どういう意味だろう。戸惑う真那の前で、時生が薄手のニットをアンダーと一緒に脱ぎ捨てる。

引き締まった裸の上半身は、均整が取れていて、見とれそうなくらいに美しかった。

子供の頃、時生と別荘のプールで遊んだことはあるけれど、あの頃の時生はもっと、折れそうなくらい痩《や》せていたのに。

時生が身を乗り出し、真那に覆《おお》い被さるような姿勢で、顔を覗《のぞ》き込んできた。

「充分に勃《た》ちました、ほら」

露悪的な口調で、時生が真那に言う。

ぼんやりした頭でその言葉を咀嚼《そしゃく》し、真那はかっと頬を染めた。

「い、嫌、なに言ってるの」

「貴女の反応があまりにエロくて、罪悪感が薄れました」

破廉恥《はれんち》すぎる台詞《せりふ》に交ざった、罪悪感という言葉の意味がわからない。こんな真似をしておいて、今更、罪悪感だなんて。

混乱する真那をよそに、時生がスラックスとボクサーパンツを脱ぎ捨てた。

「触って」

真那の力ない手首が掴《つか》まれ、下のほうへ引っ張られていく。

ごくりと息を呑み、その方向へ目をやると、赤黒く立ち上がった彼の分身が見えた。

「……っ……あ……」

反射的に手を引こうとしたが、手を掴《つか》まれていて、ほどけない。

「触ってください、ほら、これを今から真那さんの中に入れるんですから」

「あ、あの……あ……っ……」

震える指に、じっとりと熱を帯《お》びた肉筒が握らされた。

「俺の、しっかり握っていてくださいね」

真那の顔を覗《のぞ》き込んでいた時生が、耳元に唇を寄せて囁《ささや》く。真那は言われるがままに昂《たかぶ》る楔《くさび》を握りしめた。

「それを、今からここに入れてください。脚を広げて、ちゃんと奥まで」

前触れもなく、時生の指先が、先ほど舌で嬲《なぶ》っていた秘芯に触れた。

「んっ！」

真那の腰が、びくんと跳ね上がる。

舌先で舐《な》められたときの恥《は》ずかしさと、疼《うず》くような快感が同時に下腹を炙《あぶ》る。

「この、ひくひく言っている場所に、俺の先端を当てて」

低い声で囁《ささや》かれると同時に、秘部を弄《もてあそ》んでいた指がそっと離れた。

真那の目から、恥《は》じらいの涙が流れる。

こんな風に見られて、触られて、自分で入れるよう言われるなんて……

手の震えが治まらない。感情も上手く制御できなくて、涙が止まらなくなった。

——どうして、顔も声も時生なのに……中身だけ、別の人みたいに……

涙に濡れた真那の頬を、時生の舌がつっと舐《な》める。

「早く入りたいんです、焦らさないでください……さあ」

時生の声には、聞いたこともない、どろりとした欲望が蟠《わだかま》っていた。

その獣じみた欲求に煽《あお》られるように、真那は自《みずか》ら脚を開く。

息を呑み、不器用な手つきで、握らされていた肉杭の先端を秘裂の縁《ふち》にあてがった。

掌《てのひら》の中の肉楔が、どくんと脈打つ。

「そうです、そのまま貴女の中に呑み込んで」

硬く滑らかな杭の先が、濡れそぼった蜜口に押し込まれる。真那は腰をずらし、それを押し込もうと懸命に腰を揺する。

「あ、嫌……大き……」

ぬるぬるに蜜が溢《あふ》れる場所に、長大な熱の塊《かたまり》が沈んでゆく。

身体がこじ開けられるようだ。

真那は違和感に耐え、歯を食いしばる。

先端のくびれを中に押し込んだ辺りで、真那は動きを止めた。

「こ、これ以上は、あの」

入らない、と正直に言おうとした刹那《せつな》、時生の手が真那の痩《や》せた腰を掴《つか》んだ。

「や、っ、あ！」

時生が強引に身体を進めた。焼けるような杭が、閉じ合わさった花襞《はなひだ》をこじ開ける。

「あ……あ……無理……無理だから……ぁ……っ……」

組み伏せられたまま、真那は虚しくシーツを蹴った。

息が乱れ、恐ろしさに身体中に汗が滲《にじ》む。

「んぁ……ッ、あ、いやぁッ」

下腹部を中から開かれて、痛みと熱さで訳がわからない。

「なにが嫌なんです？　お上手ですよ、ほら」

時生が荒い息と共に、意地悪な台詞《せりふ》を吐く。

同時に、怖いくらい奥まで、時生のものが押し込まれた。蜜窟の中はみっしりと雄の昂《たかぶ》りで満たされている。真那は脚を開いたまま、なにもできずに顔を背《そむ》ける。

中がはち切れそうで苦しい。それに、避妊もせずに彼を受け入れてしまった。もちろん時生には『自分の地位を確立させるために、早く真那と子供を作る』以外の選択肢はないのだろうけれど……

真那は、両手でシーツを掴《つか》む。

――どうしよう……私……

戸惑いと不安に目を瞑ったとき、時生が優しい声で言った。

「俺のそば以外、どこにも行けない身体になってくださいね」

息を弾ませ、真那は思わず時生の目を見つめた。

言葉の意味がわからない。

どこに逃げても、探し当ててやるという宣言なのだろうか。

そんなことをしなくてもいい。

口に出して『貴方に償《つぐな》う』と約束したはずなのに。

「な、なにを……貴方は……っ、あ、あぁっ！」

不意に、隙間なく膣内を埋め尽くしていた肉杭が、ずるりと動いた。

前触れなく与えられた刺激に、未熟な肉襞が悲鳴を上げる。

肉杭がくびれの辺りまで引き抜かれると、咥《くわ》え込んでいた蜜口から、愛液がどろりと溢《あふ》れた。

下腹がひくひくと波打ち、得体の知れない熱が湧き上がる。

時生は真那の様子に構わず、ふたたび力強い杭を躊躇《ちゅうちょ》なく押し込んできた。

「ん、う……」

涙が滲《にじ》む。子宮を押し上げられるような違和感だ。

時生のものが大きすぎて受け入れられないのかもしれない。

「だ、だめ、そんなに動かないで」

弾む息の下、必死に抗議すると、時生がふたたびずるりと楔《くさび》を引き抜いた。

「こんなに咥《くわ》え込まれているのに、無理ですよ」

じゅく、じゅくと淫《みだ》らな音を立て、時生の熱杭が真那の中を行き来する。

そのたびに蜜壁が擦られ、真那の下腹部は切なく疼《うず》く。

気付けば、痛みよりも、羞恥《しゅうち》と熱が上回っていた。

「あ、あ、あぁ……っ、だめ、だめぇ……ああ！」

前後する時生の肉楔をぎゅうぎゅうと食い締めながら、真那は身体をくねらせる。

熱い蜜が抽送のたびにこぼれ、たらたらと尻を伝い落ちていくのがわかった。

「孕《はら》んでください、真那さん」

「……え……？」

とっさに意味がわからず、真那は、背《そむ》けていた顔を正面に向けた。

潤《うる》んだ目で見つめ返したとき、最奥が貫かれ、恥骨同士が強く擦り合わされる。

「孕《はら》んでくださいと言いました。めちゃくちゃになるまで俺で汚れて、孕《はら》んでください。そうしたらもう、どこにも行けなくなるでしょう？　俺に汚された貴女は、俺だけのものになる」

「ひぅっ、あ、あぁ……駄目、抜いて」

今、真那の身体を犯しているのは自分なのだ、と主張するように、時生が執拗《しつよう》に接合部を押し付けてくる。大きく開かれた真那の脚が、身悶《みもだ》えた反動で揺れた。

「真那さんの中に吸い込まれそうだ。このまま中でイっていいですか？　といっても……もう、結構、出ちゃってますけど」

時生が乾いた声で言い、呆然としている真那の額《ひたい》に、そっとキスをする。

「貴女はもう、俺を遠ざけたりしませんね？」

獣のように呼吸を乱しながら、時生が真那の目を覗《のぞ》き込む。

なんて綺麗《きれい》な目なのだろう。黒い瞳に吸い込まれそうになった真那は、獰猛《どうもう》な仕草で蜜窟をこね回されて、思わず腰を揺らした。

「と、時生はなにを、あ……あう」

形を刻み込むような荒々しい突き上げに、ますます身体が熱くなってきた。

真那の中も、昂《たかぶ》る楔《くさび》を貪《むさぼ》るように絡みついていく。

じゅく、じゅく、と淫音を立てて、真那の身体が繰り返し貫かれる。

勢いの激しさに、真那の身体は揺さぶられる。

シーツを掴《つか》んでいたはずの真那の両手は、いつしか時生の背中に回っていた。

「愛していました、ずっと。本当です」

空虚な囁《ささや》きに、真那の目から更に涙がこぼれた。

抱きしめて、抱きしめられて、肌を合わせて一番深い場所で繋がって……

本来は幸せな時間であるはずなのに、心が痛くてたまらない。

「なのに貴女は、土壇場で俺を信じてくれませんでしたね。約束、忘れてしまったんですか？」

──約束……？

約束とは、なんのことだろう。乱れる息の下、真那は時生の言葉の意味を考えようとした。

だが、淫茎のくびれに中を擦られるたび、下腹部が快感で引《ひ》き攣《つ》る。

「あ、あっ……あ……」

不慣れな行為に翻弄《ほんろう》され、未熟な場所を熱い欲に開かれて、息をするのもやっとだ。なにも、考えられない。

時生の腕が真那の身体をひときわ強く抱き寄せる。息ができないほどの抱擁《ほうよう》に、真那は無我夢中で逞《たくま》しい身体にしがみついた。

「んあっ……あぁっ……」

掠《かす》れた声を絞り出し、真那は下肢を震わせる。時生を呑み込んだ場所が、抑えがたく蠢動《しゅんどう》し、彼のものを強く締め上げたのがわかった。

「真那さん……っ」

小さな声で真那を呼び、時生が真那の片脚を持ち上げた。結合を深め、貪《むさぼ》るように最奥を穿《うが》ちながら、時生がうめくような声を漏らす。

真那のお腹の奥に、絡みつくようなじっとりした熱が広がった。

もみくちゃにされた真那は、涙で曇った視界を閉ざす。

「俺は、昔のことなんてどうでもいい。真那さんが俺から離れられなくなれば、それでいいです、それで……満足です。だから俺の……」

激しい呼吸を繰り返す時生に抱かれたまま、真那はゆっくりと気を失った。

淫《みだ》らな熱に支配された夜が明け、真那はいつものように、七時に目覚めた。

――あ、昨日の仕事の問い合わせ、メールチェックしなくちゃ……

そこまで考えたとき、下腹部の違和感に気付く。

脚の間や腿《もも》には、汗とは違うべったりとしたなにかが張り付いていた。

なにがあったのか、すべて思い出す。

真那は震える手で毛布を持ち上げ、自分の身体を確認した。

昨夜着ていたバスローブは、新しいものに替えられていた。

おそらく汚れたのは、あのバスローブだけなのだろう。シーツには汚れは見当たらない。

次に真那は、勇気を出してバスローブの裾《すそ》をまくった。下着は着けていない。

脚を確かめると、内腿《うちもも》に赤いあざのような痕《あと》が点々と散っている。同時に、雄の汗と情欲の匂いが、鼻先にかすかに漂った。

やはり昨夜の淫《みだ》らな時間は夢ではなかったのだ。

真那は痛む腰を無視して、ベッドから立ち上がり、バスルームに向かった。

吐精の残滓《ざんし》をこぼす脚の間や、涙でぐしゃぐしゃになった顔を念入りに洗う。

温かいお湯に当たっているうちに頭が冴えてきた。

『孕《はら》んでください』

歪んだ、甘い声が耳に蘇《よみがえ》る。

——洗うだけでは駄目だわ……

時生の希望を裏切ることになるが、このままなすすべもなく子を宿すのは無理だ。多分、三年前の時生なら、こんな残酷なことは考えもしなかったはずなのに。

真那の目から涙が溢《あふ》れた。

慌ててシャワーの勢いを強め、真那は声を殺してしゃくり上げる。恋しい男の冷たい変貌《へんぼう》ぶりに、心が萎《な》えて涙が止まらない。

「……っ……う……」

だが、いくら悲しくてもあまり泣き続けていたくない。

——メソメソしていないで、落ち着いたら病院に行かなくては。

真那はシャワーのお湯に身を晒《さら》したまま、強く目を瞑る。

——こんな結婚はいびつすぎる。時生が後悔しないよう、なんとかしないと。何回もあの人を不幸にするわけにはいかない。

真那はゆっくりと蛇口をひねり、お湯を止めた。

大分すっきりした。曇った鏡を指先で拭い、泣き顔が誤魔化《ごまか》せそうかを確認する。

バスルームを出て、髪を乾かした真那は、昨日の服をもう一度身につけた。沈みそうになる心は、身体を動かすことで誤魔化《ごまか》すことに決めた。

真那は着替えを終え、昨日の居間に向かう。

昨夜の痴態を思うと時生と顔を合わせるのが気まずいが、平気な顔をしよう。惨《みじ》めな姿を晒《さら》したくない。

居間に顔を出すと、そこには誰もいなかった。

──仕事に行ったのかしら。

真那は、ダイニングテーブルの上に目をやる。そこには鍵と、置き手紙があった。

『合鍵です。マンションのエントランスでは、解錠パネルにキーをかざしてください。外出の際は身辺に気をつけて。夜は、十九時くらいまでには戻って頂けると。家事などは一切不要です。火曜、金曜にルームクリーニングが入りますので』

それだけだった。昨夜のことなど、一切触れる気がないようだ。

だが、真那の目は、その手紙から離れなかった。

──時生の字。

震える手でそっと手紙を取り、一文字一文字を舐《な》めるように確かめる。

時生の字、だ。流れるように美しい、几帳面《きちょうめん》な文字。

不意に真那の視界が涙で歪んだ。時生の匂いに、過去の欠片《かけら》を見つけるたびに、あの時間に戻れない現実を思い知らされる。

──落ち着かなくちゃ。同じ字なのは当たり前よ、時生が書いたんだもの。

真那は手の甲で涙を拭い、家の鍵を取る。

——病院に行こう。心折れては駄目。もう二度と時生を不幸にしないように、私がしっかり考えなくては。

掌《てのひら》の色が変わるくらい強く合鍵を握りしめ、真那は自分にそう言い聞かせた。

～時生　Ⅱ～

それは、とある豪雨の日。

葛城夫妻が事故死した、という悲報は時生のもとに前触れもなく飛び込んできた。

完全なもらい事故で、大型トラックが対向車線のカーブを曲がり損ねて、夫妻の車に突っ込んできて、即死だった……と。

「だ、旦那様と奥様が……嘘……嘘でしょう、ああ……！」

恩人を襲った凶事に、母の康子は腰が抜けたように泣き伏すばかりだ。

「真那さんはどうなるの、まだ高校生なのよ。どうしてこんな」

「大丈夫だから、母さん、落ち着いて」

時生は、母の肩を抱く中年の男性と頷き合う。彼は、凶報に取り乱す母を支えてもらおうと、夜遅くに呼び出した、母の恋人だ。

「大丈夫だよ、時生君。康子さんは僕が見ているから」

「すみません、俺は病院に……またあとで連絡します」

時生は、母を、母の恋人に任せてアパートを飛び出した。

身体中が氷のように冷たかった。恐怖で頭がうまく働かない。

夫妻の、温かな笑顔が何度も脳裏をよぎる。

時生が無事に大人になれたのも、母が、母自身を大切にしてくれる誠実な男性に巡り会えたのも、すべて葛城夫妻の保護があってのことだった。本当に、大恩ある二人なのに。

タクシーに乗り、時生は夫妻が運ばれたという病院に駆け込んだ。

——真那さん……！

なにより、まだ十六歳の彼女は、どんなに不安な思いをしているだろう。

そう思うと、心配で胸が潰《つぶ》れそうだった。嘘だろう、嘘だと言ってくれと空回りのように繰り返しながら、時生は看護師に真那の居場所を問うた。

教えられた待ち合わせスペースに走ると、真那が弾正家の祖父母に囲まれて、放心したようにベンチに腰掛けていた。

「真那さん」

息を切らしながら、時生は真那のそばに駆け寄った。

真那はうつろな目をしていて、時生に反応する様子を見せない。泣き崩れる祖母に抱きしめられたまま、人形のように腰掛けているだけだ。

様子が心配になり、もう一歩近づこうとしたとき、真那を挟んで、祖母と反対側に座っていた真那の祖父……弾正太一郎が顔を上げた。

「君は、娘夫婦のところの、家政婦さんの息子さんだね」

顔色は蒼白《そうはく》だが、さすがに名門、弾正家の当主だけあって、このような場面でもしっかりとした言動だ。

時生は深々と頭を下げる。

「はい。母が取り乱してしまって、駆けつけられる状態ではなかったので、代わりに参りました」

答えると同時に、真那の祖父ははぁ、とため息をついた。

「そうか……使用人さんたちの処遇も、この先考えねばならんな」

呟くと、太一郎は落ち着いた口調で時生に告げた。

「落ち着いたら、私の家から人を派遣して、葛城家の人たちに作業の指示を出す。君もしばらく自宅待機をしていてくれ。真那は大丈夫だ、私たちの家で預かるから、お母さんには心配しないよう伝えてくれたまえ」

人の上に立つ人間として、申し分のない態度だった。

「……ありがとう……ございます……」

太一郎の厳しい視線が時生を刺す。

若い男が、夜中に蒼白《そうはく》になって駆けつけてきたことに警戒しているのだとすぐに気付いた。

万が一にも、この使用人の息子が、可愛い孫に下心を抱《いだ》いていたら困る、と。

時生は、わずかに視線をそらす。

自分が、『上流階級の人』から、よく思われていないことは知っていた。

葛城夫妻は使用人の息子に目を掛けすぎだとか、時生が真那になれなれしすぎるなどと、陰口を叩かれたことが何度もある。

それでも、真那のそばにいられたのは、葛城夫妻の厚情のおかげだった。

――当たり前、か。

太一郎の冷たい視線に晒《さら》されながら、時生は自嘲《じちょう》した。葛城夫妻が特別だったのだ。

葛城夫妻の保護下を離れれば、時生は即座に真那のそばから排除される。その事実を、改めて痛感した。

「……母と屋敷の皆さんには、そのように伝えます」

かさぶたを引き剥《は》がされるような嫌な痛みと共に、時生はもう一度、真那とその祖父母に頭を下げる。

「失礼します」

彼らに背を向けて、十歩ほど歩いたときだろうか。

静まりかえった廊下に、不意に、悲鳴のような声が響き渡る。

「放して、お祖母様！」

真那の声だ。なにが起きたのか、時生は弾《はじ》かれたように振り返る。

寄り添う祖父母を振り払い、真那がこちらに向かって走ってくるではないか。

——真那さん……？

時生は思わず飛び込んできた真那を受け止めた。

「待って、待って……っ！」

冷え切った身体で時生にしがみつき、真那がガタガタ震えながら、もう一度繰り返した。

「待って、帰らないで、怖い、怖いよ……」

時生のシャツに顔を埋《うず》めたまま、真那が泣き出した。放心していた真那の祖母が、慌てたようにふらふらと歩み寄ってきた。

「真那ちゃん！　大丈夫、大丈夫だから、おばあちゃまがいるから。ね？」

「時生、お願いだから帰らないで、怖いの、一緒にいて！」

真那に泣きすがられて突き放す選択肢など、時生にはなかった。

こんなに泣いている真那を振りほどけない。

「君はもう帰りなさい」

時生にしがみつく真那を無理矢理引き剥《は》がしながら、太一郎が険しい声で言った。

「離れなさい、真那！」

野良犬に近づくなと言わんばかりの声音に、時生は殴られたようなショックを受ける。

かさぶたを剥《は》がすような痛みが強くなる。

なぜ、守りたい相手のそばにいてはいけないのだろう。

真那を抱きしめたまま、彼女の祖母が『京都《きょうと》のおばさんに明日来てもらおう、ね？』となだめる言葉をかけ続けている。だが、真那は泣きじゃくって答えない。

「いやだ、時生、帰らないで」

祖母が思いあまったように、真那を抱いてベンチのほうに歩いていく。真那は、抵抗する力もなくなったように、よろよろと引きずられていった。

「頼る相手は選べ！　馬鹿者」

太一郎の叱責の声に、時生は我に返る。どこまでも犬扱いだと思い知った。

「嫌なの、時生がいい、放して、お祖母様」

「ほら真那ちゃん。ほら、一度おばあちゃまたちの家に休みに戻りましょう」

「嫌、お父様たちのところに残る！　時生と一緒にここにいたい！」

真那の泣き声がひときわ高くなり、時生の胸をかきむしった。

「君は早く帰ってくれ」

叱責の声が、険しい拒絶の響きを帯びる。時生の脳裏に母のことがよぎった。自分のせいで、母にまで迷惑が及《お》んではいけない。

時生は、真那の祖父の言葉に頷き、ゆっくりと背を向けた。

──真那……さん……

真那の泣き声を振り払うように、時生は足を速めて病院を出る。

大きな喪失感が胸に広がる。

真っ暗な道を歩きながら、時生は空を見上げた。

なにもかも現実感がない。

皆の宝物だった真那に、こんな悲しみが訪れるなんて間違っている、としか思えない。

──俺は、真那さんのそばにいなければ駄目なのに……

からっぽの頭に浮かんだのは、真那を案じる思いだった。真那のそばにいて、泣いている彼女に寄り添わなくては。彼女を守るのは時生の使命なのに。そこまで考えて、時生は必死に打ち消す。

──馬鹿だな。俺は、使用人の息子だろう。弾正家のお二人だって、明らかに俺を招かれざる客として見ていたのに。

真那のそばにいる権利は時生にはないし、そもそも、真那は六歳も年下だ。

成人した時生が、親戚でもない高校生の女の子のそばをうろうろするのは、社会的に見ればおかしい。冷静に考えれば、真那には会いにいかないほうがいいのだ。

――だけど、なんで、あんなに泣いている真那さんを置いていかなきゃ駄目なんだ。

わからない、いや、わかりたく、ない……。

時生は血が出るほどに強く拳《こぶし》を握る。

あんな状態の彼女から引き離されたことを、どうしても受け入れられない。

今すぐにでも真那のところに戻って、泣いている彼女を抱きしめたい。彼女に求められるままに、涙が止まるまで寄り添いたかった。

もちろん、理性では『それは許されないことだ』とわかっている。

どんなに真那が手を伸ばしてきても、時生にはもう、あの細い指を握り返せないのだ。どんなに泣きながら名前を呼ばれても。宝物よりも大事に想っていても……。

時生は重苦しい息を吐き出した。

――もし俺が、ただの使用人の息子じゃなくて、多少はマシな立場だったら……あんな顔で追い払われたりはしなかったんだろうな。

考えながら、時生はゆっくり瞬《まばた》きする。

――俺が出世して、社会的に高い地位になれれば、真那さんが満足するまでそばに寄り添ってあげられるのに。いや、それでも足りないのかな。俺は『生まれが悪い』から。宝物に触れるには、自分自身も綺麗《きれい》な手でなくてはいけないのだ。

『上流階級』のルールに従うならば、時生は生まれつき、綺麗《きれい》な手を持っていない。この手が綺麗《きれい》になる日は永遠にこない。

――ごめんなさい、真那さん、こんなにも、貴女の役に立てないなんて思わなかった。

葛城家の屋敷で、それから別荘の庭で。真那はいつでも、時生に甘えてくっついてきた。

時生は間違いなく真那に必要とされていたのだ。兄のような年上の異性として。

それでよかった。真那が幸せなら、どんな扱いでも嬉しかった。

時生は空を見上げる。雨が上がったばかりの夜空には、星一つ見えなかった。

第四章

産婦人科を受診し、洋服を見繕《みつくろ》って帰ってきたあと、真那は居間のダイニングチェアに腰掛けて、ぼんやりと仕事用のノートパソコンを眺めていた。

こんな関係ではなくて、時生と昔の気持ちのまま結ばれていたら、子供ができても嬉しくてたまらなかっただろう。

一人で彷徨《さまよ》い続ける日々が終わり、新しい家族の温もりを得られたら、どんなにか……涙が出そうになり、慌てて、自己憐憫《れんびん》の気持ちを切り捨てる。

ただでさえ異常な状況なのだ。自分の感情は、なんとしても安定させておかなければ。

仕事のファイルを開いていた画面の隅に、新しいメールの着信通知が届く。

明後日《あさって》、仕事の打ち合わせをしたいというメールだった。

場所は都内。時生の家からなら行きやすい。

――問題なくうかがえるから、返事をして……と。

パソコンでの作業を終え、真那は重いため息をつく。

――あんなことがあったんだもの、気が沈んでも無理はないわね。思えば食欲もまったくないわ。

横になろうかと考えたとき、廊下のほうから足音が聞こえた。居間の扉が開き、時生が入ってきた。

濃いグレーのスーツが、引き締まった長身を引き立てている。

『大人の男』の顔をした時生を目にした刹那《せつな》、真那の心臓がどくんと音を立てた。

「おかえりなさい」

静かにそう告げ、真那はそっと視線をそらす。

時生の姿が魅力的で、落ち着いて見ていられなかったからだ。彼の心はもう真那にはないとわかっているのに、一人だけときめいてしまうのも虚しい。

「なにか不自由がありましたか？」

低い声で問われ、真那は首を横に振った。

「大丈夫……鍵の使い方もわかったし、周囲のお店も把握《はあく》したわ」

真那の答えに時生は頷き、向かいの席に腰を下ろした。

胸の鼓動が収まらない。顔も赤くなっているだろう。

落ち着かない自分を持て余しつつ、真那はちらりと時生を見上げた。時生は昔から綺《き》麗《れい》な顔をしていたけれど、目の前にいる今の彼は、成熟した男の色気を纏《まと》っている。

――昨日なにをしたかなんて、忘れたみたいな顔をしてる……ううん、たいしたことじゃなかったのかもしれない、時生にとっては……

早鐘を打つ胸を落ち着かせるべく、真那は時生との話題を探した。

「ねえ、時生、明後日《あさって》は仕事で、打ち合わせの終わりが二十一時過ぎになりそうなの。遅くなるって、あらかじめ言っておくわ」

時生が頷き、鞄からクリアファイルに入れた書類を取り出す。

――婚姻届……

真那はかすかに眉をひそめた。

まだ諦《あきら》めていないようだ。自宅に連れ込み、真那を抱くほどだから本気なのだろうけれど。

「そんな遅くまで出かけるなら、サインを」

「すこし、考えさせて」

時生は首を横に振り、長い指を添えて、婚姻届をすっと差し出した。

「俺から離れるなら、必ず帰ってくる証拠をください」

「え……？」

驚く真那に、時生が形のいい口元を緩ませる。美しいのに、どこか歪んだ暗い笑顔。

真那は言葉もなく、時生の笑みに見入った。

「不安なんですよ、これでも……だから婚姻届にサインをお願いします」

「え……不安って……なにが？」

時生は真那の問いに答えず、ジャケットの内ポケットから、ボールペンと判子《はんこ》を取り出した。判子《はんこ》には葛城と刻印されている。恐らく、どこかで作ったものだろう。

真那は唇を噛み、手を伸ばして、ボールペンと判子《はんこ》を受け取った。

――憎たらしいはずの私を妻にし、利用して……時生は本当にそれで幸せなのかしら。

込み上げる様々な思いを呑み込み、真那は婚姻届の記名欄にペンを走らせる。

時生の視線を感じながら『葛城真那』と署名を終え、借りた判子《はんこ》を押して、真那は婚姻届を時生のほうに差し出した。

「どうぞ」

二人の間に沈黙が満ちる。何分ほど経ったのだろうか。時生はなにも言おうとしない。

異様な静けさに耐えがたくなり、真那は口を開いた。

「時生は、本当にこれでいいの？」

「これ……とは？」

時生が、不思議そうに首をかしげた。冷たい顔だ。改めて、時生の優しさは真那が三年前に殺したのだと思い知らされる。

「私のような、ひどいことを平気で言う女と結婚することよ。……今その紙を破棄すれば、リスクなく、婚姻関係をなかったことにできるわ」

真那の言葉を咀嚼《そしゃく》するように時生がゆっくり瞬《まばた》きをする。

ふたたび重い沈黙が流れ、しばらくして、時生が明るい声で言った。

「いいえ、なかったことにはしません。俺は、真那さんが、俺から離れられなくなればなるほど、嬉しいです」

艶《つや》のある声に滲《にじ》んだ隠しようのない執着の匂いに、真那は息を呑む。

「これから、俺と一つの鎖で縛られて生きていきましょう。物理的に、貴女と離れられなくなりたい。それでいい」

時生の声は、いびつで、どろりと甘かった。

昨夜、散々注《そそ》がれた熱の感触が、下腹の奥に生々しく蘇《よみがえ》る。ずくりと身体の奥が疼《うず》いた。

――時生と、離れなくて済む理由が、どんどんできる……

かすかに頬を火照《ほて》らせ、真那は己が感じた官能を振り払う。

「貴方の考え方は健全ではないと思うわ」

反論した真那に、時生が、はっきりと微笑みかけた。

「はい。健全さなど、もうどこに置き忘れてきたかさえわかりません。道徳心もなくしました。だからなんでもできます。貴女を俺に縛り付けられればそれでいい」

「どうして、私が憎いのに、結婚なんて」

絞り出すように呟いた真那の手に、時生の大きな手が重なった。

「何度も申し上げましたが、俺には貴女が必要だから、だから絶対放しません。それだけです」

時生は言葉を切り、なにかを思い出したように、真那の手から手を離し、傍《かたわ》らに置いた鞄をまさぐる。彼が中から取り出したのは、革張りの小箱だった。

母が好きだったハイブランドの、アクセサリーの箱だ。

「……これ、買ってきました。ずっと嵌《は》めていてください、俺の妻になった証拠に」

真那の視界に、ぼんやりとした靄《もや》がかかる。

目の前の時生が、彼の振りをして喋る人形にしか見えない。

憎んでいないと言われても、そこに気持ちを感じない。かつての時生なら……そこまで考えて、目にかすかに涙が滲《にじ》む。

左手の薬指に、冷たいプラチナの指輪がすっと収まった。

「俺にも嵌《は》めてください」

時生が、しなやかな手を真那の前に差し出す。真那は箱から指輪を手に取って、彼の左の薬指に嵌《は》めた。

夫婦らしい、二つの手。こんなひどい状況なのに、お揃いの指輪を嵌《は》めたことを嬉しく感じた。

心のどこかで、ずっと夢見ていた光景だからだ。

「勝手に、どこにも行かないでくださいね」

念を押され、真那は頷く。

「今日は素直ですね。可愛いな」

時生は立ちあがり、真那のそばに立った。真那の頭が、引き締まった腹部にそっと抱き寄せられる。

突然の柔《やわ》らかな抱擁《ほうよう》に驚き、真那の鼓動が速くなる。

身体の奥が熱い。いくら別人になってしまっても、自分を抱いているのは時生なのだ。触れられると、心の奥底に沈めたはずの本音が抑えきれなくなる。許して、本当はまだ大好きと叫びたくなって、苦しい。

真那はつとめて、冷たい、突き放すような口調で尋ねた。

「な、っ、なにが可愛いの？」

「貴女の全部が可愛い。昔から変わらないですね。俺に犯されているときも可愛かった」

あまりの言葉に、真那は抱きしめられたまま首を振る。

「私は……犯されてなんていないわ、変なことを言わないで」

こんな風に抱きしめられ、昨夜のことを思い出すと、駄目だ。身体が熱くなって、落ち着きがなくなってくる。

「そうですか、俺は愛していると思って抱きましたからね。よかった」

ますます心臓の音が激しくなる。

——どうして……そんなことを言うの……愛してなんていないくせに。

動けない真那の髪を撫《な》でながら、時生が幸せそうに呟いた。

「なんと罵《ののし》られようと、俺は貴女から離れない。身の程知らずの使用人の息子と言われても、です。貴女を手に入れられて嬉しいんです。泣かれても拒まれても、ただ嬉しい」

再会して初めて、本当に幸せそうだと思える声音だった。

語っている内容は、明らかに正常ではないのに。

「お互い、息ができなくなるまで縛り合いましょう、俺は浮気なんて一生しませんから」

柔《やわ》らかな声でそう言って、時生が微笑んだ。

時生の中に渦巻く得体の知れない狂気に、真那の身体が震え出す。

やはり、わからない。ただ祖父に復讐したいだけ、真那に子供を産ませたいだけなら、なぜこんなに執拗《しつよう》に甘い言葉を口にし続けるのだろう。

「ねえ、時生は、出世のために私をそばに置きたいのよね……？」

「違いますよ」

別人のように明るい、屈託のない声で時生が言った。

場違いな明るさに、ぞくっと悪寒が走る。

——時生……？

真那は恐る恐る、黒い切れ長の目を見つめる。

時生は正体のわからない笑みを浮かべ、違和感を覚えるほどの明るい声で真那に告げた。

「貴女を俺の家に引きずり込んで、朝も夜も何度も抱きたかったんです。抵抗されなくなるまで貴女を抱いて、俺だけのものにしたかった。他のことは全部、貴女を捕まえる口実として考えただけ。葛城工業の再生プロジェクトにコネを使い尽くして名乗りを上げたのも、全部貴女を奪うためです。他のことなんてどうでもいい。これからもずっと俺は貴女の番犬でいたい」

言い終えた時生が、真那の髪の一束をぎゅっと握った。

髪を掴《つか》まれた刹那《せつな》、脚の間に、昨夜散々刻み込まれた生々しい感触が蘇《よみがえ》る。膝を震わせる真那の耳元に、時生が柔《やわ》らかな声音で囁《ささや》いた。

「……なんてね。もし俺がそう言ったら、どうしますか？」

問われた真那は、反射的に時生から目をそらす。

――時生のものになれるなら……私……

真那の心に込み上げてきたのは、間違いなく歪んだ喜びだった。

時生が口にする『愛』は、多分、真那が知っている愛とは違うものなのに。

だが、一つだけ確かなことがある。

真那はまごうことなき彼の『妻』になれたということだ。

――他の人に触られずに済むなんて、私は幸せ者……だけど……

真那が暗い幸福感を覚えた刹那《せつな》、時生が席を立ち、真那の手を取る。

引かれるままに立ち上がった真那を、時生がぎゅっと抱きしめた。

「真那さんを抱きたくなりました」

熱い胸に抱きすくめられたまま、真那は息を呑む。

「明後日《あさって》は仕事で出掛けるのでしょう？　さっき言ったとおり、本当は閉じ込めたいくらいなんだ。もっともっと貴女の中を俺まみれにしないと、安心できません」

腕に閉じ込められた真那の身体が震え出す。

「な、なにも、心配することなんて……ん……」

無理矢理顎《あご》を上向かされ、唇をキスで塞《ふさ》がれた。

背中に置かれていた時生の手が、ズボン越しの真那の尻をぎゅっと掴《つか》む。

柔《やわ》らかな肉が手の中で形を変えるたび、昨夜繰り返し貫かれた秘所が熱く潤《うる》み始めた。

「どうしたんですか、真那さん、こんなに身体を熱くして」

尻肉をこね回しながら、唇を離して時生が囁《ささや》く。

「あ、あ、だって、……あ！」

くすぐったいだけではない刺激に、真那は時生の腕の中で身をよじった。

「ここで脱がせてもいいですか？」

「い、いや、こんな場所で……あぁんっ！」

得体の知れない快感が、脚の間から滲《にじ》み出す。真那は時生の胸に縋《すが》りながら、小さく首を振った。

「こんな場所？　全部俺たちの家ですよ、真那さん。どこで獣になろうが咎《とが》める人はいませんよ」

言いながら時生が、真那の穿《は》いていたズボンの前ホックを外す。ジッパーを下ろして、ショーツの中に指を滑り込ませた。

「……っ……なに……して……っ……！」

長い指が秘裂に沿って差し込まれ、鋭敏な花芽を擦って泥濘《ぬかるみ》に沈み込む。

「ん……あ」

淫《みだ》らな、自分のものとは思えない声がこぼれた。

昨日まで無垢《むく》だった身体が、歓迎するように悪戯《いたずら》な指を呑み込む。

「二回目ですし、部屋じゃないところでしましょうか」

「な……っ……！　なにそれ、嫌、あぁ……っ……」

絶句した真那の中を、時生の指がぐるりとかき回す。

ねっとりした熱が下腹部に生まれ、奥からどろりと悦楽の証が溢《あふ》れ出した。

「ほらね、身体はいいって言ってる」

時生の指が、じゅくっと濡れた音を立てて抜かれた。

「場所もわきまえないで盛《さか》るなんて興奮しませんか？　俺はする」

言いながら、時生の手が、真那の手をズボンの下で勃《た》ち上がる屹立《きつりつ》に導《みちび》いた。

布越しに伝わる熱と昂《たかぶ》りの激しさに、真那の頬は羞恥《しゅうち》に染まった。

「真那さんのことは、犯したいときに犯します。俺のモノにした証に」

優しさの奥に渇望を秘めた声だった。

――でも……ここはダイニング……

戸惑う真那の身体が、突如ひょいと大きなダイニングテーブルの上にのせられた。

「え？　あ、あ、あの……」

「高さが、ちょうどいいですね」

言いながら、時生が真那の身体にのし掛かってきた。

なかば脱がされていたズボンが、ショーツごと脚から引き抜かれる。

「な、なにを、駄目、こんな場所で、っあ……」

なにも纏《まと》わない真那の下肢が露《あら》わになる。

こめかみのすぐ脇には、先ほど開けた指輪のケースが置かれたままだ。

「い、嫌、どうして、こんな場所でするの、あ……」

脚を閉じようとするが、虚しい抵抗だった。時生の力強い手が真那の片脚に掛かり、持ち上げて、屈曲させる。

恥《は》ずかしい場所をさらけ出す姿勢になり、真那は必死に時生を押し返そうとした。

真那の脚を押さえつけたまま、時生が潤《うる》んだ裂け目に視線を落とす。

「あ……あ……だめ……」

「駄目なんですか？　びしょ濡れですよ」

全身を羞恥《しゅうち》の震えが駆け抜ける。

「嫌ぁっ！」

手を伸ばして隠そうとしても、時生に阻《はば》まれてできない。真那の脚を開かせたまま、時生が自身の薄い唇を軽く舐《な》めた。

前を広げた。

──私、食べ……られ……

淫靡《いんび》ささえ感じる仕草に、真那の身体の奥が疼《うず》く。

力を抜いた真那の脚から、時生が手を離す。そしてベルトをずらし、自分のズボンの

「真那さんの下の口、ひくひく言っていますね。可愛いな」

「あ、やだ……や……」

口で抵抗してみるものの、恥《は》ずかしい姿勢を取らされたまま動けない。

真那の脚の間に、時生が身体を割り込ませた。

先ほどからひくひくと収縮を繰り返す濡れた花弁に、時生が引きずり出した怒張の先端をあてがった。

「こんな反応をされたら、我慢できないですね」

真那の身体に覆《おお》い被さりながら、時生が掠《かす》れ声で呟いた。

同時に、滑らかで硬い雄茎の先端が、真那の初《う》心《ぶ》な襞《ひだ》をぐっと押し広げた。

濡れそぼって火照《ほて》った陰唇が、逞《たくま》しい肉杭を呑み込んで、喘《あえ》ぐように蠕動《ぜんどう》する。

「あぁぁ……っ」

反射的に腰を浮かすと、テーブルが軋《きし》んだ。

こんな場所で、下半身を晒《さら》して大きく脚を開いている。

背徳感に、ますます真那の羞恥心《しゅうちしん》が高まった。

「駄目、ここで……っ、ぁんっ……」

ぎちぎちに中を満たした肉槍は、ぬるついた蜜窟に沈んでいく。

ずぶずぶと、身悶《みもだ》えするほど恥《は》ずかしい音を立てて、真那の身体は時生を呑み込む。

あんなに、異性に触られることが耐えられなかったのに、今の真那は違うのだ。

今だって、感じるのは震えるほどの快感と興奮だけ。

呑み込んだ昂《たかぶ》りをなんとか受け止めようと、身体がゆるやかに開くのがわかる。

——私、私……どうして……

息が熱く乱れ、涙が滲《にじ》む。

開いた脚が視界の端で、ぶるぶると震え始めた。苦しいからではない。

貫かれるだけで気持ちがよくて、目もくらみそうだからだ。

「真那さん、俺にめちゃくちゃ絡みついてるの、自分でわかりますか？」

からかうように言って、時生が中を満たす熱杭を更に奥へと突き入れた。

「んぅ……」

こじ開けられるような苦しさに、真那の喉から声が漏れる。

「もっと脚を開いて」

低い声で言われ、真那はなにも考えられずに、できる限りその言葉に従った。

「ええ、そんな風に、もっと貴女の奥に、俺を呑み込んでください」

言いながら、時生が剛直の付け根を真那の蜜口に擦りつけた。

裂け目から露《あら》わになった花芽が時生の体毛に擦られ、火花のような刺激が身体を走る。

「貴女は俺のものになりました。そのことを、こうやって何百回でも繰り返し教えてあげます」

濡れて震える蜜口が、ぎゅうっと時生の肉を食い締める。

「は……あ……」

肉茎が奥に沈んでいく感触と共に、真那の身体からは力が失せていった。

「だめ、いや……ぁ……」

視界は潤《うる》み、息は弾《はず》んで、抗《あらが》う言葉になどなんの信憑性《しんぴょうせい》もない。こんな場所なのに、時生の雄の欲情は鎮まることを知らないようだ。

「あ、あ、だめ……奥……」

もがく真那の身体は、昂《たかぶ》る熱塊に完全に貫かれた。

「あぁぁ……ッ！」

硬いテーブルの上、不自然な体位で真那は思わず背を反らす。

視界の端で、自分の白い脚がもがくように揺れた。逃《のが》れられない快楽をやり過ごそうと、つま先が虚空を蹴る。

「だめ……あ、中……あん……っ……」

時生が、真那の身体に覆《おお》い被さってきた。

意味をなさぬ言葉を封じるように口づける。唇を合わせた瞬間、蜜襞《みつひだ》が収縮して、肉槍を搾り取るように蠢《うごめ》いた。

「どんなに嫌と言われても、俺は我慢しない」

「な、なにいって……あ……あぁぁ……っ……」

押し込まれた肉槍が、ずるりと引き抜かれる。

引きずり出された衝撃に、蜜が溢《あふ》れ、腰が物欲しげに揺れた。

「あ、やぁ、やだ……動くの……ひぁ……」

時生のものが前後するたびに、下腹部全体がぎゅっと収縮し、ぞわぞわと抑えられない快感が集まってくる。

中の粘膜がうねり、もっと抱いてほしいとばかりに時生自身を食い締める。

「俺は真那さんにどんなに嫌がられても、抱きますから」

「なに言って……あ！」

いやらしい音を立ててぐちゅぐちゅと抜き差しされていた熱杭が、最奥に突き立てられる。

「は、う……」

情けない声が喉から漏れた。酷熱《こくねつ》に炙《あぶ》られた身体を持て余し、真那は弱々しく時生の腰に脚を絡める。そして、広い背中に縋《すが》り付いた。

「どうしてそんなに可愛い反応を？」

からかうように言った時生の声も欲情に嗄《か》れていた。

耳元で呼吸がだんだん荒くなっていく。服越しにも、時生の鼓動が速くなるのがわかる。

「あ、だって、だって……あぁんっ！」

突如速まった抽送に、テーブルがガタガタと音を立てる。

「ん、ふぅ……っ、ん……っ……」

不慣れな粘膜が激しい刺激に耐えかねて、びくびくと痙攣《けいれん》する。繋がり合った場所からは、生ぬるい雫《しずく》が止めどなく垂れ落ちた。

中を穿《うが》つ肉杭が鋼《はがね》のように硬くなる。自《みずか》ら脚を開き、逞《たくま》しい肩に縋《すが》り付いていた真那は、なにが起きるのかを悟って目を見開いた。

「あ、や、だめ……」

「なにが？」

息を乱した時生が、からかうように尋ねてくる。真那は己を抱く男にしがみつき、泣きそうな声で訴えた。

「駄目、ここで最後まで、なんて……あ、あぁ……！」

「諦《あきら》めてください、もう、止められないので」

言いながら時生が貪《むさぼ》るように唇を合わせてくる。手首を押さえつけられ、肉杭で繋ぎ止められながら、真那は繰り返される抽送に身悶《みもだ》えた。

泥濘《ぬかるみ》からは次々に欲の証が伝い落ちてくる。

――ああ、もう、私……

時生の唇はほのかに汗の味がして、下腹部が抑えがたく波打つ。

――どうして、恥《は》ずかしい……こんな場所なのに、私……っ……

絶頂感に押し上げられ、真那はぎゅっと目を瞑った。

「ん……ふ……」

びくびくと肉杭を締め上げながら、真那は力なく脚を震わせる。同時に、熱く濡れそぼって弛緩《しかん》した中に、おびただしい白い情欲が注《そそ》ぎ込まれる。

火照《ほて》ったこめかみを涙が伝い落ちた。

「いかがでしたか、盛《さか》った俺に、場所柄もわきまえずに抱かれるのは。おぞましかった？ それとも、さすがに血筋が悪い男だなと呆《あき》れましたか？」

朦朧《もうろう》としていた真那は、時生のシャツの背中を掴《つか》んだまま首を横に振る。

――そんなわけない……だって私は時生が……

真那は泣きたい気持ちを呑み込み、小さな声で答えた。

「びっくりしただけよ」

恐らく期待した泣き言ではなかったせいだろう。穏やかな真那の答えに、時生が不審げに眉根を寄せる。

「びっくり？」

当惑した時生の声を聞きながら真那は目を閉じる。

「お願い……自分のこと、そんな風に卑下《ひげ》しないで」

だが、そこまで答えるのが限界だった。こんな場所で気が遠くなっては駄目だ、と思いながら、真那は時生の背中にしがみついたまま意識を手放した。


真那が、成瀬時生と『結婚』して、十日ほどが過ぎた。

『妻』は、『夫』に黙ってピルを服用し、毎日のように熱い飛沫《ひまつ》を腹の中に注《そそ》がれて眠っている。

そのうち、子供ができないことを不審に思われるかもしれない。

だが、真那の最後の良心は、『なにもかも諦《あきら》める』ことを許してくれない。子供だけは……不幸にしては駄目なのだ。

一方、この歪んだ新婚生活では、一人で過ごす時間がとても多い。

『夫』となったばかりの時生は、多忙だ。生前の父よりも忙しいのではないかと思う。

だが時生は、『無理をしないで』と声を掛けても『ありがとうございます』と言うだけだ。冷ややかな時生の眼差しの中に、少しは自分への愛があればいいのにと、時折願ってしまう。

愚《おろ》かな考えを抱《いだ》いて、真那は慌ててその本音を押し込めた。

かつて、時生の誠意を踏みにじったのは真那だ。ずっと守っていてくれた優しい時生を傷つけた。だから、彼になにかを求める権利など、もうない。

――そういえば、俺を信じてくれなかった、って時生は言うけど、なんのことなんだろう？　一緒にアメリカに行かなかったことかしら。多分そうだと思うのだけど、なんだか言い回しに違和感があるのよね。なにか、私が忘れていることがあるのかしら。

ため息が出る。時生の気持ちを、どう探ればいいのかわからないからだ。

――なんにせよ、辛気《しんき》くさい顔をしていたら時生が可哀相だわ。どうせ一緒にいるなら、不機嫌な奥さんより、明るい奥さんのほうが気分がいいわよね。

どんなに仕事や福祉活動が大変なときも、いつも笑顔だった両親のことを思い出す。

『自分で自分の機嫌を取ることは、周囲に対する最低限のマナーだよ。関係性が悪い相手に嫌な顔を見せるのも駄目だ。そんな顔をしていたら永遠に仲直りできない。いいね、真那。特に君は頑固《がんこ》なんだから、己の感情に固執《こしつ》しすぎないように』

父の教えてくれたとおりだ。どんなときも陰鬱《いんうつ》な空気を滲《にじ》ませるべきではない。

取り返しの付かない過去を償《つぐな》いたいのなら、彼に見せるどの顔も優しい笑顔にしたい。

そもそも、婚姻届にサインをしたのは真那自身なのだから、彼との約束通り妻としてきちんと振る舞うべきだ。

――ただ時生に言われた通りに動く妻ではいけない。お父様が仰《おっしゃ》るとおり、一緒にいて気分がいい存在を目指すべきだわ。過去にひどいことをしたうえ、顔色をうかがい続ける暗い女だなんて失礼すぎる。

そう思いながら、真那は午前中の一仕事を終え、居間へ向かった。

この家には、ドリンクサーバーも、ミネラルウォーターもなんでもある。

――料理でも作ろうかしら。楽しいわよね、誰かと食べるの……。他に、妻としてなにをしたら時生のプラスになるかしら。仕事で有利になるような方とのコネクション作りは必須だろうし。なにから始めようかな。

真那の社交のお手本は母だ。社交活動については、母を見習えば間違いない。

――お母様は、色々と福祉活動を頑張っていらっしゃった。旧華族の奥様の親睦会にも『本当は気が重い』って言いながらも、まめに顔を出していたわ。

服装のディテールからお店選び、提供する話題、お茶会では誰にどこに座ってもらうか。母は幹事が回ってくるたびに知恵を絞っていた。

――チャリティパーティへの寄付金が足りないから、懇親会で声を掛けて集めなければとか、お母様はいつも忙しそうだったわ。やり手の営業マンみたいだったものね。私も、時生がなにをどこまでしてほしいのか、ちゃんと見極めて動こうっと。

コーヒーを淹《い》れ終え、ソファに腰を下ろしたと同時に、時生が音もなく居間に入ってきた。

「お、お帰りなさい」

突然現れた時生を、真那は驚いた声で出迎えた。そういえば、昨日は徹夜になって帰れなかった分、今日の午後は休みを取って昼過ぎに帰ると連絡があったのだ。

「ただいま」

真那の傍《かたわ》らに腰を下ろし、疲れたようにため息をついた。

再会後は無表情を貫く時生だが、今の彼は珍しく、素直に疲れを見せているように感じた。

――決めたとおり、卑屈にならずに笑顔でいよう。

真那は微笑みを浮かべる。

「お疲れさま、大変だったわね、急な泊まりのお仕事なんて。なにか飲む？」

小首をかしげた真那のほうを、時生が一瞬、驚いたように振り返った。

「……お願いしていいんですか？　ではコーヒーを」

なにをそんなに驚くのだろうと思いながら、真那は立ち上がった。

「ブレンドでいいのかしら？」

時生は戸惑ったように視線を彷徨《さまよ》わせたあと、小さな声でええと答えた。

真那は口元に笑みを湛《たた》えたまま、キッチンのコーヒーマシンの前に立つ。

別売りのカプセルを使用し、新鮮なコーヒーが楽しめる機械だ。カプチーノもエスプレッソも、ブレンドもアメリカンも一通り揃っている。

真那はブレンドのカプセルをセットし、コーヒーを抽出して、カップを手に取った。

キッチンを出て歩きながら、ソファに腰掛けたままの時生に声を掛ける。

「はい、どうぞ。お疲れさまでした」

真那の笑顔に、時生が凍り付く。

――……本当に、どうしたの……？

首をかしげると、彼は慌てたように顔を背《そむ》けた。顔が赤い。照れているのだろうか。だが、真那が笑ったくらいで、彼が今更照れるとも思えない。

「どうしたの？　座りっぱなしなら、まめにストレッチしてね」

真那の言葉に返事をせず、時生が勢いよくコーヒーを呷《あお》った。

「熱い」

低い声で呟く時生に、真那は慌てて言う。

「猫舌なんだから気をつけて」

真那の言葉に、はっとしたように時生が手を止める。

そして、ぎこちなく、引き締まった口元を緩めた。

「よく覚えていますね」

声に滲《にじ》んだ不思議な甘さに、真那は突然、落ち着かない気分になった。

――な、馴《な》れ馴《な》れしかったかしら……

動揺を誤魔化《ごまか》すように、真那は時生から視線を逸《そ》らして、答えた。

「え、ええ……だって、ずっと一緒にいたから。猫舌は、大人になったからって治らないでしょう？　飲みにくかったらアイスで作り直すわね」

言い終えて、ひと呼吸置いて、胸がずきんと痛んだ。自分自身が発した言葉のとおりだ。時生とはずっと一緒にいて、ずっと、好きだった。

時生は、真那の不誠実なひどい態度のせいで、昔とは変わってしまったけれど……傷つけた側の真那の気持ちは変わらないままだ。

改めて、自分はなにも割り切れていないことを実感する。

取り返しのつかない言葉を発したあとも、時生が恋しい気持ちは消えていない。

時生はなにも言わずコーヒーを飲み干すと、カップを持ってキッチンへ行ってしまった。

真那は立ち尽くしたまま、懸命に胸の鼓動を収めようとする。

だがそのとき、唐突に一昨日《おととい》の夜、目隠しされ、手を戒《いまし》められて、執拗《しつよう》に刻み込まれた快楽が、身体の奥に蘇《よみがえ》った。

――駄目よ、変なことを思い出しては。

ますます耳が火照《ほて》り、下腹部が甘く疼《うず》いた。

「なにしているんですか？」

コーヒーを渡したあと、立ったままの真那に、カップを洗って戻ってきた時生が尋ねる。真那は我に返って、慌てて首を振った。

「ご、ごめんなさい。考えごとをしていたの。お昼ご飯食べる？　それともお風呂に入ってくる？　温まって身体をほぐしてきたら？」

「だから、俺に気を遣わなくて結構です」

時生が冷淡に言う。どうやら食事も風呂も嫌なようだ。真那は考え、次の提案を口にした。

「あ、あの、じゃあ、ご飯とお風呂以外のことは？」

父は、よく母にマッサージしてもらっていて、嬉しそうだった。

両親を見習い、時生の肩でも揉《も》もうかと思いついて尋ねたつもりなのに、彼はなぜかギョッとした顔になる。

「えっ？」

「な、なに？　私、変なことを言ったかしら」

「い、いえ……別に」

気まずい沈黙が流れ、しばらくしたあとに、真那の身体がそっと抱き寄せられる。

——時生……？

どうしたのだろうと様子をうかがう真那の耳に、時生が囁《ささや》きかけた。

「では、ありがたく。『ご飯とお風呂以外のこと』をお願いします」

意味ありげな声音に、真那はおずおずと頷いた。

「露骨に誘ってくださって、思いのほか嬉しいです」

——露骨に……誘う……？

硬直した真那の耳たぶに、時生が軽く歯を立てる。

「まずは、昨夜独り寝させてしまった奥様にご奉仕を、ということですよね？」

掠《かす》れ声の呟きの意味を理解した刹那《せつな》、真那の耳が焼けるほどに熱くなった。

遅まきながら、とんでもない誤解を与えてしまったと気付く。

「な、なにを言っているの、違うわ、私……貴方の肩とか背中とか脚を……」

マッサージでもしようかと、と言いかけた言葉は、時生に遮《さえぎ》られた。

「いくらでも見ていいですよ」

「待って、だから違……ん……」

言いながら、時生が真那の顔を上向かせ、そっと唇に唇を押し付けてきた。

予想外の優しいキスに、真那の困惑がどうしようもなく高まる。

「今日は疲れてるんじゃないの？」

唇を離し、真那は横を向いて小声で指摘した。

恋人同士のような振る舞いが恥《は》ずかしかったからだ。顔を背《そむ》けたままの真那の耳に、低い笑い声が飛び込んでくる。

「疲れてますけど、貴女を抱きたい気持ちとは別の話みたいですね」

熱い真那の耳に口づけ、時生が喉を鳴らす。そして、肩を抱いたまま歩き出した。もつれる足で、真那は彼に従う。

「テーブルの上でするのは、嫌なのだけど……」

遠慮がちにそう申し出ると、時生がぎくりと身体を揺らした。

「し、しませんよ、もう……。あれはやり過ぎました」

ちらりと見上げた彼の顔は真っ赤だった。

――時生も、悪ふざけが過ぎたと思っているのね……。でも、大丈夫かな、疲れているのに。

時生の寝室に入るなり、時生は真那を抱き寄せ、口づけてきた。

真那の唇を開かせ、コーヒーの匂いが残る舌で執拗《しつよう》に口内をねぶる。

口づけに捕らわれるうち、真那の心からも抵抗の意思が失せていく。

真那を捕らえる時生の腕は、まるで、鋼《はがね》の檻のようだった。絶対に放さない、という暗い決意が込められているように、執拗《しつよう》だった。

押しつけられた時生の身体から、早鐘を打つ鼓動が伝わってくる。

時生の興奮に引きずられるように、真那の身体の奥に、とろりとした炎が点《とも》った。

胸いっぱいに、薄墨《うすずみ》のような喜びが広がる。時生に求められることが、嬉しいのだ。

頭では『この関係はいびつだ』とわかっているのに、身体は、愛されて嬉しいと震え喜ぶ。

心身がバラバラになったように感じても、『夫』に口づけされれば、真那はもう逆《さか》らえない。

「ずいぶん素直な態度ですね。もっとずっと、こんな結婚は御免《ごめん》だと泣いて嫌がられるかと思っていたのに」

皮肉ではなく、不思議そうに時生が言う。真那はわずかに口元を緩め、小さな声で答えた。

「泣かないわ。だって自分の意志で婚姻届にサインをしたんだもの」

落ち着いた真那の答えに、時生が肩をすくめる。

「俺に汚されることを、諦《あきら》めて受け入れたと？」

「……そんな風に思っていないわ」

「ふうん、嘘がお上手だ」

真那は、抗《あらが》わずに身体の力を抜いた。

ふたたび口づけされ、心が靄《もや》のような幸福感に満たされる。触られたいのは彼だけだからだ。

昔からそうだった。今も変わらないし、これから先も真那は永遠にこのままなのだろう。

真那は立ったまま、抗《あらが》わずにブラウスを脱がされ、ブラも外されて、明るい室内で上半身の肌を晒《さら》す。

「下、脱がせていいですか」

欲の滲《にじ》んだ声で時生が言う。真那が頷くと、彼の指が真那のスカートを床に落とした。

「じ、自分でするわ、そのくらい」

真那は自分でストッキングとショーツを脱ぎ捨てる。

もう、脱いだ服を彼の目から隠そうとも思わなくなった。

それよりはるかに恥《は》ずかしい、淫《みだ》らな顔を散々見られたからだ。

一糸纏《いっしまと》わぬ姿で、真那は素直に時生に身を寄せる。服を着たままの彼は、裸の真那をぎゅっと抱きしめて、額《ひたい》にキスをした。

「自分で脱ぐなんて、怖いくらいいやらしいですね」

シャツ越しに、時生の激しい鼓動が伝わってくる。

自分は裸になったのに、なかなか時生が脱いでくれる気配がない。

――どうしたの？

時生は服を脱がないままベッドの中央に座り、投げ出した脚の上に、裸の真那を乗せた。

「あ……あの……」

真那は時生に腕を引かれ、崩れるように膝の上に腰を下ろした。

二人とも入り口のドアのほうを向いて、背中から時生に抱きすくめられた姿勢だ。

時生が服を着たままなのも、この姿勢の意味も解《げ》せなくて、真那はうしろを振り返ろうとした。

そのとき、背後から伸びた時生の指が、揺れる真那の乳房を強く掴《つか》む。

「きゃっ！」

突然、無防備だった場所を攻められ、真那は声を上げた。

乳房が、時生の掌《てのひら》の中で柔《やわ》らかく形を変える。

「時生、なにをしてるの」

「前戯はお気に召しませんか？　俺は好きですす、真那さんの胸」

露骨な返事に、真那は恥《は》ずかしくてなにも言えなくなった。

日焼けしていない真っ白な肌に、時生の長い指が食い込む。うしろから真那を抱きかかえ、真那の耳の辺りに頬を押しつけて、時生が意地悪な声で囁《ささや》きかけてくる。

「俺にこうされるのは気に入らない……訳ではないみたいですね？　だって、ほら、もうこんなに硬くなっている」

指先が、赤みを増した真那の乳嘴《にゅうし》をくりくりと回した。

軽い刺激なのに、身をくねらせねば耐えられないほどの掻痒感《そうようかん》に襲われる。

「ぜ、前戯、って、あ」

身体を戒《いまし》める腕から逃《のが》れようにも、時生の腕は離れない。

「あ、あの、あうっ」

更に尖《とが》り始めた乳嘴《にゅうし》を指先できゅっとつままれ、真那の身体がビクンと跳ね上がった。

「どうしたんです？　お好きですか、ここを触られるの」

時生の声が聞こえるたびに、頬に彼の息がかかる。密着したまま一方的にいやらしく身体をいじられて、真那の羞恥心《しゅうちしん》がますます増した。

「全部柔《やわ》らかくて最高ですね。なんて綺麗《きれい》な身体なんだろう、俺のお姫様は」

言いながら、時生がたぷたぷと乳房を揺らした。指先で乳嘴《にゅうし》を刺激するのはやめない。

「ん、あっ、あ……っ」

背中に、じりじりとした熱を感じる。無防備な真那の身体をいじることで、時生の興奮も高まっているのだとわかる。

「敏感、ですね。こんなに立って」

時生の言葉に、恥《は》ずかしさが頂点に達した。彼の言うとおり、視線を下げれば、刺激に赤く染まった胸の先端と、愛撫に応《こた》えるように、つやつやと白く輝く双丘が見える。

刺激に震えながら吐き出す息は、明らかに熱くなっていた。

真那は思わず時生の手首を掴《つか》む。

「待って、こんな変な姿勢で、あ……っ」

真那の身体の芯に、疼《うず》くような痺《しび》れが駆け抜ける。

身体をわずかに反らし、強ばらせながら、真那は言った。

「本当に、貴方、なにして……」

「さあ？　なにをしているのでしょうね。真那さんにもっと、恥《は》ずかしくていやらしい思いをしてほしいのかもしれない。貴女にもっと正直に俺を罵《ののし》ってほしいのかも。綺麗《きれい》な言葉で誤魔化《ごまか》されるのは嫌なんですよ、もう貴女に期待して、失望するのには耐えられない」

なにを言って……と言いかけた真那の耳に、突然、信じられない声が届いた。

「失礼します」

女性の声に、一糸纏《いっしまと》わぬ姿で真那は凍り付く。

——家の中に人が……

真那の胸の下を抱き寄せたまま、時生が背後から声を掛けてきた。

「ルームクリーニングの人です。合鍵を渡し、不在であっても週に二回、掃除を頼んでいるので。前に説明しましたよね？」

まだこの生活に慣れていないが、よく考えれば、今日がクリーニングの日だったかもしれない。

真那は身体を強ばらせ、時生に抗議した。

「だ、だめ、放して！」

家の中によその人がいるのに、彼に抱かれるなんて耐えがたい。

万が一、ルームクリーニングの人に声が聞こえてしまったらどうするのか。

だが、身をよじっても、時生の腕は離れなかった。

片腕で真那を抱きすくめたまま、もう片方の腕が、真那の脚にかかる。

「ひっ」

時生の腕が、膝裏に通される。

真那の右脚は、時生の右腕に引っかけられ、持ち上げられてしまった。

脚を開かれ、秘部をさらけ出し、時生に寄りかかる姿勢になる。

しかも、この角度では部屋の入り口に向けて脚を開いていることになる。

入ってきた人に見られたら、と思った瞬間、真那は顔を覆《おお》った。

「嫌……ッ！」

時生の脚の間に座り、無理矢理片脚を持ち上げられ、脚を開かされて、逃げられない。胸の下に回っていた手が、今度は、濡れ始めた花芯に伸びた。

「……っ、だめ、っ」

くちゅり、と音を立てて、指先が裂け目の縁《ふち》を擦る。

真那は、秘裂を弄《もてあそ》ぶ時生の手を止めようと、彼の手の甲を握りしめる。

「あ、あんっ、駄目……っ、あ……」

「聞こえますよ」

意地悪な声に、真那は我に返って唇を噛んだ。

指先は、教え込んだ快楽をなぞるように、茂みの奥の小さな粒をぎゅっと押す。

「ん」

敏感な部分を中心に、ずくんと身体中に衝撃が走った。声を殺しきれず、真那は唇を噛みしめる。

「そう、お上手です。そんな風にずっと我慢していてくださいね」

言いながら、時生が、ぬるつき始めた泉の奥に、ゆっくりと指を沈めていく。

「あ、あっ」

真那は身体を強ばらせ、なんとか指の侵入を防ごうとした。

だが、駄目だ。脚を持ち上げられ、開かされていては、なんの抵抗もできない。

「もうこんなに濡れてますよ？」

熱く火照《ほて》った襞《ひだ》の間に、指がいやらしい音を立てて入ってくる。

声を堪《こら》える真那の反応を楽しむように、閉じた襞をこじ開け、指でねっとりとかき回す。

「いや、いや……っ……」

気持ちとは裏腹に甘い声が漏れ、真那は腰を反らした。

だが、どんな姿勢を取っても、快感を逃《のが》すことができない。蟠《わだかま》る熱は高まる一方だ。

「い……っ、やぁ……っ」

扉の外に人がいるとわかっているのに、身体は指の刺激に応《こた》えて震え出す。

「お願い、抜いて、駄目」

涙声で懇願《こんがん》するが、時生は耳元で小さく笑っただけだった。

「抜いて、嫌」

ますます息が熱くなる。指はくちゅくちゅと音を立てて、真那の中を行き来し始めた。

滑らかな指に、真那の蜜襞《みつひだ》が絡みつこうとする。身体の奥から熱いものが湧き上がり、指を伝って流れていった。

「ルームクリーニングの人は、俺の部屋も掃除してくれます。真那さんのいやらしい姿を見られてしまいますね」

「だめ……放して……」

ぐんにゃりと弛緩《しかん》した身体で、真那は懇願《こんがん》する。

だが、潤《うる》んだ視界の端に映る自分の脚は、時生に持ち上げられて、ぷらぷらと力なく揺れているだけだ。足の指は、時生の指の刺激を受け取るたびに、ぴくぴくと蠢《うごめ》いている。

真那は溶けそうな意識を叱咤《しった》し、必死でルームクリーニングの人の気配を探る。

今は多分……時生が普段使っているほうの洗面所と浴室を掃除している。

この部屋に来るのは、トイレと、もう一つの客間を掃除したあとだろう。

そこまで考えたとき、中を暴《あば》く指が出ていった。

真那の身体から、ほっとしたように力が抜ける。

だがその安堵《あんど》も、つかの間のことだった。時生がなにかを握り、雫《しずく》を垂らす秘裂にふたたび触れる。

——な……に……？

ぬるりとなにかが中に押し込まれた。細い紐のようなものがついた異物だ。

時生は真那の脚を抱えているほうの手で、外に出た紐の先端を手にする。

——なに……？　スイッチ……？

息を吞んだ刹那《せつな》、蜜窟に今まで感じたことのない衝撃が走った。

「な……ッ！」

真那は慌てて、中に押し込まれた『異物』を抜き取ろうとした。

あまり詳しくない真那にも、性的な興奮を与えるための道具を入れられたのだとわかる。

濡れそぼった襞《ひだ》の間《あわい》で、その小さな器具が強く震え続ける。

無理矢理それを咥《くわ》え込まされた隘路《あいろ》が、びくびくと蠢動《しゅんどう》した。

「い、入れないで、こんなもの」

だが、真那の和毛《にこげ》を覆《おお》うように、時生の掌《てのひら》がそこに被さり、真那の手を妨げる。

「あ、あっ、だめ……あ……」

涙ぐみながら、真那は必死に時生の手を引き剥《は》がそうとする。

「声、もっと出していいですよ。そろそろこの部屋に来るかもしれないけど」

「い……い……」

いや、と唇だけで呟き、真那はもう一度、妨げになっている時生の手に指を掛けた。

そのとき、腹の中の震えが、勢いを増した。強い刺激に、真那の花襞がぐねりとうねる。

どろりと熱いものが溢《あふ》れて、開いた脚が震え出す。

「……ッ！」

機械的な振動は、強弱を変え、繰り返し真那の粘膜を震わせた。

時生の指が、器具を挿入した秘部に忍び込み、それを更に奥へと押しやった。

「っ、あ！」

これまでにない、激しい疼《うず》きが真那を襲う。

持ち上げられた右脚と、投げ出された左脚が、耐えがたい絶頂感にピンと突っ張った。

「全然嫌がってないじゃないですか。……俺に本当のことを言わないのはなぜ？　いい加減にしろと怒らないのはどうしてですか？」

「お、怒るって。どうして？　っ……あ……だめ……」

真那は息を荒らげながら、もう一度時生の手を引き剥《は》がそうと試《こころ》みる。

「こっちも刺激してあげます」

弄《もてあそ》ばれ、硬く立ち上がった花芽を、中に入れた指の付け根で強く押される。

「んうっ」

火花のような刺激が下腹に走り、真那の身体がふたたび強く強ばった。

同時に、バタン、とドアの閉じる音がする。

もう、すぐそばまでルームクリーニングの人が来ているのだ。

時生の部屋に来るまでどのくらい掛かるのだろう。いつ彼はやめてくれるのだろう。

「どうしたんですか、真那さん。俺の指に集中してください」

真那を背後から抱き込んだ時生が、熱くてひりひりする耳をそっと噛んだ。

体内に収まった異物が、更に強く震え出す。

開いた脚が、衝撃にわななないた。

「い、いや、これ、抜い……ん！」

震えが強弱の波を伴って、真那の腹を内側から焼いた。

「あ、あ……抜い……っ……」

時生の胸に身体を預け、喘《あえ》ぎ交じりに真那は訴えた。

秘部に触れる時生の手はもう、真那の身体から溢《あふ》れた蜜で、濡れそぼっている。

「お願い、お……ん……っ……」

もう、淫《みだ》らな悪戯《いたずら》に逆《さか》らう力もない。真那は必死に自分の口を手で塞《ふさ》ぐ。

扉が開く音が聞こえる。ふたたび廊下を歩く足音が聞こえ、隣の部屋のドアが開いた。

掃除機の音がすると同時に、腹の中で唸《うな》っていた機械が、ずるりと引き出された。

息を乱す真那を抱きすくめたまま、時生が囁《ささや》きかけてくる。

「仰《おお》せの通り、抜いて差し上げました」

弛緩《しかん》した真那の身体は、次の瞬間、ころりとベッドに転がされた。

「俺が、我慢できなくなりましたからね」

真那はうつぶせになったまま、時生を振り返ろうとした。

腰をぐいと掴《つか》まれ、高く上げさせられて、真那は息を呑む。

「い、いや、待って」

隣の部屋からは掃除機の音が続いている。真那は淫《みだ》らな姿態を晒《さら》したまま、時生の腕から逃《のが》れようともがく。

「お願い、こんなときにやめて」

「やめません。貴女が俺に汚されているところを見てもらいましょう。ここまでひどい真似をされたら、貴女も俺に対して、正直に『軽蔑《けいべつ》している』と言えるのでは？」

片手で真那の腰を掴《つか》んだまま、時生が言う。カチャカチャという音は、バックルを外す音だろうか。衣擦れの音がして、真那は唇を噛む。

――なに言ってるの？　軽蔑《けいべつ》なんて、私一度もしたことが……それよりどうしよう、人がいるのに、こんな格好で！

うつぶせで腰を高く上げた真那の蜜口に、滑らかななにかの先端が当たる。

散々刻み込まれた形を思い出し、真那は弱々しく首を振った。

「やめて、見られたくないの」

「なんですか、その大人しい反応は、もっと正直に俺を罵《ののし》っていい」

「だめ、っ、ア……」

後背位を取らされた真那の身体が、熱い杭でこじ開けられていく。

執拗《しつよう》な愛撫に濡れた蜜窟は、なんの苦もなく時生を呑み込んだ。

「ああ……だめ……」

潤《うる》みきった身体で時生を受け入れながら、真那は蚊の鳴くような声で抗《あらが》う。

さらさらしたシーツに額《ひたい》を押しつけ、それを指でたぐり寄せて、ぎゅっと掴《つか》んだ。

「この反応でだめと言われても、納得できないな」

意地の悪い声で時生は言い、ゆっくりと収めた杭を前後させた。

真那の身体に、中を満たす怒張の存在を教え込むような、ゆっくりとした動きだ。必死に声を我慢していた真那の身体が、強い快楽にくねる。

「……あ……あぁ……だめ……」

「なにが駄目なんですか、そんなに可愛い声を出さないで」

逃げようにも、腰を掴《つか》まれてどこにも行けない。振りほどこうにも、ゆるゆると繰り返し貫かれている身体には、まるで力が入らない。

ぐちゅっ、ぐちゅっと、粘液質な音が真那の耳に届く。

――どうしよう、人、きちゃう……！

真那はシーツを掴《つか》む指に、更に力を込めた。

目の端から快楽による涙がこぼれ落ちる。

「と、時生、許して、も……」

「ここまで気持ちよくされて、男が我慢できるとでも思っています？」

そう言って、時生が抽送の速度を速めた。真那の息が、見る間に乱れてゆく。

「っ、あ、いや、……ッ……んッ」

繰り返し穿《うが》たれる蜜口から腿《もも》を伝って、雫《しずく》が流れ落ちていく。

咥《くわ》え込んだ蜜洞が、ひくひくと収縮を始めた。

真那は懸命に声を殺しながら、ぎゅっと目を瞑る。

律動に合わせて、勝手に腰が揺れる。こんな風に、感じたくないのに……。

――ああ、もう……っ……。

自分を貫く熱塊のことしか考えられない、と思った瞬間、部屋の扉が叩かれた。

「い、っ」

思わず悲鳴を上げそうになり、真那はシーツに顔を押し付ける。どうか見ないでと願ったとき、扉の向こうから女性の声が聞こえた。

「成瀬様、ご在宅ですか？」

時生が、真那の中を満たしている熱杭で、最奥をぐいと突き上げる。

「ひっ……う……」

なんとか、大声を出すことは回避できた。だが、時生に抗《あらが》えないし、動けない。

「はい」

冷静な声で時生が答えた。

真那の中を犯す楔《くさび》は衰えを知らぬ勢いなのに、別人のような冷静な口調だった。

「お部屋のお掃除、いかがいたしましょう」

ルームクリーニングの女性の言葉が終わる前に、ふたたび時生が、敏感な襞《ひだ》を攻め立てるような、緩やかな抽送を始めた。

――だめ、だめ……声が……っ……

腿《もも》を伝う蜜の感触を生々しく感じながら、真那は必死で息を殺す。

「どうしようかな」

言いながら、時生が激しく接合部を擦り付けてきた。

目の前に火花が散るほどの衝撃に、真那の背が猫のように反る。

――お願い、時生、見られるのはいや……

真那の懸命の祈りが届いたのか、時生がちょっと笑って、明るい声で答えた。

「すみません、書類を広げてしまったので、今日はいいです。このまま仕事しますので、他の部屋をお願いします」

「かしこまりました」

ルームクリーニングの人から、あっさりと答えが返ってきた。時生は、喘《あえ》ぐ真那の背中をつっと撫《な》でて、優しい声で告げた。

「鍵くらい、掛けてますよ」

真那の肩がぴくりと震える。

「い、意地悪……なんで……あぁ……」

ぐちゅ、ぐちゅ、とリズミカルな音を立てて真那を穿《うが》ちながら、時生が熱欲を滲《にじ》ませた声で答えた。

「少しは正直になってほしくて……俺の機嫌なんか取らなくていいんです、もっと素直に文句を言ってくれれば、俺だって、動じずに貴女を利用し尽くせるのに」

冷たかったはずの声は、ひどく乱れて聞こえた。

「んぁ、っ、あ……あぁ」

なにかを答えねばと思うのに、言葉が出てこない。

口の端を涎《よだれ》が伝い、汗に混じって顔を濡らす。

「あ、あ、奥、そんなに、だめ……あぁんっ」

「声が大きいですよ、真那さん。まだルームクリーニングは終わっていませんから」

そう言いながら、時生は剛性を帯《お》びた楔《くさび》で、真那の中をぐりぐりと突き上げる。

「も、もう……あぁ」

下腹部がびくびくと波打つ。

結合部が生々しい音を立てるたび、真那の唇から悲鳴とも、うめきともつかない声が漏れた。

「ひうっ、ん、く、んんッ」

剛直の付け根を真那の尻に擦りつけながら、時生が快楽に緩んだ声で呟く。

「真那さん、俺、すごく気持ちいい」

うわずった時生の声が、真那の身体の疼《うず》きを、抑えがたいものに変える。

火照《ほて》った身体を持て余し、真那は穿《うが》たれるごとに高まる絶頂感に耐えた。

「ね、こんなに俺に汚されたら、他の男に脚なんて開けませんよね？」

はしたない音を立て、真那の中が時生のものをしゃぶり尽くそうとする。

目の前が霞《かす》み、もう我慢できないと思ったとき、時生の指先が、のたうつ腰の、骨の辺りをつっと撫《な》でた。

「ああ、やっぱり貴女は、世界一可愛い……」

——時生、なにを言ってるの？

考えようとしても、なにも浮かばない。繰り返される快楽に、惨《みじ》めに腰を振りながら、真那はただひたすらに、嬌声《きょうせい》を堪《こら》える。

中をこね回され、欲望の形を刻み込まれて、もうなにも考えられない。

「なぜ腰を振っているんですか？　まだ足りないから？」

時生の手が、一層強く真那の腰を引き付ける。

かさを増した肉楔が真那の中を埋め尽くし、どくんと大きく脈打った。

「う、あ……」

中で時生が弾《はじ》けようとする、その脈動に、真那の身体が大きく反応する。

滾《たぎ》る欲望を強く締め上げながら、隘路《あいろ》が激しく痙攣《けいれん》した。

時生がはっきり聞こえるほど大きく、はぁ、とため息をつく。同時に、身体の奥に、じわじわと熱液の感触が広がった。

――あ、ああ、私たち、よその人がいるのに、なんて恥知《はじ》らずな真似を。

真那の目から涙がこぼれる。だがそれは、道を踏み外したようなセックスのせいではない。

満ち足りているからだ。時生にめちゃくちゃに抱かれて、爪の先まで隙間なく幸せだから。

――私、私、どうしてこんな恥《は》ずかしいことをされても幸せなの？ なんて愚《おろ》かな……

身体から力が抜ける。くたりと伏せた真那の中から、時生がずるりと抜け落ちた。

――時生、私……

目を瞑った刹那《せつな》、あっという間に眠ってしまったらしい。視界の端に白と黒の縞模様《しまもよう》が見えた。

不思議に思って、視線を下げる。

真那は喪服姿だ。黒のスカートの裾《すそ》と、同じ色のストッキングをはいた自分の脚が見える。かつて暮らしていた、葛城家の屋敷の廊下の木目まで、はっきりと認識できた。

そこで違和感に気付く。真那に見えている世界は、父母の葬儀の日のものになっているのだ。

――私、なにをしているの？

夢の中の真那は、大変な状況であることもわきまえず、家を飛び出そうとしている。

『時生』

十六歳の真那は、絶望にもみくちゃにされながら、サンダルを突っかけて、勝手口から走り出た。

寒くて雨が降っている夜。傘も差さずに、暗い道を走る。

雨が全身を濡らし、涙で歪んだ視界に新たな水滴を落とした。

『時生』

真那は、ひたすら恋する人の名前を呼びながら、走っていた……

――私……なにを……

走っても走っても、時生と彼の母が住んでいる家にたどり着けない。屋敷の周囲の雑木林を抜けられない。雨が真那の身体を濡らし、街灯に照らされた道をぼんやりと滲《にじ》ませている。

『時生、助けて、もう嫌だ』

錯乱したかつての自分の姿を、真那は他人事のように見守る。

これは、夢だ。弔問客《ちょうもんきゃく》や祖父母、屋敷で働く人たちの前で、取り乱した姿など見せなかったはず。

ふらつきながら走っていた夢の中の真那は、なにもない場所で道路に倒れ込んだ。濡れた地面に冷え切った身体が叩きつけられる。

『助けて、嫌！』

夢の中の真那が泣き出す。同時に、真那の視点が、過去の真那から切り離された。

――現実に、あんなことはしていないはずよ。誰にも言わずに、夜一人で家を飛び出すなんて。しかも大雨なのに、傘も差していなかった。あんなの、あまりに私らしくないもの。それに葬儀の夜は……たしか……庭で転んで怪我をして、病院に行ったのよ。

だからこれは、現実にあったことじゃない……

そこまで思ったと同時に、真那の意識は完全に眠りに呑み込まれた。

どれだけの時間、眠っていたのかわからない。

だが、なにかが動いた気配で目が覚めたようだ。

もう一度眠ろうかと思ったとき、ふたたび傍《かたわ》らで人の気配がした。

ゆっくりと思考が巡り出す。真那は縫い止められたように重いまぶたをかすかに開く。

糸のように細い視界の中央に、伸ばされた大きな手が見えた。

――時生……？

その手が真那の頭に触れ、そっと撫《な》でる。真那は、慈《いつく》しみに満ちた仕草に戸惑った。

――なにが、起きているの。

目をもっと開けようとしたが、身体が沈み込むほどの眠気に動けない。

しばらく頭を撫《な》でられていたあと、視界に影が落ちた。

覆《おお》い被さってきた時生が、額《ひたい》にキスをしたのだ。優しい蕩《とろ》けるようなキス。

ため息が聞こえ、もう一度、今度は唇にキスが降ってくる。

――どうしたの、時生……。

横たわっていた真那の背中に、時生の腕が差し込まれ、そのまま横向きに抱き合う姿勢になる。

裸の胸に包まれて、えもいわれぬ安心感を覚える。

――ああ、私、ずっと時生にこうされたかった。貴方以外の人のところに行くのが嫌だったの。利用されているだけの憎まれている妻でも、貴方のそばではずっと笑って優しくする。だからいつか、昔みたいに笑ってね……。

満ち足りた気持ちで、真那はふたたび眠りに落ちる。

愛し合う夫婦のように優しい抱擁《ほうよう》とキス。

これは、疲れ切った真那が見ている、都合のいい夢なのだろうか。

～時生　Ⅲ～

葛城夫妻の葬儀には出るな、というのが、喪主である真那を支える弾正氏……彼女の祖父からの伝言だった。

孫に悪い影響を与えてほしくない、その理由からだ。

番犬ごときが令嬢にまとわりつくな、と言い換えてもいいだろう。

時生は自宅でパソコンを広げ、手持ち無沙汰に母からの連絡を待つ。

真那の様子が無事かどうかくらいは知らせてくれると言っていたが、なんの連絡もない。

きっと弔問客《ちょうもんきゃく》の対応や、その他の仕事で多忙を極めているのだろう。

そのほうがいい。きっと、忙しいほうが母の心痛も紛《まぎ》れるだろうから。

時生も就職を控えて多忙だった。

悲しみに浸る間もない。大学で起業した学内ベンチャーの買収交渉の詰めを終え、新しく入る会社のイベントでは、早速ビジネス新企画の発表を求められている。

時生が血の滲《にじ》むような努力を重ねて『桁外れに成功しているエリート大学生』になっ

たのは、真那のそばにいるためだった。

だが、もう、その努力に意味があったのかどうか……

パソコン上の企画書を睨《にら》みながら、時生はため息をついた。

どれほど出世しようと、時生には『真那に一生寄り添える未来』などない。成功して恩返ししたかった真那の両親も、もうこの世の人ではないのだ。

考えれば考えるほど、悲しみと虚しさが胸に広がっていく。

真那のことが心配で落ち着かないし、夫妻と最後の別れができないことが悲しくてたまらない。

――真那さんは一緒にいてくれと泣いていたのに、お慰《なぐさ》めすることすら許されないのか？

もちろん答えはわかっている。『許されない』一択だ。

だが、あんな風に泣き叫び、人目も忘れて取り縋《すが》ってきた真那を見るのは初めてで、不安ばかりが募《つの》る。こんなときくらい、彼女の心を落ち着かせることを優先してくれてもいいのに。

落ち着かない気分で時計を見ると、夜の八時を過ぎている。

そのとき、スマートフォンが鳴った。母からのメッセージだ。

『真那さんがいなくなってしまいました。屋敷に来て一緒に探してもらえませんか？』

内容を理解した刹那《せつな》、時生は弾《はじ》かれるように玄関に走った。

取り乱していた姿が思い出され、身体中が氷を押し当てられたように冷たくなる。

——どういうことだ？　真那さん、どこに？

そうでなくても、真那は大富豪の令嬢だ。誘拐の危険だって、ないわけではない。

昔から利発で、自分の立場をよく理解していた真那が、両親の葬儀の夜に家を抜け出すなんてあり得ないはずだ。

もしかしたら、弔問客《ちょうもんきゃく》の中に不届き者がいて、人目を盗んで真那を連れ出したのかもしれない。

——なにがあったんだ。とにかく母さんのところへ。

雨天用の黒の皮靴に足を押し込み、時生は傘を片手に、家から飛び出した。

とりあえず、葛城家の屋敷へ……と思ったとき、アパートの階段の一番下にうずくまる、黒い姿を見つける。

闇の中で無言の人影にぎくりとなったが、すぐにそれが真那だと気付いた。

「真那さん？」

恐る恐る声を掛けると、ゆらりと真那が顔を上げた。

ずぶ濡れだ。なにが起きたのだろうと思いながら、時生は真那の傍《かたわ》らに駆け寄る。

「どうしてこんなところに」

焦りのあまり声がうわずった。真那の真っ白な顔には、濡れた長い髪が張り付いている。まるで幽霊のようだ。違和感を覚えながら、時生は真那の腕を取って立ち上がらせた。

「皆、心配しています、お屋敷に帰り……」

言いかけた時生の胸に、冷え切った真那が飛び込んでくる。

「どうして一緒にいてくれなかったの」

冷え切った真那が気の毒でたまらない。突然両親を亡くし、頼り切っていた幼なじみとも引き離され、どれほど不安で、苦しい思いをしたのか。だが、こんな場所にいさせてはいけない。早く心配している皆のところに連れて戻らねば。

「真那さん、お屋敷に帰りましょう……お祖父様とお祖母様が心配なさって……」

時生の言葉を遮《さえぎ》るように、真那が強く頭を振った。

「結婚しろって言われたの。落ち着いたら結婚しろって。お祖父様が、私の財産も社会的な立場も全部守ってくれる相手を探すからって！」

真那の身体は、がたがたと震えていた。ただでさえ男性嫌悪が強いのに、両親を失った心痛と合わせてショック状態なのだろう。なんとか宥《なだ》めようと時生は口を開く。

「大丈夫です、落ち着いたらお祖父様とはちゃんと話し合いをなさって」

「嫌なの！」

真那が悲鳴のような声を上げ、時生にしがみつく力を強める。

「嫌だ……嫌だよ、そんなの、嫌、私も死にたい」

震える声で言い終えた真那が、肩を震わせて泣き出す。

「ま、真那さん」

「……嫌よ、嫌……私は嫌……好きじゃない人と結婚なんかできない」

時生は呆然と、自分にしがみつく真那の小さな頭を見つめた。

掛ける言葉がなにも思い浮かばない。

頭ではわかる。真那の人生を守れるのは、裕福で社会的地位の高い親族なのだ。彼らが真那の人生にレールを敷き、何不自由ない暮らしへと導《みちび》くのが正しい、と。

――か、母さんを……呼ばないと……

これは真那に対する裏切りだ、と薄々思いつつ、時生はスマートフォンを手に取る。

震える手で母の番号を呼び出そうとしたとき、不意に真那が言った。

「誰を呼ぶの？」

「母が心配していましたから、迎えにきてもらいましょう」

時生の胸に顔を埋《うず》めていた真那が、ゆらりと顔を上げる。雨と涙でぐしゃぐしゃになった白い顔が、不意にほころんだ。

――真那さん……？

目を見張る時生に、真那が甘い声で言う。

「私、ずっと時生といたい。学校をやめて働くから。結婚するのは嫌」

「駄目ですよ、お祖父様とお祖母様の言うことを聞いてください」

「今聞いたら、一生降りられない電車に乗せられてしまうのよ」

ぞっとするほど、冷静で穏やかな口調だった。

美しい黒い大きな目を見つめ、時生は頷く。

「そう……ですね」

真那の黒い目が、ひたと時生を見つめる。

お願い、私の望みを叶えて、あんな場所から連れ出して、そんな真那の愛らしい囁《ささや》き声が聞こえたような気がした。『飼い主』である彼女の願いは全部聞き届けたい。他のなにもかもを踏みにじって、真那が望むことを叶えれば、番犬である時生の心も満ち足りる。

星のない夜空のような瞳に惹《ひ》き込まれそうになりながら、時生は無意識に口を開いた。

「……今すぐは無理です」

声に出したあと、愕然《がくぜん》とした。俺は感情に任せてなにを言っているのだろう、と強い後悔がよぎる。だが、真那の目を見ていたら踏みとどまれなかった。

「今、貴女を連れ出したら、未成年者略取の罪に問われて、無理矢理引き離される。だけど、二十歳になるまで待っていてもらえませんか」

「にじゅっ……さい……？」

真那の珊瑚色《さんごいろ》の唇がゆっくりと動いた。

ああ、どれほどぼろぼろの濡れ鼠《ねずみ》になっていても、真那は可憐で愛らしい。彼女こそが自分のただ一人の飼い主なのだ。そう思いながら、時生は言葉を続ける。

「あと四年したら、真那さんを連れて逃げ回れるくらいの人間になって絶対に迎えにいきます」

紗《しゃ》のかかったような真那の目に、淡い光が戻った。

「本当に……？　時生以外の人と無理矢理結婚しなくていいの？」

真那の瞳が、アパートの共用通路の淡い常夜灯を映してきらきらと輝く。こんなに綺《き》麗《れい》な宝石は、傷つけないように宝箱にしまって守らなければ……

「はい、俺は絶対に真那さんを助けます。お祖父様にまた邪魔されても、迎えにいきます。誰になにを言われても絶対に」

鈴を張ったような大きな瞳に、涙が浮かんだ。

「っ……あ……やっぱり……駄目……私、なにを言ってるんだろう……ごめんなさい、時生」

真那がふたたび泣きじゃくりながら、時生の肩に顔を埋《うず》めた。

どれほど政略結婚が苦しいのだろう。彼女は自分が守らなければ。守れなかったら、きっと一生後悔する。

「迎えにいきます。絶対に約束は破らない。俺は真那さんを助ける」

「駄目だよ、駄目……ごめんなさい、こんな風に会いにきたりして」

「いいえ、俺は真那さんを助けます。お祖父様に目を付けられたら、日本を出ればいいと思っています。どこに住むかよりも、真那さんと一緒にいられることのほうが大事だから」

真那が涙でぐしゃぐしゃになった顔を上げた。

大きな目から涙が次々に溢《あふ》れ、真っ白な頬を濡らす。

「真那さんが不幸で、俺だけ幸せなんて嫌ですよ。真那さんが逆の立場でもそうでしょう？」

冷え切った肌を濡らす真那の涙が止まった。

「う……ん……私は……時生が幸せじゃなきゃ、私も幸せじゃない……」

「じゃあ、俺たちの考えていることは一緒です。いいですね？」

「迎えにきてくれるの？　本当に……？」

「はい。貴女が成人したら、必ず。どこに連れて行くかはわからないですけど、絶対に助けます。だから、お祖父様になにを言われても待っていてください」

腕の中の真那が、はっきりと頷いた。

真那がなにかを言いかけたとき、不意に複数の人間の気配が殺到する。

「いた、真那さん！」

母の悲鳴のような声が聞こえる。おそらく母は、真那が時生に会いに行ったのではと察したのだ。だから、慌てて自宅に戻ってきたに違いない。

真那の目に引きずり込まれそうになっていた時生は、慌てて真那の身体をそっと引き離す。

母はほっとした顔で、時生と真那に歩み寄ってきた。

「よかった……心配しましたよ。息子に用がおありでしたか？」

穏やかな母の声に、真那が潤《うる》んだ目でなにかを言いかけた。

だが、その言葉を発する前に、母の身体が押しのけられる。背後から近づいてきた真那の祖父が、怒りの形相で、母と時生の間に割り込んだ。

「なぜ君は、孫に近づくんだね」

「違います」

激しく反論もできず、時生は小さな声で言い返す。

言いよどむ時生を庇《かば》うように、真那がはっきりした口調で言った。

「私が勝手に来たの！」

「なぜ賢いお前がこんな。こんな顔だけの貧乏人にたぶらかされたか。……忌《い》まわしい、孫に近づけば甘い汁が吸えるとでも思ったのか」

　真那の祖父が時生の胸をどんと押した。よろめく時生の腕に抱きつき、真那がもう一度、強い口調で祖父に言い返した。

「私のことはもう諦《あきら》めてください。政略結婚なんて、本当に、私には無理だから！」

「なにをバカなことを。今はよくても五年後に後悔する。お前はまだ子供なんだ、顔しか取り柄のない貧乏人の男にだまされるな。情けない」

「……っ、時生のことをなにも知らないくせに、侮辱《ぶじょく》しないで！」

　真那の祖父は、抗《あらが》う真那を捕らえようと乱暴に腕を掴《つか》んだ。

「来い」

「いや、放して！　死んでも嫌！」

「お前にとって一番いい選択肢を考えてやってるんだ。それなのに、こんなときに、なぜこの男の家に来た！　悪い噂でも立ったらどうするつもりなんだ。さあ、来なさい」

「放し……！」

　真那が身体を引いた瞬間、もみ合っていた祖父が足をもつれさせた。

　おそらく、もともと足があまりよくなかったのだろう。雨のせいで、身体が冷え切っていたから、動けなかったのかもしれない。

　時生が手を差し伸べる間もなく、真那の祖父の大柄な身体が、真那のほうに倒れ込む。

予想以上に大きな音と共に、真那は祖父の身体に押し潰《つぶ》され、ぐったりと動かなくなる。したたかに身体を打ち付けてうめいた真那の祖父は、数秒後、我に返ったように跳ね起きた。

「真那！」

「真那さんっ！」

時生は慌てて、倒れた真那のそばにかがみ込む。鉄の階段にたたきつけられ、祖父の体重で潰《つぶ》された真那は、ぴくりとも動かない。

「あ、ああ、真那、真那……」

慌てて抱き起こそうとする真那の祖父に、時生は鋭く言った。

「頭を動かさないでください！」

蒼白《そうはく》になった真那の祖父が、はっとしたように手を引っ込める。時生は真那の頭と鉄階段の間に、そっと手を差し入れた。みるみるうちに、ぬめった赤い液体が手を汚す。

――血……頭を切ったのか？

焦りながら、時生は呆然としている母に言った。

「救急車呼んで、急いで」

母が慌ててスマートフォンを取り出し、悲鳴のような声で、怪我人がいるとオペレーターに告げる。

ふたたび雨の勢いが強くなり、階段のある場所にも冷たい雫《しずく》が降り注《そそ》ぐ。

「すみません、真那さんに傘を」

時生の言葉に、放心状態の真那の祖父が慌てて従う。真那は救急車に乗せられ、時生の目の前で病院へと運ばれていった。

君は来ないでくれ、というのが真那の祖父が残した『指示』だった。

翌日の午前中には、病院での検査の結果も出たようだ。真那は、切り傷はひどかったものの脳にダメージはなく、記憶にも混乱は見られないようだ、と母が伝えてくれた。

……その日から、時生は一度も真那に会わせてもらえなくなった。

けれど真那と交わした約束は、はっきりと時生の胸に残っている。

真那は自分を求めてくれた。二十歳になるまで待っていると約束してくれたのだ。

就職を真那の祖父に潰されても、真那を迎えに行くために、負けるものかと思えた……。

——俺は、本当に真那さんを助けたかった。馬鹿ですよね、俺は昔から真那さんの番犬だから、貴女のことしか考えられないんです……

どんよりと暗い夢を見ていた時生は、目を覚ました。時生の寝室は真っ暗で、窓の外には夜景の光が煌《きら》めいている。

昼に真那を抱いて、そのまま二人で眠ってしまったようだ。

腕時計を見ると、夜の七時過ぎだった。

傍《かたわ》らには毛布にくるまった真那が寝息を立てている。

しみ一つない真っ白な肌に、しっとりと輝く絹《きぬ》のような髪。淡い光の中に浮かぶ顔は、どれほど泣いて乱れたあとでも清らかで美しかった。

真那を無理矢理奪って、よかったと思った。

こんなに執着している女を、他の男に渡すなんて無理だ。彼女を何度も無理矢理抱き、時生は思いを新たにした。

『まなをむかえにいってください』という、差出人不明のメールのことをまた思い出す。

今なら素直に認めることができる。時生はずっと真那のことしか考えていなかった、と。

葛城工業に潜《もぐ》り込んだのもそのため。もしかしたら、真那の気を引けるかもしれないからだ。

だからあの怪しいメールでさえも、なにかの啓示のように思えて……

――送り主は、調べればわかるだろうけれど……どうでもいい。別に。俺は真那さんを得られさえすればよかったんだ。奪いにいく切っ掛けなんて、なんでもよかった……

時生は軽く息を吐いて、眠っている真那にそっと手を伸ばす。

――ああ、綺麗《きれい》だ。

儚《はかな》げな寝顔にうっとりと見とれながら、起こさないように柔《やわ》らかな髪を梳《す》く。

この美しい女は、絶対に迎えに行くと約束した時生に、使用人の息子とは結婚したくないと言い切った、冷たく傲慢な心の持ち主のはず。なのに、昔と同じ儚《はかな》い真珠《しんじゅ》のような佇《たたず》まいのままだ。

時生にどんなに辱められ汚されても、真那の纏《まと》う上品なオーラは変わらない。

──生まれてから今日まで貴女よりもほしいものなんて、なに一つ見つけられなかった。

眠っていても髪を弄《いじ》られていることがわかるのか、真那はもぞもぞと動いて、時生の胸に額《ひたい》をくっつけてきた。

髪から甘い香りが漂ってきて、瞬時に時生の心が蕩《とろ》ける。

三年前ひどい台詞《せりふ》を吐いた真那と、今の優しく綺麗《きれい》な真那が、まったく重ならなくて、戸惑いが募《つの》る一方だ。いっそあれは嘘だった、間違いだったと言い訳してくれればいいのに。

──真那さんが言い訳なんてするわけないか。ただ黙って責任を取ろうとするだけ。真面目だからな、昔から。

真那は強引に身体を汚した時生を責めるでもなく、昔のようにきらきらと笑っているだけ。きっと笑いたくもないのに無理をして、時生に嫌な顔を見せまいとしているのだ。

なぜ、こんな風に振る舞うのだろう。時生を油断させようとでもしているのか。

手に入れて嬉しい反面、不安が日に日に募《つの》っていく。

――貴女はなにを考えているんですか？　一度優しくして、手ひどく突き放せば、今度こそ俺が壊れるとでも思っているんですか。

真那を裸の胸に抱きしめ、頭にキスをして、時生は薄い笑みを浮かべた。

――俺をどう出し抜こうと、絶対に放しませんから。そうだ、思い切り優しくしたら、真那さんは尻尾《しっぽ》を出してくれるかな。俺の態度に油断して、本当は俺になにをしようとしているのか、教えてくれるかもしれませんね。

そこまで考えて、なぜかとてつもなく安堵《あんど》する。

真那に優しくできると思ったら、無理矢理とげとげしく装《よそお》うための、緊張の糸が切れた気がした。

時生にくっついて熟睡していた真那が、かすかに声を漏らし、仰向《あおむ》けになった。

長いまつげが、頬に影を落としている。

人形のような美しい顔に見とれながら、時生は滑らかな頬にキスをした。

――明日から、真那さんを甘やかしていいルールにしてみよう……油断して、どんなひどい顔を見せてくれてもいい。俺はもう、絶対に貴女から離れないから。

すぐそばにある真那の顔はとても無垢《むく》で柔《やわ》らかで、時生に悪意を抱《いだ》いているようには到底見えない。

妙な期待をしそうになる自分を、時生は戒《いまし》める。

普通の女性は、結婚を強制されたら、相手の男を憎々しく思うはずだ。

真那だって同じで、この優しく品のいい表情の下に、時生に一矢報《いっしむく》いる策を、なにか隠しているに決まっている。

だから、真那の本音をうまく探らなくては。そう思った。

第五章

ここ一週間ほど、時生がまともに帰ってこない。

急なトラブルで多忙になり、短期や日帰りの出張が立て続けに入るようになったせいだ。夜も日付を越えたあとに帰ってくる。

――たしか、葛城工業は、役員用に会社のそばのホテルを押さえているはずよね。どうして泊まってこないのかな。往復で一時間以上休息時間を増やせるのに。私が逃げ出しそうだから？　ううん、それが心配なら、そもそも会社に行けないよね。

なんにせよ、真那としては、ただ時生の身体が心配だ。

時生が倒れないように、食卓で顔を合わせたときはスムージーを絞ってみたり、なるべく色々なものを食べさせるようにしているのだが、あんなに過密なスケジュールだと焼け石に水のような気がする。

時生の健康対策を考えつつ、真那はパソコン利用OKのカフェで、翻訳の作業を進めていた。

外で仕事するのも気分転換になっていい。

十六時過ぎにその日の翻訳ノルマを終え、真那は思いきり伸びをした。

そのとき、不意に頭の古傷が痛む。髪に隠れてまったく目立たないが、ここには縫った痕《あと》がある。

父母の葬儀の夜、雨の庭で転んで、石で頭を打ってぱっくり切ってしまったのだ。父母が亡くなってからしばらくの記憶が、ショックのあまり曖昧《あいまい》なのだが、転んだ場所が外だったことは覚えている。真っ暗で、雨が降っていて、自力で起き上がれなかった場面だけは、はっきり頭に残っているからだ。

今も昔も、時々痛む以外の後遺症はまったくない。

さすっているうちに痛みは消えた。真那は頭から手を離し、パソコンの終了処理を始める。

——夕ご飯、作らなくていいって言われたけど、帰ってきたときに食べるものがあったら嬉しいよね？　やっぱりなにか用意しようっと。今晩は早めに帰ってくるって言っていたし、食べないなら、私の朝ご飯にすればいいし……

両親が健在の頃、母はまめに料理を作っていた。多忙な人だったが、家族で囲む食卓の雰囲気をよくしたいと常に口にしていたものだ。

奥様がなさらなくてもいいのに、と、屋敷で働く人は口々に言っていたけれど、あれは母の愛情表現だったのだろう。

なにしろ、真那が知る母は、少女のように父にぞっこんだった。

バレンタインや誕生日、クリスマスなどのイベントごとにお菓子を作り、父にプレゼントしていたほどだ。

一人娘としては、両親の仲の良さが微笑ましくも気恥《きは》ずかしくもあった。

葬儀のあと、ようやく心が少し落ち着いた頃に『二人で天国に行けたことだけは、よかったかもしれない』と涙ながらに思えたくらいに、本当に仲良しで……

――私も、お母様たちを真似して、少しでも工夫してみよう。あそこまでなれなくてもいいから、少しでも近づけるように……時生ももしかしたら、喜ぶかもしれないし。

ちょっと前向きな希望が湧いてきて、真那はほのかに微笑む。

――さ、今日の分の仕事は終わった、帰ろう。

真那はパソコンを閉じ、立ち上がった。

さっそく時生のマンションのそばのスーパーで、ちょっと贅沢《ぜいたく》な牛肉を買う。簡単なレシピでローストビーフを作ろう。

――あとはサラダ用の野菜と……朝ご飯用のヨーグルトも買おうかな。

二人分の食材は結構な重さだ。真那は大きな袋を提げて家に戻り、さっそくローストビーフの調理に着手する。

しばらく外に置いて常温に戻した肉塊に塩こしょうを擦り込み、表面に均等に焼き色を付けて、アルミホイルで包む。

あとは余熱で火を通せば、切り口の美しいローストビーフが仕上がるはずだ。

フライパンに残った肉汁で醤油ベースの和風ソースを仕立て、小皿に移してラップをする。

真那は台所を片付けて、粗熱の取れたローストビーフとソースを冷蔵庫に戻し、居間のソファに腰を下ろした。途端に、どっと眠気が襲ってくる。

――駄目だ、眠い……ちょっと寝よう。昨日遅くまで時生を待ってたけど、結局帰ってこなかったし、私も夜更かししちゃったな。

そう思いながら、真那はソファにころりと横たわって、あっという間に眠りに落ちた。

どのくらい熟睡していたのだろう。

「……那さん、真那さん、どうしたんですか」

ソファに倒れ込んで眠っていた真那は、時生に身体を揺すられて目を開ける。

目の前にいる時生は、とても素敵で、大人っぽい。なんて都合のいい夢だろう。恋する人と幸せに暮らす奥さんになれた夢……。

――スーツも似合っていて素敵。

微笑みかけて、真那は一気に覚醒し、跳ね起きた。

夢ではなく現実だ。時生がいつの間にか帰ってきている。どうやら連絡なく戻ってきたようだ。真那はお帰りなさいも言わないで眠りこけていたらしい。

「昨夜も起きて俺を待っていたでしょう、だからお疲れなのではありませんか？　遅くなるから先に寝ていていいと言ったのに」

厳しい顔で時生が言う。幼い頃、悪戯《いたずら》してこんな風に叱《しか》られたことを思い出した。

「あんまり遅い日が続くから心配なのよ。待っているくらい許して」

当たり前のことを答えただけなのに、時生がぎくりと身体を揺らす。意外な反応に、真那は目を丸くした。

「どうしたの？」

「なんでもありません。とにかく俺が遅い日は早くお休みください。待つ必要はありませんので」

冷たく言い切って、時生がぷいと顔を背《そむ》ける。

――自分の体調くらいちゃんと管理しろって怒られているのね。

真那は顔を曇らせつつ、小さな声で謝った。

「ごめんなさい。でも、なるべく早く帰ってきて。あまりに遅くなるのなら、ホテルに泊まって身体を休めてほしいの」

顔を背《そむ》けたままの時生の耳が、かすかに赤くなる。端整な顔は不機嫌に歪んでいた。

「……俺は、あの……ホテルが嫌いなので。家じゃないと眠れないんです。だから帰ってきているだけです。他に理由はありませんので誤解なさらないように！」

――誤解って……なに……？

首をかしげたくなりながらも、真那は頷いて見せた。

「そうなの？　ならいいんだけど。でもホテルが嫌いなら、出張のとき大変ね」

「そ、それは、ええ。大変ですね」

時生は早口で答え、赤い顔で真那のほうを向いた。なんだか彼らしくない、慌てた様子に見える。

「……すみません、本当に忙しくて、全然まともな時間に帰れなくて。ところで、いい匂いがしますね。今日もお料理してくださったんですか？」

「ええ。ローストビーフを作ってみたの。忙しいみたいだから時生が好きな物をと思って」

「そ、そうですか」

妙な沈黙が流れたのち、時生がゆっくりと息を吸い、いつもの余裕の笑顔になった。

「ありがとうございます。あの、結婚したときに申し上げたと思うのですが、別に家事は頼んでいませんよ。カードもお金もお渡ししたでしょう。好きなところで召し上がってきてください。デリを頼んでも構いませんし」

「いいじゃない。早く帰ってくるって聞いたから一緒に食べたかったの」

にっこり笑ってそう告げると、時生が形のいい口元に、ほのかに皮肉な笑みを滲《にじ》ませた。

「真那さんはお育ちがいいんですね。いつも機嫌がよくて優しくて。生粋《きっすい》のお嬢様でいらっしゃる」

おだてられているのはわかるが、尊敬する父母の躾《しつけ》を褒められて悪い気はしない。

「元お嬢様よ。ちょっと待っててね、支度してくるから」

台所へ行こうとした瞬間、真那は腕を掴《つか》まれ、もう一度ソファに引き戻された。

「……旦那様と奥様は、真那さんに『どんなときも笑顔でいなさい、周囲の人を明るい気分にしなさい』と言っておいででしたね」

懐かしい話を持ち出され、真那は目を丸くする。

「ええ、そうよ。急にどうしたの？」

「使用人の息子の俺に気を遣って頂かなくて結構なんですけど」

冷たい言葉に、真那は首を振った。

「違うわ、貴方は私の夫でしょう？　貴方が結婚しようって言ったんじゃないの」

「え、あ……それはまあ、そうですね」

真那の答えに、なぜか時生は動揺したように視線を逸《そ》らした。

——どうしたんだろう……？　機嫌がいいのか悪いのか……お腹が空いているだけかしら。

首をかしげた真那に、時生がふたたび赤くなった顔で言う。

「貴女なら、俺の機嫌を取ることなんて朝飯前なのかもしれない。昔から、俺のことを掌《てのひら》の上で転がしていましたからね」

なにかの皮肉だろうかと考えたが、時生の表情は真剣で、嫌味を言っているようには見えない。

戸惑う真那に、彼は真剣な表情で続けた。

「なかなか尻尾《しっぽ》を出さないな。俺の『お姫様』は」

「尻尾《しっぽ》って、何？」

「貴方に生えている小悪魔の尻尾《しっぽ》です。どうすれば捕まえられるんだろう」

時生の腕が、腰の辺りに回る。

思いがけない力で抱き寄せられて、真那の頬が熱くなった。

どきどきしながら俯《うつむ》くと、真那を抱き寄せたまま、時生が言った。

「愛していますよ」

「えっ？　な、なに……突然なんの話……？」

話題がころころ変わって落ち着かない。

今更『愛している』なんて機嫌を取るようなことを言われずとも、期待通り『成瀬時生』の妻として頑張っていくつもりなのに。

動揺が治まらなかった。心臓の鼓動がどんどん速くなって、平静ではいられない。

「ですから、愛していますと。俺に愛していると言われるのは嫌なんですか？　たまにはいいじゃないですか、こういう台詞《せりふ》を俺が言ったって。……真那さんも認めてくださったとおり、俺は貴女の夫なんですから」

時生の声は、普段以上に平静そのものに聞こえた。

「わ……私をからかってどうするつもりなの」

真那はわざと、冷たい口調で言い返す。

「いいえ、からかっていません。真那さんは俺の機嫌を取るのが本当にお上手だなって、感心させられただけですよ」

顔が燃えるように熱くなり、気まずくて、真那は時生の厚い胸を押しのけようとした。

「ご機嫌取りなんて……そんなつもりじゃなかったわ」

「いいえ、褒めているんです。笑顔一つで俺の機嫌をコントロールできるなんて、たいした才能だ。貴女にあんまり可愛い顔をされると、俺も調子が狂ってどうしていいかわからなくなります」

「可愛い顔なんて言われたことがないわ！」

あまりのお世辞に驚愕して言い返す。両親がいた頃は『物静か』『大人びている』とばかり言われていたし、一人で暮らすようになってからは『元気がない』とばかり言われていたのに。

「そうですか？　じゃあ俺の前でだけ可愛いのかな」

じゃれつくように、時生がますます腕に力を込める。

――ど、どうして、こんな風にするの。私のほうこそ、どんな顔をしていいのかわからないわ。

真那は彼の胸に縋《すが》りつきながら、反射的に言い返す。

「取引先の役員さんには、可愛げのない女ってはっきり言われたわ。だ、だ、だから、か、可愛くない……はず……よ……？」

真那を口説いてきて、断って以降は暴言ばかりの某通訳会社の若手役員のことを思い出す。顔を思い浮かべた瞬間、自分の形相が歪んだのがわかった。

「どんな人ですか？」

「イケメンを免罪符《めんざいふ》に周囲に八つ当たりする人……って感じかしら？」

眉間にしわを寄せたまま真那は答えた。

「なんて顔をなさっているんですか、おやめください」

しかめ面を注意され、真那は指先で眉間を押さえる。

嫌いな男のことを考えたときにしては、これでも穏やかな反応なのだが……時生の言うとおり、この場にいない人をこんな顔で罵《ののし》ってはいけない。

「ごめんなさい。でも何回もしつこく口説かれて、思い出すだけで気分が悪いの」

彼からはモテる自慢を散々されたし、彼に憧《あこが》れている女性も何人か知っている。

だが真那としては、いくら顔がよくても願い下げだ。

「そうですか、面白くありませんね」

時生の言葉に、真那は頷いた。

「……どんな人？　その男は誰に似てるんですか？」

「俳優の、ええと、最近ビールの宣伝に出ている人。とにかく、すごく迷惑で嫌だったの。だけど結婚したから、もう男の人には口説かれずに済むわよね……よかった」

そう言って、真那は頬を緩めた。しかし、笑顔になった真那とは対照的に、時生の表情は硬いままだ。

――とにかく、時生も疲れているし、ご飯にしようっと。

腰に回された時生の腕をほどいて、真那は立ち上がろうとした。だが、ほどこうにも腕がほどけない。

「なにしてるの、放して」

笑いながら言うと、時生が真面目な顔で言った。

「ところで貴女は、この綺麗《きれい》な顔で、誰かをたぶらかしてみたことはあるんですか?」

大きな手が、真那の肉の薄い顎《あご》をそっと掴《つか》む。

「なによ、ないわ、そんな真似するわけないでしょう。私の世界には男性がいないほうがいいの。触らぬ男性にたたりなしよ。極力、男の人の視界に入らないように生きてきたわ」

「どうだか。その辺の男なんて好きなように振り回せると知って、癖になって、単純な男をからかって遊んだかもしれませんし」

恐ろしい誤解に、鳥肌が立つ。

「そんなことしたら、知らない男の人に不必要に近づかれるじゃないの! 嫌よ!」

「本当は、どうなんだか」

低い声で時生が笑った。話している内容は言いがかりに近いのに、声が含んだ色香に不覚にも身体の奥がゾクッと震える。

「どうもこうもありません。私、そんなことしないもの」

そっぽを向こうとしても、無理矢理顔を時生側に向かされる。

「真那さん、周囲の人間をたらし込んでいる自覚はありますか?」

なにが気に食わなかったのか、時生の表情から、先ほどまでの柔《やわ》らかさが失せている。

「ありません。そんなことしていません」

「信用できない」

「どうして急にそんなことを言うの。一方的に決めつけないで」

真那は思わず声を張り上げた。

「信用なんてできませんよ。現に真那さんは、俺を簡単に掌《てのひら》の上で転がしていらっしゃるじゃないですか。昔も今も、貴女は男にとって魅力的すぎるんです。貴女にとっては、男なんて嫌で怖くて気持ち悪いだけの存在かもしれませんが。自覚がないなら、今からしっかりとお持ちください」

「大袈裟《おおげさ》ね……それは時生の買いかぶりよ」

時生はなにも答えず、真那が着ていたゆるいクルーネックのニットの襟元を引っ張った。

なにをするのと尋ねる間もなく、柔《やわ》らかな唇が、肩のそば辺りに押し付けられる。

軽い違和感と共に、吸い上げられる音がした。

「時生、なにをしてるの？」

「キスマークを」

時生の言葉に真那の頬が火照《ほて》る。

血の気のない自《みずか》らの肌に散った赤紫の痣《あざ》を思い出し、真那の顔はますます熱くなった。

「ど、どうしてこんな場所に……」

本来なら断固抗議すべきなのだが、心臓がどきどき言うばかりで、まるで迫力が出ない。

「露出度の高い服を着なければ大丈夫です、そう簡単には見えません」

そう言って時生が真那の身体を胸に抱きしめた。

傍《かたわ》らに座っていた真那は体勢を崩し、時生の身体にもたれかかる。

何度身体を重ねても、こんな風に近づくとなんだか恥《は》ずかしく、落ち着かない。

「そ、そう……そんな服は着ないから、いいけど……」

「ほら、そうやってすぐに人を優しく許して、つけあがらせる」

真那を抱く腕が熱を帯《お》びたのがわかった。時生の身体の熱さに、なんだか真那の身体もますます火照《ほて》って息苦しくなってくる。

「貴女は、俺に身体も戸籍も汚された人間でしょう？　そんな貴女に優しく微笑まれても、どこに刃《やいば》を隠しているのかと疑わしくなってしまうんですよ」

ひどい台詞《せりふ》だ。だが、時生の声は、語る内容とは裏腹に、甘く優しく、真那の身体の奥をどろりと溶かそうとする。

真那の深い場所を侵食する声で、時生は意地の悪い言葉を続けた。

「例えば俺をベッドで骨抜きにして、金だけ引っ張って、隙を見て別の男と逃げるとかね」

「な……しない！　そんなこと……っ！」

時生は冗談半分に言いがかりを付けているだけだ。わかっているのに、真那の声は悲鳴のような響きを帯《お》びた。

「口ではなんとでも言える。貴女くらい賢ければ、どんな男でも好きにできる。雨の夜に家を飛び出して俺に会いにきたり、そのくせ簡単に切り捨ててみたり……昔から魔女でしたからね？」

「雨の……夜……？　なんの話？」

時生はなにを言っているのだろう。飛び出して彼に会いに行ったことなどない。もちろん妄想の中では、そのくらいのことは何度もしたけれど……

戸惑った真那は、視線を彷徨《さまよ》わせる。

「忘れたふりですか？　そういうところも怖いな」

大きな手が真那の髪を梳《す》く。

困惑する真那の髪を指に巻き付け、感触を楽しむように撫《な》でながら、時生は続けた。

「まあいい。俺を焦らすなら好きなだけ焦らしてください。真那さんに別の男がいたら……貴女がどんな風に俺に抱かれていたか、微《び》に入《い》り細《さい》に入《い》り説明してあげればいい。たとえば、こんな清楚《せいそ》な可愛い顔で、いやらしい玩具を咥《くわ》え込んで、泣きながらイった、とか」

つっと背中を撫《な》でられ、びくんと真那の身体が跳ねる。

心臓の鼓動は最高潮に速まって、時生にも音が聞こえてしまいそうだ。

「な、なに言ってるの！　そういうの、恥《は》ずかしいから、やめ……っ……」

「事実でしょう。さあ、約束してください。他の男にはヤらせないって」

――も、もういやだ……本当に恥《は》ずかしい……

「ありえないわ！　私は異性に興味がないし、そもそも人と付き合っている余裕なんて元々ないの。本当に嫌なのよ、どんなに好かれても嫌……ん……っ……」

言い募《つの》ろうとした唇は、時生の滑らかな唇に塞《ふさ》がれる。

キス一つで、身体から力が抜けた。

やはり、どうしようもなく時生が好きで、触れられただけで、身体中が従順になる。

真那は震える手で、時生の胸をそっと押した。

「あ、あの、念のために、キッチンの火を消したか……見てくる……」

このままキスされ触れられていたら誤解されたまま抱かれてしまいそうだ。しかし、逃げようとする気配を察したのか、時生は真那の身体《からだ》を放してくれなかった。

「大丈夫です、たとえ点《つ》けっぱなしでも、鍋の空焚きを検出したら自動で消えます。というより、真那さんはそんな失敗をなさるタイプではありませんよね」

時生がそう言って、ストレッチ素材のタイトスカートの下に手を入れてきた。

ロングソックスをはいた真那の脚をさわさわと撫《な》でながら、彼は低い声で笑った。

「そんなことよりも、俺に点《つ》けた火を消してください」

「時生に点《つ》けた火……って……？」

薄い靴下越しに繰り返し触れられて、身体の奥が甘く震える。

「火というのは、嫉妬《しっと》の比喩《ひゆ》ですよ。妬《や》けるんです。俺の妻によこしまな恋情を抱《いだ》いている男がいたら嫌だなって」

「そ、そんな人、いないって言っているのに！」

慌てて打ち消したが、時生は言葉をやめなかった。太腿《ふともも》を這《は》う手が、脚の間に滑り込む。

「本当かな、こんなに綺麗《きれい》な貴女を、男が放っておくなんてあり得ない」

「私、男の人となんて会ってな……」

言いかけた真那は息を呑んだ。

指が、脚の付け根、ショーツの中に差し込まれたからだ。冷たい指の感触に、布に隠された場所がひくっと反応した。

「身体に直接聞いてもいいですか？」

布の間に入り込んだ手が淫溝をなぞり、裂け目を繰り返し撫《な》でる。

「あ……」

たちまち、お腹の中がずくりと疼《うず》いた。

真那の理性を差し置いて、身体が『時生に触ってほしい』と呟いたかのようだ。

「もし仮に、俺以外の男をここで可愛がっていたら、多分、嫉妬《しっと》で正気ではいられないな」

時生の言葉が予想外に心をえぐる。

嘘偽りなく、昔から時生以外の人間に触れられるのは耐えられないのに……

「な、なに、違うって……あんっ」

敏感な粒を軽く潰《つぶ》され、真那の腰が跳ねた。

秘部を弄《もてあそ》びながら、時生が顔を傾けて唇を押しつけてくる。

真那は抗《あらが》わずに、そのキスに応《こた》えた。

秘裂をなぞる指に、身体中の神経が集中する。

「ん、く……んう……っ……う……」

濡れ始めた茂みを指が弄《いじ》るたび、真那の身体は抑えがたく揺れた。

時生の指先はもう、真那の感じる場所をすべて知っているかのようだ。

物欲しげに蜜で濡れた孔《あな》の縁《ふち》をたどり、執拗《しつよう》に焦らしては、ますます真那の身体を熱くさせる。

「ん、んんっ」

ふたたび、火照《ほて》りだした花芽を潰《つぶ》されて、真那の下腹部がひくんと脈打った。

指はそのまま蜜裂をなぞり、ふたたび蜜を滲《にじ》ませた孔《あな》に忍び寄ってくる。

「本当に俺以外の男は知らない？」

「あ……あたりまえ……あ……っ」

「ここに俺以外の男を咥《くわ》え込んだことはないんですね？」

「な、ないって……あぁ……っ……そんなの、私、無理……ひっ」

「まあ、信じます、今は。もしあったとしても、一生忘れていてくださいね」

時生の声も、いつしか熱く曇っていた。彼の指は震える花唇を擦り、入り口の濡れた部分を繰り返し刺激する。

「う、ふ……くふ……んっ……」

もう一度キスされ、敏感な花びらを攻められながら、真那は声を殺し、身体を震わせた。

指が中に入ってくる。

唇を塞《ふさ》がれたまま、真那は思わず腰を浮かせた。

「……ッ！」

浅い場所をぐるりとなぞられた拍子《ひょうし》に、身体の奥からどっと熱いものが溢《あふ》れた。

溢《あふ》れた蜜が下着を濡らすのがわかる。

「ん、っ、んうっ」

真那は腰を弾《はず》ませ、侵入してくる指に抗《あらが》おうと虚しい抵抗を繰り返す。

あまりの快楽に目の端から涙が溢《あふ》れた。

もっとめちゃくちゃにしてほしい。想像できないくらい、いやらしく……

指先に翻弄《ほんろう》され、ぎこちなく身体を揺すりながら、真那は口内を這《は》い回る時生の舌に必死で応《こた》える。

指の第一関節の辺りまで入れられただけで、下腹部が燃えるように熱くなった。息が弾《はず》み、目の前が霞《かす》む。淫《みだ》らに触れてくるのが時生だと思うと、気持ちよくて、我慢できない。

真那は唇を離し、うわずった声で訴えた。

「あ、あ、もうだめ、こんなところで……っ……」

湧き出した雫《しずく》はスカートにまで滲《にじ》んでいるようだ。

「お願い……だめ……」

涙を浮かべて懇願《こんがん》すると、時生の手がようやくそこから離れた。

「真那さん、続きをさせて」

耳元で囁《ささや》かれ、真那は素直に頷いた。

時生に点《つ》けられた火は蜜窟の中で燃え上がり、真那の身体を内側から灼《や》いている。

「シャワー浴びませんか」

時生の提案に、真那はふたたび頷いた。身体の中が燻《くすぶ》って、もうなにも考えられなかった。

時生が普段使っているほうの浴室に連れていかれ、一糸纏《まと》わぬ姿にされた真那は、明るい場所で余すところなく肌を晒《さら》す羽目になった。

腰にタオルを巻いただけの時生に抱きしめられ、こめかみにキスをされる。

浴槽にはお湯が張られ、室内は暖かいので過ごしやすいが、すぐ傍《かたわ》らの曇った大きな鏡が気になって仕方がない。

「真珠《しんじゅ》みたいで綺麗《きれい》だ」

呟いた時生が、真那の肩にキスをする。

くすぐったさと甘い快感に、真那の身体がかすかに震える。

胸を隠していた腕をほどかれ、掴《つか》まれて、今度は、乳房の上の辺りにキスをされた。

「このほくろも可愛いですね」

左乳房のほくろを、時生の舌先が軽くつつく。

「あ……」

ただ肌にちょんと触れられただけなのに、声が漏れた。

時生の体温をすぐそばに感じると、身体中が敏感になってしまうのだ。

昼での愛撫を期待するように、乳嘴《にゅうし》が硬く凝《しこ》っていく。

胸の上部を愛撫していた唇が、ゆっくりと下におりてきた。下唇が、焦らすように蕾《つぼみ》の上を通過する。弾《はじ》かれたその場所から、身悶《みもだ》えするような快感が下腹に広がった。

息が熱く乱れ、恥《は》ずかしいほど身体中が赤くなっている。

意識が、時生の唇が触れている乳房に集中する。

柔《やわ》らかな温かい唇が、期待に尖《とが》った乳嘴《にゅうし》をぱくりと咥《くわ》えた。

「んっ」

真那の身体の奥が強く疼《うず》く。脚の間から、物欲しげな雫《しずく》が滲《にじ》み出す。

時生は目を伏せ、咥《くわ》えた乳嘴《にゅうし》の先をそっと舌で転がし始めた。

「っ、あ……はぁ……っ……」

火照《ほて》る鋭敏な場所を攻められ、真那は甘い声を堪《こら》えきれなくなった。強い腕に両手を戒《いまし》められたまま、ひたすらに焦らされ、弄《もてあそ》ばれる。

「あぁ、やあぁ」

思わず身をくねらせたとき、リップ音を立てて唇が離れた。

時生が身を乗り出し、真那の身体を浴室の壁に押し付けた。

彼はそのままかがみ込み、真那の右脚を持ち上げると、おもむろに脚の間に顔を埋《うず》めた。

「きゃあっ!」

あられもない体位に、真那は思わず悲鳴を上げた。

時生の唇が、太腿《ふともも》に吸い付く。

「あ、あ、だめ、だめ……なにして、あぁぁ……っ」

和毛《にこげ》に埋《う》もれた花芽を、時生の髪が擦る。

いやらしい体勢を取らされた恥《は》ずかしさと、愛する男に翻弄《ほんろう》される快感で、なにも考えられない。

「そんなところ、いや、あぁっ、あぁぁんっ」

真那は必死に時生の頭を押しのけようとした。

彼は腿《もも》を舐《な》め、吸い付き、そっと歯を立てる。

チュッ、という音が聞こえるたびに、露《あら》わになった真那の花芯がずくずくと収縮し、蜜を垂らした。

「なにして、あ、あ、やぁ……もぉ……っ……！」

「他の男の前で脚を開けないようにしてるんです、俺以外のヤツが貴女を口説くなんて、不愉快すぎる」

「だ、だから、そんなこと、んあぁっ」

言い募《つの》ろうとした真那の唇は、更なる快感に塞《ふさ》がれる。

腿《もも》を攻め立てていたはずの唇が、茂みに覆《おお》われた場所に吸い付いたからだ。

壁にもたれた姿勢で、裂け目に舌を這《は》わされ、真那は涙目で腰を引く。

「だめ、だめぇ……っ、舐《な》めるの、あぁぁぁっ」

震える指先で時生の髪を掴《つか》み、真那はなんとか抵抗しようとした。

だが、壁と時生の身体に挟まれて逃げられない。

「……っ、あ！」

膝が震え出す。

ざらりとした舌が、ヒリヒリするほどに敏感になっている花芽を舐《な》めた。

片脚で自分を支えるのは困難で、時生の行為に抗《あらが》えない。

ちゅ、とわざとらしく音を立てられた途端、内股を蜜が伝い落ちた。

「もっとしてくれって言ってますね、真那さんのここは」

和毛《にこげ》に唇を触れさせたまま、時生が言う。

「あ、ああ……違うの……」

口では抗《あらが》っているのに、蜜口から更なる雫《しずく》が垂れ落ちた。

その反応をよしとしたのか、ふたたび時生が形のいい唇を、つんと膨らんだ花芽の辺りに寄せる。

脚を持ち上げられているせいで、彼の美しい目に恥《は》ずかしい部分が映ってしまっている……そう思うと、いたたまれなさと背徳感に、秘裂がひくひくと蠢《うごめ》いた。

「ひ……」

真那は懸命に声を呑み込む。前に口でされたときよりも、真那の身体はもっともっと快楽を刻み込まれている。

　あり得ない場所に温かな時生の息がかかるたびに、その先の快楽を求めて、身体中が震えて疼《うず》いた。

「あぁんっ、あ……あ……い、っ」

　茂みをかき分けた舌が、ひ弱な花芽を繰り返し舐《な》め啜《すす》る。

　目の前にチカチカと火花が飛ぶほど、強い刺激だった。

　真那の乳房の先が、興奮にますます赤く染まっているのが見える。

「だめ、だめ、っ、あぁ……舌で、ん」

　次から次へと蜜をこぼす孔《あな》には触れないまま、時生が唇を放し、立ち上がった。同時に真那の手首を掴《つか》んで、タオルに隠された屹立《きつりつ》に導《みちび》く。

「これ、搾り取ってもらえませんか」

　真那の小さな手にタオル越しの熱杭を握らせて、時生が言う。

　切れ長の黒い目には欲情が滲《にじ》んでいる。

　吸い寄せられるように頷くと、時生がタオルを外し、浴槽の縁《ふち》に腰を下ろした。

　臍《へそ》まで反り返るほど勃《た》ち上がった怒張に、我知らず目を奪われ、真那は頬を熱くした。

「真那さん、俺の膝に乗って」

　腕を引かれ、真那は、浴槽の縁《ふち》に腰掛けた時生の前に立つ。

浴槽の縁《ふち》に膝立ちになり、彼の身体をまたぐ姿勢になった。

不安定な姿勢だ。もし逃げたくなっても逃げられない。

「真那さんの入り口、どこですか？」

意地悪な質問をされ、真那は腰を支えられた状態で俯《うつむ》く。

「入り口に当ててくださいよ、これ」

真那はわずかに震える手を屹立《きつりつ》に添え、ゆっくりと腰を落とし、自分の蜜口へと導《みちび》いた。

熟れた花弁に、鋼《はがね》のような怒張の先端が触れる。

真那の花孔が、期待するようにはくはくと開閉した。

時生に腰を支えられたまま、真那は身体をそっと下ろしていく。

「あ……あん……」

雁首《かりくび》が入り口を通り過ぎたあたりで、下腹部のざわめきが抑えられない強さになった。

「まだちょっと入れただけなのに、怖いくらい絡みついてきますね？」

挑発するような言葉に、真那は軽く唇を噛む。

「い、いや、変なことを言わないで」

息を乱しながら、真那はじゅぷじゅぷという蜜音と共に、時生のものを奥深くへと収めてゆく。

自分自身の粘膜が、咥《くわ》え込んだ時生の熱楔を愛おしげに舐《な》め回すのがわかる。

「ん、んう……っ……」

時間を掛けて、ようやく根元まで呑み込んだ。

杭を受け入れた下腹部の疼《うず》きが、耐えがたいほどに大きくなる。

不安定な姿勢で時生の膝にまたがったまま、真那はそっと彼の首筋にしがみついた。

「全部入りましたか？」

時生が真那の背中に手を回し、尋ねてくる。

真那は、乳房を時生の逞《たくま》しい身体に押しつけながら、こくりと頷いた。

秘裂の奥に強い鼓動を感じる。

拍動は、感じるごとにその勢いを増していく。

身体中に、興奮の種をまき散らされているようだ。これが一斉に芽吹き、花開いたら、どれほどの官能を味わわさせられるのだろう……

「動いてください」

真那の腰を掴《つか》む手を放さずに、時生が言う。

「貴女の中に俺をまき散らしたい」

彼の言葉の意味するところを悟り、真那は火照《ほて》った顔をますます赤らめた。

「貴女を誰にも触れさせたくないんです。真那さんの身体中全部、俺の痕跡だらけにさせてください」

淫蕩《いんとう》な姿勢で時生を咥《くわ》え込み、彼にぐったりともたれたまま、真那は頷いた。

真那の脚は、すねの部分が浴槽の縁《ふち》に乗っているだけだ。

端《はた》から見ると、時生の上にへたり込んでいる、とでも言うべきか。

こんな格好では自重を支えるのは難しいけれど、なんとか身体を揺すってみる。

かすかな動きだけで、敏感になった淫襞がきゅうきゅうと疼《うず》いた。

自分が高みへ押し上げられているせいか、それとも、中の時生が興奮に脈打っているからなのか、ほんのわずかな動きなのに、繋がり合った場所からくちゅくちゅと艶《なま》めかしい音が聞こえる。

「ん、う……、ふ、ふぁ、っ」

逞《たくま》しい身体にまたがり、自分で腰を振っている事実が、真那の羞恥心《しゅうちしん》をあおり立てる。

浴室内が明るくて、時生の肌に浮いた汗の玉まで見えるほどだ。

なにもかもが露《あら》わで、どんなに恥《は》ずかしくても、隠せない。

必死で縋《すが》りついているせいで、乳房が押し潰《つぶ》され、時生の胸を柔《やわ》らかく擦り上げている。

摩擦《まさつ》の刺激で尖《とが》った乳房の先端から異様な熱が生じ、真那の身体の奥をますます刺激した。

「あ……っ、やだ、やぁ……動けな……っ……」

不器用に身体を弾《はず》ませながら、真那は時生の腕の中で首を振った。

「動けていますよ。このぐちょぐちょ言っている音が聞こえないんですか。めちゃくちゃ搾られてて、最高ですけど」

「いや、いや……違うの……ちが……」

「違いませんよ、俺とセックスしている貴女は、最高にいやらしくて可愛い反応しかしない」

「私……いやらしくなんか……あぁぁっ」

嘘をつくな、とばかりに、時生が不意に腰を突き上げた。

「んっ、あぅっ、なんで、急に……奥、ひ、っ」

「なんでって……期待なさっていたんでしょう？　こんなにぐしょぐしょになって、自分から腰を振っておいでなんですから」

甘く低い声に、真那の下腹部がひくひくと脈打つ。

初めて時生に身体を許したときは、妻として、務めを果たすつもりだった。

だがそんなのは、言い訳だったと今ならわかる。

なぜならば、真那は時生に貫かれるたびに、自分の細胞ひとつひとつが塗り替えられるほどの快感を覚えているからだ。

「いいですよ、いくらでも真那さんの気持ちいいようにしますから、そのかわり、絶対に俺のコレ以外ではイかないでください」

言いながら時生が腰を支えていた片手を外し、興奮に尖《とが》った乳嘴《にゅうし》をきゅっとつまんだ。

「はぁんっ」

鋭い嬌声《きょうせい》を上げ、真那は思わずのけぞった。跳ね上がった身体を巧みに受け止めながら、時生が突き上げを繰り返す。

「や、あぁ、っ、あっ、あぅ」

揺さぶられ、貫かれながら、真那は無我夢中で蜜口を時生に擦りつける。しどけなく乱れる真那の耳に唇を寄せ、時生が獣の匂いを滲《にじ》ませる声で囁《ささや》いた。

「そうですよ、可愛いな……俺のでしかイけない身体になってください、絶対に誰にも渡さない」

「あ、あ、やだ、なに言って……なに……あああああっ！」

接合部が擦り合わされて、一瞬意識が飛ぶほどの快感が駆け抜ける。

「や、やだ、変なこと、言わないで、あぁんっ」

時生の言葉が理解できない。まるで愛しているとでも言われているかのようだ。

熱い昂《たかぶ》りが、揺さぶられるたびに力強く奥深くを突き上げる。

「ひっ、ひぅっ、あ、あ、あぁ……っ」

「そう、もっと俺を搾り上げて。全部、ドロドロにして差し上げますから」

ぐちゅぐちゅという淫奔《いんぽん》な咀嚼《そしゃく》音が、浴室に響き渡る。

中を満たす怒張は真那には受け入れがたいほどの大きさに変わり、未熟な身体を甘く激しくさいなんだ。

「ああ、もう蕩《とろ》けきってますね、そんなに美味《おい》しいですか？」

真那はなにも考えられず、素直に頷く。

——時生だからいい。他の人間に触られるのは嫌だ。

「……やっぱり、貴女は世界一可愛い。俺がいいって、たまには言ってくださいよ」

時生の唇が頭に押しつけられる。真那は腰を震わせ、時生自身をはしたなく食い締めながら、掠《かす》れ声で言った。

「私、時生が……いい……」

「聞こえないです」

低い声に、腰が蕩《とろ》けそうになる。

浴槽の縁《ふち》に乗せた脚が、快楽に震え始める。

「どうしました、耳まで真っ赤にして」

「あ……あぁ……わ、私、時生がいい、時生じゃなきゃいやなの。他の人となんて、絶対……う」

言い終える前に、真那の唇は時生の唇に塞《ふさ》がれた。

優しいキスに身を任せると同時に、ふたたび力の入らない身体をガツガツと強く穿《うが》たれ始める。

割り広げられた花弁から、次々に泡立つ雫《しずく》が落ちてくる。

「俺も真那さんがいいです。貴女に嫌われようと軽蔑《けいべつ》されようと、無理矢理奪ってよかった。貴女は律儀《りちぎ》だから、どこにも行かずに俺のそばにいてくれる」

――時生……

やはり、まるで愛の言葉のように聞こえる。時生が愛おしすぎて、頭がおかしくなったのだろうか。あんなに手ひどく傷つけた女を、彼が愛してくれるはずはないのに。

熱い胸に抱かれ、彼の鋼《はがね》に貫かれながら、真那は濡れた頬に新しい涙をこぼす。

ぐちゅりと音がするたびに奥から新たな蜜が溢《あふ》れ、真那の尻を伝い、時生の脚を汚して流れ落ちていく。

「中に出して、って言ってもらえませんか？」

恥《は》ずかしすぎて無理だ。火照《ほて》り、潤《うる》んだ顔のまま首を振ったが、時生は容赦《ようしゃ》してくれなかった。

「俺のしかほしくない、ってはっきり言ってください。真那さんの綺麗《きれい》な声で、いやらしいことを言ってほしいんです。そうしたら俺も、少しは嫉妬《しっと》するのをやめますから」

「い、いや、私……そんなこと……あう……」

真那の目に、ますます涙が滲《にじ》む。

羞恥《しゅうち》と、快楽による生理的な涙が入り混じって、次から次へと頬を流れていく。

「じゃあ、もう抜きましょうか？」

「っ、駄目……っ……」

意地悪すぎる言葉に、真那は腰を揺すりながら首を振った。

汗の匂いが鼻先をくすぐる。離れたくない。他の人に触ってほしくない……そこまで考えるのがやっとだった。終わらない抽送に、頭の中が真っ白になってくる。

「……時生……っ、時生が、いい、時生の、私の中に、あぁっ」

「他の男とセックスして、中に出されるのは嫌なんですね？」

「いや、いやあぁ！　そんなのいや、嫌！」

冗談で聞かれたとわかるのに、信じられないおぞましい言葉に聞こえる。

嫌悪感に身体中が激しく震え、恐怖のあまり真那は時生に縋《すが》り付いた。

「嫌よ、嫌」

時生が、必死に首を振る真那を抱く腕に力を込める。

「俺も嫌です。真那さんはもう、俺のものですから」

時生の声音からも、いつしか余裕が失せていた。

隘路《あいろ》に充溢《じゅういつ》した肉杭が、極みを迎えて硬く熱く中で反り返る。

内臓を突き上げられるほどの勢いに翻弄《ほんろう》され、真那は時生の身体に縋《すが》りついた。

「どうして……そんなこと、いうの、絶対嫌なのに……っ……」

「……どうしてって、本音だからです」

時生の大きな手が、真那のうしろ頭を覆《おお》うように掴《つか》んだ。

「愛しています、昔からずっと」

時生の言葉が真那の胸をかきむしる。

『昔からずっと』と言われるなんて、現実なのだろうか。

一度は断絶した関係のはずなのに。

快楽に溺れている真那が聞いた、幻の言葉ではないのか。言われたい言葉を、脳が勝手に作り出したとしか思えない。

「だから真那さんは、絶対に俺から逃げないで」

身体の奥を押し上げられながら、真那は頷く。顔を上げると、時生のキスが降ってくる。今までになく激しく、食らいつくようなキスだった。

「ふ……ん、く……」

身体が揺すられるたびに、ぐちゅ、ぐちゅとあられもない音が聞こえる。

――大好き、時生……ひどいことを言ってごめんなさい、私、時生が大好きなの……

こんなこと、時生としか、したくない……

閉ざした目の端から次々に涙が伝った。

触れ合った時生の胸の動きが激しくなる。全力で走ったあとのように肩で息をしながら、時生が唇をもぎ離した。

「ああ、もう駄目だ、真那さん……かわいい……」

名前を呼ばれた瞬間、うねっていた隘路《あいろ》が強く強く収縮した。

激しい絶頂感と、失墜感《しっついかん》が同時に襲ってくる。

「……っ、あぁ……」

喘《あえ》ぐような呼吸の合間に、嬌声《きょうせい》が漏れた。

きつく搾り上げた昂《たかぶ》る熱塊が、濁流のような白い獣欲を吐き出す。

身体中ががたがたと震え、弛緩《しかん》する。

時生は真那を抱いたまま、激しい息と共に囁《ささや》きかける。

「ほら、俺と二人で、また取り返しが付かないくらい汚れました。真那さんはもう、どんな男のところにも行けません。この身体は、俺にだけ開いてくださいね」

真那の腰を強く抱き寄せたまま、時生が言う。

その言葉に、とてつもない安堵《あんど》感が込み上げた。

――よかった……私、全部時生のものなんだ……よかった……

歪む思考の中で、真那はひたすらそれだけを考える。

理性も、判断力も剥《は》ぎ取られ、真那は赤子が親に寄せるような信頼感と共に時生の身体にもたれかかった。

もう、目を開けている気力もない。

「……身体、洗いましょうか」

真那と繋がり合ったまま、時生が言う。声音には日常の冷静さが戻り始めていた。彼に寄りかかったまま、真那は素直に頷く。

めちゃくちゃに抱き潰《つぶ》された身体には、幸福感だけが満ちていた。

真那は顔を上げ、時生の唇にそっとキスをする。

幸せだ。愛する人は、少なくとも自分だけを見てくれているのだから。

真那は、絡みつくようなキスのお返しに溺れながら、そっと目を瞑った。

愛されていなくても、愛している。過去の暴言は一生償《つぐな》い続ける。利用されてもいいからそばにいたい。

他の男に触られるのは嫌だ。それに、時生に他の女性が触れるのも嫌。

自分はなんて嫌な女なのだろう。『嫌』という言葉だらけになった自分にうんざりする。

けれど真那は、自分に触れる人間が彼しかいないという事実に、途方もない満足感を覚えていた。

～時生　Ⅳ～

「まさか本当に、真那さんが今日のパーティに出席してくださるとは思いませんでした」

ホテルのロビーを歩きながら、時生は傍《かたわ》らの真那に囁《ささや》きかける。

真那は、時生の腕の中で見せる痴態など忘れたかのように、清純な令嬢そのものの微笑みを見せた。

「だって他の皆様もご夫婦でおいでなんでしょう？　私の昔の知り合いも見えるようだし」

今日は社内の慰労会だ。取引先や関連会社の人間を集め、高級ホテルの大広間を借り切ってパーティが開かれる。

葛城工業の業績がふたたび上向き始めていることを印象づけるため、華やかな席が設けられた。

その席に新任役員として呼ばれていた時生は、急遽《きゅうきょ》『妻同伴で』と、出席者の変更を依頼した。

会社には親しい人間がいないし、総務部以外に結婚したことを知らせるつもりもなかった。

他の新任役員や、昔ながらの重役の中には、ビジネスマンとしての経歴だけは華やかな時生を敵視している人間がいる。

エリート風を吹かしやがって、潰《つぶ》してやる、と陰口をたたかれていることも知っているし、なにかされたら当然、仕返しをするつもりだ。

つい一昨日《おととい》も、英語もろくに喋れないくせにふんぞり返っている『お偉い様』を海外企業との商談の席に無理矢理引きずり出し、赤っ恥をかかせてやったら静かになった。

今に見ていろと言われたが、そんなに長くこの会社にいるつもりはない。アメリカの古巣に戻れば、今よりもっと稼げて、もっといいポジションの仕事が手に入る。

そうすれば真那にも、昔に近い生活はさせてあげられるはずだ。

――俺は、この会社で『仲良し組』になんて入る気はないからな。

すれ違っても声を掛けてこない『同僚』に微笑みかけると、相手が気まずそうに視線を逸《そ》らす。外様《とざま》で実力があり、昔ながらの役員連中に目を付けられている時生と仲良くして上司に睨《にら》まれないか、不安で仕方ないに違いない。

会社の権力関係を必死でうかがう人たちを見かけるたびに不思議になる。

彼らは一生、葛城工業で過ごすつもりなのだろうか。

だから、小さなことばかり気に掛けているのか。

――俺は平穏を乱す人間だと思われているから仕方ない。それにしても、旦那様が生きておられた頃とは、経営者の顔ぶれも変わったな。やはり旦那様あっての葛城工業だったんだ。以前いた優秀な人たちは皆、旦那様の弟には見切りを付けて去っていったと聞くし……


考え事をしている時生の背中に、肩に、厳しい視線が突き刺さる。

お前がなぜ葛城真那をエスコートしているのか、と訝《いぶか》しむ視線も含まれていた。

反感しか買わない男が、葛城本家の一人娘で、経済界の首領、弾正太一郎の孫にあたる真那を連れて歩いていたら、ますます敵意を煽《あお》って当然だ。

だが、時生は特に気にしない。葛城工業に骨を埋《うず》める気などないので『仲良し』を増やす気もないからだ。

そこまで考えて、ふと心配になる。自分はいいとして、真那は大丈夫なのだろうか。

本人が『一緒にパーティに行く』と言ってくれたので、浮かれて連れてきてしまったが、古い知り合いのたくさんいる場で、緊張してはいないだろうか。

時生は慌てて、傍《かたわ》らの真那に語りかける。

「無理して昔の知り合いに声を掛けなくていいですよ」

自分でも驚くくらい優しい声だ。真那を甘やかそうという決意だけは順調に実行している。なに一つ彼女の本音を引きずり出せないまま、ひたすら甘い態度を取り続けている。

「いいのよ、ちゃんと貴方の顔を立ててるわ。そういうのは私の仕事」

真那が優しい声で答えた。

彼女の声は、どんなときも穏やかで、澄んでいて、聞き手をうっとりさせる。淑《しと》やかな容姿によく似合う声質だ。

佇《たたず》まいそのものが、シャンパン色の光に包まれているような、しっとりとした気品に溢《あふ》れて見える。惚れたひいき目かもしれないが、今日のパーティで一番美しいのは彼女だ。

真那は幼い頃から、輝かしい人たちの中心にいた。

たとえ地位を捨て財産のほとんどを処分し、一般的な暮らしをしていても、生まれた頃から身体に染み込んだ優雅さは消えるものではない。

「ありがとうございます」

「約束だものね、結婚したときの」

――いいえ、約束ではなく無理強いです。俺が貴女にしたことは、なにもかも全部無理強いだ。どうしてそんな風に笑顔で受け流してくれるんだろう、真那さんは……

心の中で呟いて、時生は改めて真那の姿を見つめた。

今日の彼女は、まっすぐな髪を一つに結い上げて、黒いミニドレスを着ている。透明な石のピアスに、お揃いの石のネックレス。手にも、結婚指輪に揃いの指輪を重ねづけしていた。

時生が贈った結婚指輪以外は、おそらく葛城夫人の遺品だろう。

ということは、かなりの名品に違いない。

――だけど変わった石だな。水晶？　いや、ダイヤかな。氷の塊《かたまり》のようだ。

疑問に思うと同時に、白い肌の上で輝く、不思議な石から目が離せなくなる。

「どうしたの？」

真那が小首をかしげると、耳たぶに留まった石がみずみずしく輝く。

「今日のジュエリーは変わったデザインですね。とても目を惹《ひ》く。アンティークですか？」

「ええ、そうよ。アンティークのダイヤモンド。昔、お母様がどうしてもほしいと仰《おっしゃ》って、お父様が世界中の伝手《つて》をたどって、五年がかりで手に入れたらしいの」

真那は細い指でピアスに触れ、笑顔で付け加えた。

「もう何百年も前に閉山した、インドの旧鉱山のダイヤなのよ。普通のダイヤとは石の組成が少し違うんですって。十八世紀に研磨されてから削り直しもしていないの。宝石商が、マハラジャの子孫から買い取った宝石なんですって。ふふっ」

おっとりと微笑まれ、時生は思わず息を呑む。

「あの、さらっと恐ろしいことを仰《おっしゃ》らないでください。そんな稀少《きしょう》な品は銀行の貸金庫へ」

「いいの、ちょっと華やかな席で、がんがん使うつもりだったから。お母様は、これが真那のものになったら、頻繁《ひんぱん》に身につけて輝かせてあげてって仰《おっしゃ》っていたもの」

どうやらお嬢様は、母君譲りのこのシンプルなピアスがお気に入りのようだ。

「……耳のうしろを見せてください」

時生は真那の細い肩を捕まえ、耳のうしろのピアスのキャッチを確かめる。

少し緩い気がしたので、外れて落ちないよう調整し直した。

──真那さんの天然お嬢様め……俺が気を抜くとすぐ危ないことを……

「リフォームの職人さんも、仕立て直しのときに手が震えたんですって。傷つけてしまっても、替えのダイヤがないって」

真那がのんびりと教えてくれた。口調は普段とまったく変わらず、緊張感の欠片《かけら》もない。

「でしょうね」

そんなとてつもない、下手すれば文化財級のアクセサリーを着けていると知ったら、タクシーで来たのに。

往来や地下鉄の駅で落としたらどうするつもりなのだろう。根が庶民の時生は考えるだけで手が震えそうになる。

小言を口にしかけた時生に、真那が優しい笑みを浮かべた。

「キャッチが緩んでた？　ありがとう」

「今度から奥様に頂いたジュエリーを着けるときは俺に言ってください」

「それなら、私の持っている中から、貴方が選んでくれればいいわ。そしたらそれはお母様のコレクションよ、って教えてあげる」

愛らしい言葉に、不覚にも胸が高鳴った。

「……それも悪くないですね。俺も、貴女が目の飛び出るような高価なアンティークを着けているかどうか把握《はあく》できますし」

真那が喜ぶようなジュエリーの組み合わせを考え、彼女に笑ってもらうのは、どんなに楽しいだろう。

――そうか、気が付かなかった。結婚指輪以外に、ジュエリーをプレゼントするのも悪くないな。真那さんはカジュアルなものを普段使いしたいと言っていたっけ。

そこまで考えて自分の頬をつねりたくなる。

ふと気がつくと、真那のことを想い、陶然《とうぜん》としているときがある。すべてを奪い尽くしてやろうと思っていた相手に、時生のほうがぐずぐずに蕩《とろ》かされているのだ。

どれほど、真那に対して抱《いだ》いた失望や悲しみを思い出そうとしても、傍《かたわ》らに彼女の存在を感じると、どうでもよくなってしまう。

真那が優しい笑顔の裏で、なにを考えていてもいい。使用人の子である時生を軽蔑《けいべつ》していたとしても、赤の他人として忘れ去られるより、ずっといい。

「ねえ、会場に入る前にクロークにコートを預けるでしょう？　時生のお財布とスマートフォン、私のバッグに入れましょうよ」

時生の葛藤《かっとう》になどまるで気付かぬ様子で、真那が言う。会場となる大広間の前につくと、集まった人々の視線が、清楚《せいそ》な装《よそお》いの真那に集まるのがわかった。

しかし真那は人々の注目を気にする様子もない。むしろ、久しぶりに履いたというハイヒールのかかとを気にしている。

「ではお願いします……俺に掴《つか》まって」

勇気を出して肘《ひじ》を差し出すと、真那は微笑み、時生の腕に細い指を掛けてきた。

「ありがとう」

「足が痛いですか？」

「ううん、大丈夫。ピンヒールは久しぶりだから少し疲れただけ」

真那の白い耳は、ほんのりと桃色に染まっていた。

間近で見ても、淡い化粧を施《ほどこ》した真那は美しい。いつもそばで見ている時生でさえ、ため息が出るほどだ。

廊下の窓に映る自分たちの姿は、かつての葛城夫妻を彷彿《ほうふつ》とさせた。

宝箱の奥深くにしまわれた真珠《しんじゅ》のような美女を、嬉しそうにエスコートする男。

一つ違うのは、夫が『偽物の紳士』ということだ。

——俺のしたことを旦那様が知ったら、きっと一生許してくださらないだろうな。

誰にどう思われてもいいと思って真那を奪ったのに、今更後悔がよぎるのはなぜだろう。

真一は『真那を誰よりも幸せにしてくれる相手を探したい』と言っていた。支援をしてあげるから大学に行きなさい、君は自分の才能を守るべきだ。そう言ってくれた恩人の娘に、時生は取り返しの付かない振る舞いをしたのだ。

――だからといって、真那さんを手放したりは、しませんけどね……

心の痛みが、静かな波のように打ち寄せてくる。

時生は、真一の願いを壊した。それは、変えようのない事実だった。

連れ立ってクロークに向かい、コートと時生の鞄を預けて、ふたたび真那と歩き出す。

「あ、繭田《まゆた》興産の息子さんご夫婦だわ。お子さんが小さい頃、よくうちの別荘にお招きしたの。覚えてる？」

なにげなく呟いた真那が、時生の腕を引いて家族連れのほうへと歩いていく。見れば、セーラー服を着た中学生くらいの女の子と、四十代と思われる夫婦が立ち話をしていた。

「ええ、たしか、お子様はまだ赤ちゃんだったような」

彼らは真那の亡き両親が親しくしていた、上流階級の人間だ。繭田興産は数年前から女性向けハイエンド化粧品の販売に力を入れ、中国市場での売り上げを爆発的に伸ばしていると聞いた。

「懐かしいわ。大きくなって」

一家に歩み寄った真那が、透《す》き通るような優しい声で彼らに話しかけた。

「お久しぶりです、繭田さん」

顔を上げた奥方が、しばらく不思議そうに真那を見つめた。当時はまだ真那も中学生だった。目の前の美しい淑女が誰なのか、とっさにわからなかったに違いない。

「葛城真那です。ご無沙汰しておりました」

真那の言葉に、目を丸くしていた奥方が歓声を上げる。

「ま、真那さん？　まぁ……久しぶり！」

はしゃいだ様子で奥方が真那の手を取る。真那は品のいい笑顔で彼女の挨拶《あいさつ》を受け、きょとんとしているセーラー服の女の子に話しかけた。

「美羽《みう》ちゃん、大きくなったわね。私のこと覚えてる？」

時生に言わせてみれば、十年近く前に会ったきりの一家の、赤ちゃんだった娘の名前まですべて覚えている真那はすごいと思う。

あの頃は何十という家族が葛城家に出入りしていた。それだけではなく、両親に連れられていった社交の席で、もっと多くの人たちと顔を合わせていたはずだ。

恐らく真那は、それらすべての『お知り合い』の顔を覚えている。誰に何年ぶりに会っても、とても会いたかった大切な相手として微笑みかけ、昔の思い出を口にして心を惹《ひ》きつけ、縁を繋ぎ直すことができるのだ。

――お祖父様が、絶対に政略結婚をさせるとムキになるはずですね……

感嘆《かんたん》の思いで、時生は真那の背中を見つめた。外国語に堪能で、久しぶりの社交の席でもまるで物怖《ものお》じせず、振る舞いも容姿も磨き抜かれた宝石のように美しい。

この孫娘なら、どんな縁談でも望めるはずだと、必死だったに違いない。

「私のお膝に乗って一緒にピアノ弾いたのよ」

時生の目の前では、真那が女の子に微笑みかけていた。真っ赤になった女の子が、蚊の鳴くような声で真那に答える。

「家に写真があります、今の私くらいの歳のお姉様の膝で、ピアノを手で叩いてる写真が……あのお姉様が貴女でした」

一家との思い出話に相づちを打っていた真那が、時生を振り返り、目配せをしてきた。

「ところで、実は私、最近結婚したんです。……主人をご紹介させて頂いてもよろしいかしら」

過去の楽しい思い出に笑いさざめいていた一家が、新しく提供された『興味を引く話題』に一斉に顔を輝かせる。

「ご結婚なさったのね。最後にお会いしたのは、うちの娘と同じくらいの歳の頃でしたのに。時の流れが早すぎるわ」

真那の顔は、とても幸せそうだ。

優しい夫に大切にされている、良家の奥様そのものに見える。

もし意図してこんな顔が作れるのであれば、女優になっても大成功するだろう。そう思いながら、時生は自分としては最高に爽《さわ》やかな笑みを浮かべて、一家に会釈《えしゃく》した。

パーティ会場で、想像以上にたくさんの真那の知り合いに会った。

自宅に帰っても時生の気疲れは取れないが、真那はさすがに慣れていて、ケロッとした表情だ。

彼女の両親が亡くなったのは七年前。それ以降は『上流階級の人たち』とは、ほとんど顔を合わせていなかったに違いない。

だが真那は物怖《ものお》じせずに皆に話しかけ、『葛城本家の令嬢』の存在を思い出させ、興味を惹《ひ》きつけることに成功していた。

――それにしても、そうそうたる面子《メンツ》だったな。あの中の誰かが、俺に匿名のメッセージを送ってきたんだろうか。なぜ俺の連絡先を知っていたんだろう……

出席者の顔ぶれを思い出し、時生は考える。真那の近況を案じていた人間は多そうだったが、時生に対して『迎えに行ってあげて』と連絡をしてくる人間には、やはり思い至らなかった。

――悪戯《いたずら》なのかな。まな、ってひらがなだったし、たまたま名前が一致したとか？

本気で差出人が気になるなら、しかるべき筋に金を積んで、裏に手を回して調べてもらえばいい。

そこまでしなくてもいいと思っているのは、真那が今、時生のそばにいるからだ。あのメールは真那を迎えに行く切っ掛けになってくれた。だからもう、それでいいと思い始めている。

――久しぶりの社交の席とは思えない振る舞いだった。俺なんて添え物だったな。

時生は、真那の美しい横顔に見入る。

この三年間、真那はわざと社交界とは距離を置いていた。戻るつもりもなかったのだろう。

時生が『妻としてコネクションを役立ててくれ』なんて無理矢理頼んだから、ふたたび、あのように華やかに振る舞ってくれたのだ。

皆、真那と再会できて嬉しそうだった。両親を亡くした真那を本気で案じていたらしく、ハンカチで目元を拭っていた夫人もいた。

また、真那が身につけていたジュエリーを見て、亡き夫人のものだと気付いた人もいたようだ。

どうやら真那の母のアンティークダイヤは、時生が思っていた以上の名品で、昔から上流の奥様方の憧《あこが》れの的《まと》だったらしい。

真那の計算し尽くされた振る舞いに、改めて感銘を受ける。

今日の真那は、ただなんとなく服を選んで付いてきたのではない。

久々の社交の席で自分をどれだけ思い出してもらえるかを考えぬいていたのだ。

母が持っていた高名なジュエリーに、それらを引き立てるシンプルで上品な服。薄い化粧は、十六歳当時の自分を思い出してもらうため。

そして、今日の慰労会に誘ったときに、『出席者のリストを見せて』と頼んできたのは、知り合いをすべて思い出し、自分から声を掛けに行くためなのだ。

——さすが、『社交界の女王様』となるべく育てられただけはある。俺のような成り上がりとは格が違う。

そう思いながら、時生はソファの隣に腰掛けている真那を見つめる。

家についてとりあえず腰を下ろしただけで、まだ着替えはしていない。たくさんの人に会って気疲れし、一息つきたい気分がまだ抜けないのだ。

真那もドレス姿のまま、ちょこんと腰を下ろしている。

多分時生に付き合って、座っているだけだろう。

傍《かたわ》らの真那が、突然チャック付きの小さなビニール袋を取り出した。小物を保存するための袋だ。

なにをするつもりなのだろう。

不思議に思う時生の前で、真那はアンティークの高価なダイヤのリングを外す。目を奪われるような青みを帯《お》びた、水のような輝きだ。

真那はそれをハンカチで軽く拭き、なんのためらいもなくビニール袋に入れて蓋《ふた》をした。クリップや錠剤でもしまい込むかのような気軽な動作に唖然とする。

「あ、あの、なにしてるんですか？」

思わず大声を上げると、真那がビクッとなって振り返る。

「な……なに……？　どうしたの……？」

「そのような品は、しかるべき場所におしまいください」

てっきりビロード張りの小箱に入れて、金庫にしまわれるのかと思い込んでいた。目を丸くしていた真那は、なんだ、そんなこと、と言わんばかりに微笑む。

「お母様も、小さなジュエリーは小分けのビニール袋にしまっていたわ。空気に触れないから、これでいいの」

「いえ、そのリングは決して小さくありませんから、しっかり管理なさってください」

「なによ。お母様と同じように保管しているのに」

真那が時生から目を逸《そ》らして、もそもそと言い訳をした。

昔と同じ、叱《しか》られたときに見せる困ったような表情が可愛らしすぎる。先ほどパーティ会場で見せた清楚《せいそ》で知的な真那とは別人のようだ。

カラット数にして五カラットはありそうな、超希少品のアンティークダイヤではないのか。やはり真那は世間とどこか感覚がずれている。無欲すぎる。多分このダイヤも『たくさんあった宝石の一つで、日常気軽に使うもの』に過ぎないのだろう。

——だめだ……甘い顔をしていいと決めたとはいえ、俺は真那さんに過干渉で過保護すぎる。だが、つい構いたくなってしまう……昔の癖がどうしても……。

時生は可能な限りクールな顔で、じーっと自分を見ている真那の視線を受け流す。そんな風に素直な顔で『お説教』の続きを待たないでほしい。

「袋に入れる入れないは別として、ケースにはお片付けになってくださいね」

「わかったわ」

真那がニッコリと微笑む。途端に絹《きぬ》のように白い頬に紅色《べにいろ》が差し、えもいわれぬ愛らしさと美しさを醸《かも》し出した。

「ね、ねえ時生……。今日みたいに二人して着飾って出掛けると、デートみたいで……よかったわね……」

「えっ？」

唐突な言葉だった。時生は、ギョッとして傍《かたわ》らの真那を振り返る。

「変なことを言ったかしら」

真那が、ますます赤くなる。

これも『本物のお嬢様』が持つ、人たらしのテクニックなのだろうか。そう思いつつも、時生の顔まで熱くなる。

――真那さんはいつの間に、こんなに軽々と俺を掌《てのひら》の上で転がすようになったのか。昔からか？　そうだ、昔からだ。だ、断じて、俺は振り回されませんからね……

心の中から「今日からもう舐《な》めるように溺愛しろ。それ以外しなくていい」と呟く自分の声が聞こえてきた。

簡単に時生をめろめろにするのだから、やはり怖い。

真那は他の男も無意識に骨抜きにしているかもしれない。しているに決まっている、現に時生はもう骨抜きなのだから。絶対に、よその男に会わせたくない。

「ねえ、時生……どうしたの」

深刻な顔で間抜けなことを考えていた時生は、慌てて襟元を正した。

「俺とデートできて嬉しかったんですか？」

潤《うる》んだように輝く大粒ダイヤをのせた耳が、ほわっと桃色に染まる。

「ええ……そうよ……」

社交上手の知的な令嬢とは思えない初心《うぶ》な反応に、時生は思わず笑った。

――どれが本物の貴女なのかわからない。離れていた間、真那さんがどんな人になったのか。

そう思いつつも、時生は心の奥底で、目の前で頬を染めている真那が本物であればいいと願っている。

「時生は、本当に出世したのね」

両掌《りょうてのひら》でコーヒーカップを包み込み、真那が長いまつげを伏せた。

「ありがとうございます、それなりに」

「どうして葛城工業に関わろうと思ったの？」

「……前の会社で、ずっと企業再生案件のセクションにいた関係から、そのキャリアを買われて誘われたので。元々、俺の先輩が、現在の葛城工業の大株主からリピート指名を受けていたコンサルタントだったんです。オーナーから先輩に個人的に相談が入って、それで、彼の下でずっと働いていた俺に白羽の矢が立ちました」

現在の葛城工業は、同業他社に株の大半を取得され、『葛城ブランド』を残すために子会社として残されている状態だ。

ここで経営を立て直し、今後も独立した会社でいるか、大規模リストラと事業縮小の後に、親会社に吸収されるかの瀬戸際とも言える。

「俺は葛城工業でそれなりに業績を残したいと思っています。そうすれば、また有利な条件で新しい仕事にありつけるだろうし」

「葛城工業をいつか辞めるの？」

真那が驚いたように顔を上げる。

「ええ。葛城工業さんのほうにも長く俺を飼っておく理由はないでしょうし。お互い利害が一致した関係性ですね」

正直に答えると、真那の大きな瞳が曇った。

「じゃあ、私のこともいらなくなるのかしら」

悲しげな声が聞こえた刹那《せつな》、時生は慌てて首を振っていた。

「そんなことはありません」

答えた直後に後悔する。意味ありげに否定も肯定もせずにいれば、真那が別の反応を見せてくれたかもしれない。彼女の本音に近づけた可能性があったのに、なにを馬鹿正直に答えているのだろう。

真那にとっては、父が愛した会社を守ってくれる人間は、一人でも多いほうがいいに決まっている。時生を繋ぎ止めようと、新しい動きを見せたかもしれないのに……

「本当に？」

目を潤《うる》ませる真那に、時生は頷いて見せた。

「はい。真那さんをいらないなんて、一生言いません」

「出掛けるときにジュエリーを選んでくれる？　お父様がしてたみたいに」

仲睦まじかった真那の両親の姿が脳裏に浮かび、時生の心をじくじくと刺す。

『真那を傷つけた君は、私たち夫婦と同じようにはなれない』という、冷たい真一の声が聞こえた気がした。しかし、時生はその痛みを呑み込み、いつも通りの平静な顔で答えた。

「ええ、構いませんよ」

だが、約束しても真那の表情は晴れない。赤い唇を開き、真那はますます目を潤《うる》ませて言った。

「……あ、あのね、時生がどう思っていても、私はこのまま一緒にいたいの」

澄んだ声は震えていた。予想外の言葉に、時生の心臓が大きな音を立てる。

「こんなことを言ってごめんなさい……あの……でも……」

身を寄せてきた真那からは、えもいわれぬ甘い香りが漂ってくる。息を呑むと、真那が顔を近づけて、真剣な調子で続けた。

「私、貴方を傷つけたことを一生掛けても償《つぐな》うから。だから。ごめんなさい」

やはり真那は昔と変わらず誠実なのだと思えた。時生を傷つけたことを認め償《つぐな》うと。

あのとき投げつけられた裏切りの言葉は本気で、今の謝罪も本気なのだ。

ならばもう、それでいいではないか。過去も今も真那は本当のことしか言っていない。

一度嫌いになった時生を、また選び直し、謝罪したいと。

時生も、それでいい。このままぐちゃぐちゃに絡み合って二人でずっと過ごせれば、まさに時生の思い通り、御《おん》の字だ。真那を独占できればそれでいい。

「真那さん、もういいです」

腹の奥が妖しく疼《うず》き出す。

「俺は別に怒っていないんです。当初は……貴女を恨んでいましたが……今はもう、別に。そんなに気にして頂くほどのことはない」

自嘲《じちょう》の笑いが込み上げてきた。

あの葬儀の夜に、間違いなく『二十歳になったら迎えに行く』と約束し、真那はそれに頷いてくれたはず。だが、実際には、真那は待っていてくれなかった。

迎えに行った時生に『使用人の子とは結婚しない』と言い切ったのだから。

それが彼女の答えだったのに、時生はそのあとも諦《あきら》められなかったのだ。

傷ついて、恨んで、もがいて、気付けば真那のことしか考えていなかった。

そしてふたたび真那を手に入れた今は、過去の苦しみよりも、目の前の彼女にしか意識が向かない。

なにも望まない。真那が腹の中でなにを考えていても、離ればなれでいるよりそばにいてくれるほうがいい。

彼女の笑顔の裏になにがあっても、騙《だま》され続けたい。

離れている間、真那を取り戻すことしか考えられなかった。だからどんな形であっても、どうかこのままそばにいてくれと願っている。

つまり、時生はとっくに真那を許しているのだ。

どれほど侮辱《ぶじょく》されたのだとしても、真那が妻でいてくれるなら、それでいいと思っている。きっと、再会したそのときから、無意識下では許していたのだ。

真那に付けられた傷なら、一生消えなくていい。それが惚れた弱みというものだ。時生の心の中にあるたった一つの椅子には、真那しか座れない。椅子の名前は、妻、飼い主、宝物、忘れられない女……なんでもいい。その全部だ。

「本当に一緒にいてもいいの？」

なぜ、こんなに可愛いことを言うのだろう。そう思いながら、時生は頷いた。

「ええ、もちろん」

細い背中を抱き寄せて口づけると、真那が従順に目を閉じた。柔《やわ》らかい身体がかすかに震えているのが掌《てのひら》に伝わってくる。

「私、他の人は嫌なの」

柔《やわ》らかな髪を撫《な》でながら、時生は答えた。

「知っています、昔から」

真那は時生の執着ぶりに負けて、己の心に折り合いを付けたに違いない。『使用人の子と結婚してもいい』と。

「本当に嫌なのよ」

腕の中で真那が身を震わせる。男性が極度に苦手で苦しんでいる姿はずっと見てきたから、そのくらいわかっている。

男嫌いは演技でもなんでもない。真那の性分《しょうぶん》で、治ることはないのだ。

「わかってます。俺のそばにいるほうが、ましなんですよね」

「……っ……ちがう……っ……ましとかじゃなくて、時生がいい……」

真那の震える声を信じたいと、焦《こ》がれるほどに思った。やはり、この美しい令嬢は自分にとっては、心を食い尽くす恐ろしい魔女なのだろう。

「違うんですか。じゃあ、俺が好きなんですね」

パーティで口にした酒はほんのわずかなのに、酔っているのだろうか。時生は腕の中の真那に、もう一度問いかける。

「俺のことが好きなんですね？」

真那の細い指が、肯定するように時生のシャツの袖《そで》をぎゅっと掴《つか》んだ。

──駄目だ……

腹の奥の疼《うず》きが治まらなくなってきた。薄い唇を割って舌を絡ませると、真那の身体がかすかに強ばった。

腿《もも》の上に手を置き、ゆっくりと滑らせると、真那が身じろぎして時生の腕に指を掛けた。

時生は儚《はかな》い抵抗を無視して、そのままシルクのミニドレスの下に手を滑り込ませる。腿《もも》のガーターのレースに指が触れた。柔《やわ》らかなスリップが不躾《ぶしつけ》な指に抗議するかのようにに絡みついてくる。

今更気付いたが、真那が纏《まと》っているのは、昔葛城夫人が愛用していた香水だ。人々の記憶を喚起《かんき》するために香りまで合わせたのだろう。

恩人夫婦に、淫《みだ》らな振る舞いを咎《とが》められているような気がして、背徳感が煽《あお》られる。興奮を抑えられなくなり、時生は真那の滑らかな腿《もも》を幾度《いくど》も撫《な》でさすった。

唇を合わせた真那の息が、かすかに荒くなっているのがわかった。時生はシルクの下で真那の臀部《でんぶ》を掴《つか》み、頬を染めた真那に囁《ささや》きかけた。

「部屋に行きましょう」

真那はその誘いに抗《あらが》わなかった。

自室に真那を連れて行くやいなや、繊細なドレスと下着を脱がせて己も礼服を脱ぎ捨て、ベッドの上に組み敷いた。

軽蔑《けいべつ》されてもなにも反論できないほど、真那に対して盛《さか》り続けている自覚はある。形のいい乳房に唇を寄せると、真那は白い身体をかすかにくねらせた。

黒い髪が薄い灰色のシーツの上に広がり、虹色の艶《つや》を放つ。昔から真那の髪は綺麗《きれい》だ。

今も作り物のように、綺麗《きれい》だった。時生は乳房から唇を離し、甘い香りを漂わせる首筋に口づけた。

噛みつくような勢いの口づけに、真那が抗《あらが》う声を漏らす。

「だ、だめ……そこに痕《あと》は……」

「つけませんよ」

答えた己の声が乾いていて、余裕などまるでなくて、我がことながらおかしくなってしまう。

「ほ、ほんとに……駄目……」

「誰かに怒られるから？」

「違う、恥《は》ずかしいから……あ……」

ふたたび首筋に唇を押し付けると、真那がたまらなくなるような甘い声を上げる。先ほどから昂《たかぶ》っていた杭が声に反応して、ますます硬く反り返った。

時生は、柔《やわ》らかな肌に唇を押し付けたまま、戸惑い悶《もだ》える真那の片脚を大きく開かせる。膝の裏に手を掛け、秘部を晒《さら》させる。唇を離し、身体を起こして、空いているほうの手で濡れた陰唇をまさぐった。

その場所はすでに、茂みに露《つゆ》がたまるほどに潤《うるお》っている。逸《はや》る心のままに、時生は閉じ合わさった花びらの奥へと指を潜《もぐ》り込ませた。

「あ……ぁ……」

喘《あえ》ぎ混じりの吐息を漏らし、真那が枕の端を掴《つか》む。従順に脚を開いたまま、真那の中は力強く指を食い締めた。

わざとらしく音を立てて抜き差しするだけで雫《しずく》がしたたり落ちてくる。指にまとわりつく熱に、反り返った分身がどくりと脈打った。

余裕ぶって愛撫する余裕などない。時生は大きく脚を開かせたまま、己自身の先端を濡れた蜜口にあてがった。

「……っ……う……」

真那が押し殺した声を上げた。押し付けられたものを呑み込もうと、小さな孔《あな》がヒクつく。清楚《せいそ》な顔に似合わず、真那の肉体は淫《みだ》らでいやらしい。そんなところがたまらなく好きだ。自分しか知らない姿なのだと思うと、愛おしさと劣情に下腹が焼かれそうになる。

――趣向を変えよう。

身体を離すと、真那が戸惑ったように身じろぎする。時生は構わずに体勢を変え、自分が下になって、真那を自分の上に座らせた。

「今日は、俺に乗ってもらえませんか」

反り返る怒張に目を落とし、真那が白い喉を上下させる。

「自分でまたがって、手を添えながら……そう……」
ぎこちない仕草で真那が腰を浮かせ、潤《うるお》った裂け目に時生自身を導《みちび》く。
「ん、っ……こう……？」
小さな手をベッドに付いて身体を支えながら、真那は慎重に腰を落としていく。
じゅぷ、といやらしい音を立てながら、杭が真那の中に呑み込まれる。身じろぎする
ほどの快感に、時生は思わず両手で真那の腰を掴《つか》んだ。
「あぁぁっ」
激しい蜜音を立てて、杭が真那の身体に沈み込む。最奥を突き上げられた真那が、つ
ま先をヒクつかせて身悶《みもだ》えた。
「駄目……急に……っ」
「支えていますから、身体を起こして腰を振って」
淫蕩《いんとう》な命令に、真那が頬を染める。そして、言われたとおりに身体を起こし、腰を掴《つか》
む時生の腕に手を添えた。
「っ、あ……こう……？」
真那が不器用に身体を弾《はず》ませる。杭を咥《くわ》え込む蜜襞は、それだけの刺激でも激しくう
ねり、搾り上げてくる。じれったいほどゆっくりした動きに、時生の欲情が激しく煽《あお》ら
れた。

形のよい乳房が弾《はず》み、美しい肌が白く輝く様がはっきりと見える。結《ゆ》ったままの髪は乱れ、一筋白い肩にこぼれ落ちていた。

「あ、あ、あぁ……っ……や、やだ、見ないで、そんな……」

息を乱しながら、真那が唇を噛みしめる。

「自分で動くと、そんなに気持ちいいですか？」

真那が身体を揺するたびに、ぐちゅぐちゅと大きく音が響く。

「びしょ濡れですから、イきそうなくらい気持ちいいんですよね？」

「やだぁ……っ！　意地悪、あ」

少し言葉で責められただけで、真那の身体からくたりと力が抜けた。時生を呑み込んだ場所がひくひくと震え、真那の感じている強い快感を伝えてくる。

「まだですよ。もっとしてください」

意地悪な命令に、真那が結合部を擦り合わせるように腰を揺らす。美しい顔が快楽に歪み、蜜孔からはぬるい蜜がこぼれ落ちた。

「ほら、真那さん、もっと」

掴《つか》んでいる腰を、時生は少し強めに揺すった。

「ひっ、あ、あぁ、駄目、んっ」

「胸にこの前付けたキスマーク、まだ全然消えませんね」

揺れる乳房に散った赤紫の痕《あと》を見上げ、時生はうっとりと呟く。真那の中は熱く蕩《とろ》けきっていて、苦しげに収縮を繰り返している。絶頂が近いのだろう。これを長引かせようと、時生は真那の腰を掴《つか》んで接合部を擦り合わせながら、優しく指摘する。

「お腹も、股の内側も、俺が付けた痕《あと》が消えていない」

真那が紗《しゃ》のかかったようなまなざしで、ゆっくりと自分の身体を見下ろす。

「キスマークだらけの身体でパーティに出席なさるとは。真那さんはいつから、こんなに淫《みだ》らなお嬢様になられたんですか？」

言いながら、時生は下から真那の中を強く突き上げた。

「だ、だって、貴方が、身体中、全部、キスっ……あぁっ」

強すぎる刺激に、真那の上半身が崩れ落ちてくる。隘路《あいろ》が激しく痙攣《けいれん》し、のし掛かった身体から激しい鼓動が伝わってきた。

時生は華奢《きゃしゃ》な身体を受け止め、繋がり合ったまま息を乱す真那の背を抱きしめた。

「どんなに痕《あと》を付けても足りないんです」

真那の中がひときわ強く収縮する。このままイってしまいたい。目もくらむような快感をやり過ごしながら時生は呟いた。

「どうすれば、なにもかも俺のものにできるんだろう」

そのとき、一度果てたはずの真那が、時生に貫かれたままゆっくりと身体を起こす。

大きな目には思いつめたような光が浮かんでいた。

「……が……ほしい」

なにを言っているのかよく聞こえなかった。動きを止めた時生の上で、真那が濡れた唇を動かす。

「私……赤ちゃんがほしい……」

茫洋《ぼうよう》とした口調に、えもいわれぬ色香が滲《にじ》んでいる。

意味を理解した刹那《せつな》、どくんと下腹部が搾り上げられた。

そんなことを言われたら、興奮してなにも考えられなくなる。時生は腰を掴《つか》む手に力を込め、ますます身体を揺さぶった。

「あぁんっ、あ、っ、や……ぁ！」

理性がすり切れていくのを感じながら、時生は掠《かす》れた声で言った。

「ええ、孕《はら》んでくださいと申し上げたじゃないですか」

「……っ、うん、ほしい……ごめんなさい、時生」

ふたたび真那の息づかいが荒くなる。真っ白な肌が内側から光り輝き、女神像のように美しい。快楽に蕩《とろ》けた真那の目尻から、一粒涙がこぼれた。

なぜ泣いて謝るのだろう。不思議に思うと同時に身体は燃え上がり、なにも考えることができなくなる。

――もういいんです。俺のものになってくれればなにもかも。

「あっ、あ……っ、あ！」

激しい突き上げに華奢《きゃしゃ》な身体をのけぞらせた真那が、ふたたび力なく崩れ落ちてくる。

喘《あえ》ぐ真那の腰を掴《つか》んだまま、時生は昂《たかぶ》る熱に任せて言った。

「じゃあ、全部搾り取って、呑み込んでください。俺が出すのを全部」

「……あっ、ぁ……ん……っ」

真那が喘《あえ》ぎながら何度も頷く。

獰猛《どうもう》なほどの勢いで締め付けられると同時に、時生は一番奥に劣情を吐き尽くした。

あまりによくて、身体が震えた。目が回るほどの解放感と充足感に満たされる。

繋がり合ったまま、時生はもたれかかる真那の髪を撫《な》でた。

「本当に俺が好きなんですね」

泣きたいくらい真剣に聞いているのに、声はひどく皮肉に響く。

胸の上で真那が素直に頷いた。

「じゃあ、真那さんのなにもかも、全部俺にくれますか？」

真那がふたたびこくりと頷いた。

薄い耳たぶの上で、アンティークのダイヤが明かりを映して煌《きら》めく。

透《す》き通って輝く石は、淫《みだ》らに絡まり合った痴情の果てなど知らないとばかりに、冷ややかに煌《きら》めいていた。

第六章

真那は、夢の中で時生の腕に抱きしめられていた。

今よりずっと若い。まだ高校生の頃の真那が、ガタガタ震えながら時生にしがみついている。

『あと四年したら、真那さんを連れて逃げ回れるくらいの人間になって絶対に迎えにきます』

時生の優しい声が聞こえた。

――嬉しい、そうすれば私、もう一人じゃなくなる……好きな人とずっと一緒にいられる。嫌いな人と結婚なんてせず、好きな人と二人で……

真那の目尻から涙がしたたり落ちた。

――貴方のそばに行けるなら、もう葛城家の財産もなにもかもいらない。全部、必要な人たちにあげて、貴方と一緒に誰も追いかけてこないところに行く。私、堂々と時生を抱きしめられる世界に行けるんだ。

しかし次の瞬間、真那の腕から時生の温もりが消えた。

違う。行けないのだ。

祖父の声が聞こえる。真那は揺れる場所にいる。車の中……だろうか。横たわった真那が薄目を開けると、たくさんの機械が見えた。救急車の中かもしれない。

『犬畜生ごときを私の孫に近づけさせるな！　妙な噂が立ったらどうしてくれるんだ』

時生の母が途方に暮れたように何度も謝る声が聞こえた。やめて、お祖父様……そう言おうとしても声が出ない。ほんの数秒、薄目を開けるのが精一杯だ。

『無邪気な真那をたぶらかすなんて、お前の息子はとんでもない真似をしてくれたな』

――ただ、無邪気に……？

真那の中で、なにかがどろりと音を立てる。

――私は時生のそばにいるためならなんでもする……そういうの、無邪気って言うのかな。違うよね。私の気持ちは綺麗《きれい》でもなんでもない。時生の一番そばにいられるのが私でありますようにって、他の人間に邪魔されませんようにって、自分本位にそうずっと祈っていたもの……

きっと真那の気持ちは、永遠に祖父には認めてもらえないだろう。

祖父はとても気性が激しい。巨大企業グループの総帥として、その気性の激しさと容《よう》赦《しゃ》なさで多くの成功を収めてきた。

怒ると手が付けられない祖父を宥《なだ》められるのは、弾正本家の令嬢だった祖母だけだ。祖母はグループの筆頭株主で、一族の誰よりも富裕だったが、決して入り婿の祖父より前に出ようとせず、夫を立て続けていた。

明るく聡明な人柄だったけれど、母に急逝されて以降は、意気消沈してしまった。

だからもう、祖父を止められる人はいない。

祖父は怒りに任せて時生を叩き潰《つぶ》すに違いない。

『真那には、弾正家の孫娘として、そして葛城家の令嬢として、ふさわしい結婚をさせる。一族の繁栄にプラスとなる縁談以外は認めない。使用人のもとに走るなんて、一族の恥《はじ》だ』

祖父は一度決めた以上、絶対に譲ってくれないだろう。

時生のことだって『下僕のくせに生意気な男だ』と吐き捨てるように言っていた。

理屈ではない。祖父の目には、時生が自分に逆《さか》らう敵に見えているに違いない。

昔から刃向かうものには容赦《ようしゃ》しない人だったが、歳を重ねてますます話が通じなくなった。

本当は、そのことが悲しい。なぜ、祖父はあんな風になってしまったのだろう。

――時生……私のところに……もう、来ないで、お祖父様が貴方を……

足元に大きな穴が空いたような気がした。取りたい手はこの世界に一つしかないのに、もう触れることすらできないのだ。

目の前が明るくなってきた。

まぶしい光がベッドに差し込んで、真那に目覚めを促《うなが》している。

――朝……？　ああ、そうか、夢よね。あんなの全部夢。昨夜、久しぶりにいろんな昔のお知り合いに会ったから、お祖父様の夢まで見ちゃったんだわ。

真那は目を開ける。そして、傍《かたわ》らに目をやって、時生の姿を見つけて、頬を熱くした。

時生の長い腕が、真那の身体を抱き寄せるように、背中に回っていたからだ。

最近の時生はとても優しい。昨日は、ずっとそばにいていいと言ってくれて本当に嬉しかった。少しだけ心を開いてくれたのだと思えて、たまらなく幸せだ。

時生ともう離れたくない。

愛おしさに駆られ、真那は時生の滑らかな頬に手を伸ばす。そっと指先で触れると、柔《やわ》らかな温もりが伝わってきた。

――そばにいていいって言われた。ずっとそばにいていいって……

ほんとうは、外で恋人同士や親子連れを見るたび羨《うらや》ましかった。母親らしき人と並んで歩いている女性を見るたびに、心の奥の痛みを押し殺していた。

『私にだって、大好きなお父様とお母様がいた。愛する人と結ばれるかもしれない未来があったはずなのに、全部消えてしまった』と……

真那だって新しい家族がほしい。時生との子供がほしい。

昨夜は、ずっとそばにいていいと言われたら、もう気持ちが抑えられなかった。

あの雨の夜、突如えぐり取られて消えた『家庭がある幸せ』をもう一度取り戻したい。

父と母ほど立派な親にはなれないかもしれないが、それでも、両親がしてくれたのと同じように、我が子を愛したい。

昨夜、時生は真那を手放さないと言ってくれた。

パーティでの真那の振る舞いが気に入り、これからも役に立つと思ってくれたから……かもしれない。

けれど、どんな理由であっても、手放さないと言われて目がくらむほど嬉しかったのだ。

妻としてそばに置いてもらえる。一番好きな人のそばにいられる。本物の奥さんとして生きられる。

——どうして、私はこんなに強欲なんだろう。結局、自分のことしか考えられない。

お金も名誉もいらないけど、ずっと、やっぱり、時生だけは諦《あきら》められない……

真那はそっと時生の頬を撫《な》でた。

その瞬間、時生が形のよい目をパチリと開き、真那の手を素早くぎゅっと握りしめた。

「……なに、悪戯《いたずら》してるんですか？」

笑い含みの声で時生が言う。

真那はぱっと頬を染め、慌てて自分の手を取り返した。

「な、なんでもないの……綺麗《きれい》な顔だなって、思って……」

そう言って、真那は赤くなった顔を隠そうと、くるりと寝返りを打った。

背中から、時生の声が聞こえる。真那は時生に背を向け、小さくなったまま頷く。

時生が手を伸ばし、背中から真那に抱きついてきた。

「俺はまだ眠い、昨日何度も張り切りすぎたかな」

時生の台詞《せりふ》に、真那の顔がますます熱く火照《ほて》る。一度では足らず、獣のように絡み合ったことを思い出し、自分の振る舞いが今更恥《は》ずかしくなった。

「は、張り切るって……時生、貴方ね」

露骨な言葉にあえて軽く抗議すると、時生が背中の向こうで笑った。

「……誰だって張り切りますよ、こんな奥さんをもらったら」

頭のうしろにキスをされ、硬い胸に抱かれて、真那はうっとりと目を細める。

自分を抱く男が時生ならそれでいい。他に望むことなどなにもない。

背中に時生の温もりを感じながら、真那はぼんやりとさっきの夢を思い出す。

なんだか、真那が把握《はあく》している事実と、少し違う夢だった。

時生が『真那が二十歳になったら迎えにくる』と約束してくれる夢。少女漫画みたいだ。好きな人が、自分をさらってくれようとしたなんて。

——私ったら、二十三にもなって夢見がちすぎるわ。

「どうかしましたか？」

黙りこくった真那の様子が気になるのか、時生が身を乗り出した。

「なんでもないの。変な夢を見ただけ」

誤魔化《ごまか》すように笑って、真那は時生の腕を抜け出そうと身体を捻《ひね》る。そのとき、葬儀の夜に打ち付けた頭の傷が不意に痛んだ。

身体を強ばらせ、真那は頭の傷を押さえる。

「痛っ……」

「どうしました？」

しばらく顔をしかめていたが、痛みはいつものようにスッと消える。真那は頭から手を離し、ふたたび身体の向きを変えて、時生の胸に額《ひたい》を寄せた。

「大丈夫。昔、庭で転んだ傷が急に痛くなって」

「庭で転んだ傷？　なんですか、それは」

——そういえば、時生はお葬式に来られなかったのよね、お祖父様が顔を出すなと言ったせいで。

時生の温もりに包まれ、目を瞑ったまま真那は答えた。

「両親のお葬式の夜に庭で転んだの。思い切り頭を打って気絶しちゃうくらいの勢いで。

ただでさえ大変なときに、いろんな人に心配を掛けちゃって。結構ドジなのね、私」

「……真那さんは……なにを……」

時生の腕が強ばる。違和感を覚え、真那は顔を上げた。

「どうしたの？」

そのとき、ベッドサイドに置いた時生のスマートフォンが鳴った。仕事用に使っている物だ。時生がため息をついて起き上がり、電話に出た。

「もしもし」

深刻な声音に、重要な仕事の電話なのだと悟る。真那はそっとベッドを抜け出し、自室で着替えを済ませて台所へ向かった。

――なにを食べようかな。冷凍しておいたソーセージでもゆでようかしら。

考えながら無意識に下腹の辺りを撫《な》でる。

母親になって、家族になにを食べさせようかと考えながら冷蔵庫を開け、愛しい時生や子供たちを送り出して、迎え入れる日々を繰り返す。

そんな未来が、ほしくてたまらなかった。

ずっと押し込めていた夢が、どうしようもなく溢《あふ》れ出す。

――時生と、ずっと一緒……

ほの暗いため息を吐いたとき、時生が居間に顔を出した。急いでスーツに着替えたらしく、ネクタイを締めながら歩み寄ってくる。

「真那さん、すみません。急な仕事で呼び出されてしまって」

今日は土曜だというのに、よほどのことが起きたのだろう。

「そうなの？　わかった。気をつけてね」

顔を見上げたとき、時生の髪が少しだけ撥《は》ねていることに気付いた。微笑んで指先で整えると、癖のない髪はすぐに元通りになる。

「寝癖が付いてました？」

恥《は》ずかしそうに問う時生に、真那は笑顔で頷いた。

「ありがとうございます」

時生から返ってきた笑顔も、とても優しかった。温かなその表情に、胸が締め付けられる。

昔の時生に似ていたからだ。真那が手ひどく傷つける前の時生の顔に。

少しだけ、真那のことを許してくれたのだろうか。

――私、ずっと時生に許してほしかった……一度でいいから、昔みたいな二人に戻りたかった。

かすかな希望が湧き上がってくる。

傷つけた相手に言い訳するのは卑怯だ。だから、暴言については一生弁解しない。時生を守りたかったからだとか、余裕のないあの頃はあれが精一杯だった、なんて言い訳がましいことは言わない。

彼はもう、祖父と真那のせいでたくさん傷ついたあとなのだから。

――だけど、どうか、私をそばに置いてほしい。

そう思いながら、真那は玄関に向かって歩く時生のあとを追った。

「ああ、そうだ、真那さん。その頭の怪我のことなんですけど、ちょっと気になるので帰ってきたら教えてください」

「頭の怪我？　昔転んだときの？　たいした怪我じゃないのよ」

笑顔で答えると、時生が真那の目を見つめたまま頷いた。

気がかりなことでもあるのだろうか。なにかを言いかけた時生のジャケットの胸ポケットで、ふたたびスマートフォンが鳴る。

「はい、もしもし。……それって本当に先方は緊急招集と言っているんですか？」

厳しい声音で相手と話をしながら、時生が片手を挙げた。一瞬だけ、また笑顔を作ってくれた。

――本物の夫婦みたい。

真那は玄関口で時生に手を振り返す。

彼のどんな仕草も愛おしくて、そばにいていいと言われたことが嬉しくてたまらない。

時生を見送った真那は、きびすを返して自室に戻り、産婦人科で処方されたピルの袋を、ゴミ箱に捨てた。

甘い想像に、頭の芯がぼんやりしたままだ。

葛城工業のための政略結婚もできなかった、駄目な一人娘。祖父の孫失格の自分。こんな結婚を祖父が知ったら……様々な言葉が浮かび上がり、真那を咎《とが》める。だがそれよりも強い声が、はっきりと真那の中に湧き上がった。

──なにもかも駄目な私でも、時生が好き……

愚《おろ》かな本音が、砂糖水のように甘く真那を侵食する。それだけが偽りようのない事実だった。

時生が会社に向かって一時間ほど経っただろうか。

──昨日着たドレスをクリーニングに出して、外でお茶してこようかな。

手持ち無沙汰になった真那は腰を上げ、自分のドレスと時生のジャケットやスラックス、白いシャツなどをまとめて家を出た。

──最近、そんなことを貴女がしなくていい、って口うるさく言わなくなったわ。私だって時生の世話くらい焼けるんだから。昔のお嬢様のままじゃないのよ。

時生のことを考えるだけで口元に笑みが浮かびそうになる。

だが、大きな荷物を抱えて笑っているなんて、おかしな人に思われるかもしれない。

真那は慌てて笑みを引っ込めた。

――浮かれすぎ……。

時生がいつも頼んでいるというクリーニング店に服を預け、店を出る。まだ大分寒いと思いながらカフェを目指して歩き出したとき、背後で車が止まる気配がした。

車のドアが開く音が聞こえる。タクシーだろうと気にも留めずに立ち去ろうとしたとき、不意にうしろから腕を掴《つか》まれた。

大きな手だ。知らない男の手だろう。

知覚した瞬間、全身に鳥肌が立つ。やめてくださいと声を上げ振り払おうとした真那に、声が掛けられた。

「真那様」

絶句した真那の腕を掴《つか》んでいるのは、顔見知りの祖父の秘書の一人だった。背後に停まっている大仰な外車も見覚えがある。祖父の所有している車だ。

怯《ひる》んだ顔を見せたくない。真那は怯《おび》えを呑み込み、冷たい声で祖父の秘書に言った。

「お久しぶりです」

祖父の秘書は深々と頭を下げ、低い声で真那に言った。

「お久しぶりです、真那様。今のお住まいにお迎えに伺おうと思ったのですが、偶然歩いておいでなのを見かけて、いきない腕を引いて申し訳ありません。お呼びしてもお気づきにならなかったので」

――今の住まい……

公的には真那の現住所はまだ、以前のマンションのままだ。時生が強引に婚姻届を出したあと、こちらへ住民票を移すのを少し躊躇《ためら》っていた。いつ彼の気が変わるかわからないと、心のどこかで思っていたからだ。

それなのになぜ、彼は真那がこの近所に住んでいることを知っているのか。

答えは一つしかない。

祖父が調べ、そして秘書に『迎えにいけ』と命じたからだ。

無能な孫として祖父に見捨てられたはずだったのに。なぜ今更また呼び戻されようとしているのか。嫌な予感に胸がざわめく。

「大奥様が体調を崩されていて、どうしても真那様にお会いしたいと」

真那は、祖父の秘書の予想外の言葉に目を瞠《みは》る。

「そんなにお悪いのですか？」

「悪いと申し上げれば、かなり……私は真那様をお呼びするのはやめたほうがいいと思ったのですが、大旦那様が迎えに行けと……」

祖父の秘書が言葉を濁す。

歯にものが挟まったような口調に、真那は眉をひそめた。

母が亡くなるまで、祖母はとても元気だった。七十代とは思えないくらい矍鑠《かくしゃく》としていた。

頻繁《ひんぱん》に母を高級レストランや小旅行に誘い、ショッピングも楽しんで、チャリティの手伝いやボランティアも欠かさず、周囲からも信頼される快活な人だったのに。

しかし、母が亡くなったあとは別人のように元気がなくなった。

人の集まる場所に顔を出さなくなり、真那を相手に母の思い出を語るばかりになった。

そのうち『気分が優れない』と、葛城の屋敷にも顔を出してくれなくなって、真那も政略結婚のためのお見合いを繰り返すうちにノイローゼ気味になり……

そして、叔父が葛城工業をめちゃくちゃにして、特別背任で刑務所に入れられる事件が起きたのだ。

あの日以降、祖母とはまともに連絡も取っていなかった。

祖母の具合が悪くなっても祖父が連絡をくれなかった理由は、きっと真那が孫と呼ぶに値しない、政略結婚もこなせない『使えない存在』だったからだろう。その事実に心が軋《きし》んだ。

「知らなかったわ。いつから、そんなに……」

「お元気がないのはお嬢様が事故で亡くなられてからずっとなのですが、ご容態が悪くなられたのはここ最近……半月ほどでしょうか……」

──半月前……私が結婚した頃……？

なにか関係があるのだろうか。

だが、これまでも、真那を結婚させようと躍起《やっき》になっていたのは祖父だけで、祖母はもう、愛娘を失った現実と向き合うので精一杯という感じだった。

今更、真那が誰に嫁ごうと、祖母がショックを受けるようには思えない。

「わかりました。お祖母様のお見舞いをさせて頂けるのね」

頷いた祖父の秘書が、慇懃《いんぎん》な仕草で外車の後部ドアを開ける。

「こちらへ」

運転手が真那を振り返り、明るい声で挨拶《あいさつ》してくれた。

「お久しぶりです、真那様」

顔見知りの運転手に、真那はぎこちなく微笑み返す。

祖母が元気だった頃は、彼の運転で母と祖母と三人、色々なところへ連れていってもらった。あの日、真那の隣で笑っていた母はもういない。

そう思うと胸が締め付けられるような気持ちになった。

車で連れていかれたのは、都心を少し外れた高級住宅地。祖父が東京《とうきょう》に所持している屋敷のひとつだった。

この家には、真那が祖父と決別した三年前までは、母の兄一家が住んでいたはずだが……。

──伯父様たちはどこに行かれたのかしら？

真那は、親戚に会いたくなくて漂流するような暮らしをしていたので、彼らの事情がわからない。

家の様子は昔訪れたときと変わっている。まず家具がすべて違った。

伯父一家は引っ越したのだろうか。居間に案内されてソファに座った真那は、部屋を出入りしている祖父の秘書に尋ねた。

「ねえ、伯父様たちは今どこにいらっしゃるの？」

「イギリスにいらっしゃいます。旦那様が去年ヨーロッパ支社長に赴任されたのと、末のお嬢様のイギリス留学が重なったので、ご一家で移住されました」

「そうなの。だけど勝手に入っていいの？　伯父様たちが戻ってこられたら、またここに住むのではなくて？」

「いいえ、イギリスから戻られたあとは、ご夫婦で都心のペントハウスに移られるそうです。お嬢様たちも皆、独立されますので。こちらは今、大奥様がお暮らしになっています」

──なぜお祖母様が？　本家のお屋敷でずっと暮らしていたのに。

秘書の言葉が終わるか終わらないかのとき、突然居間の扉が開いた。

「晶子《あきこ》！」

母の名前を呼ぶ祖母の声が聞こえ、真那は目を丸くする。

——え……っ……？　どうして、お母様の名前を……

振り返った目の前にいたのは、記憶よりも少し痩《や》せた祖母だった。

元気そうだ。少なくとも病みやつれた気配はない。腰を浮かせた真那に歩み寄った祖母が、嬉しそうに手を握りしめてきた。

「お帰りなさい！」

異様な雰囲気に硬直していた真那は、一拍おいて、祖母の言葉に違和感を覚えたわけを理解した。

『お帰りなさい』もなにも、この家は最近まで伯父一家が暮らしていた場所で、真那は昔、子供の頃に遊びにきたくらいしかなくて……

「あ、あの、お祖母様」

真那の呼びかけが聞こえなかったかのように、祖母が幸せそうに言った。

「ああ、よかった……帰ってこないから心配したのよ、晶子。いくら嫁いだからって、全然うちに帰ってこないから、お母さん、寂しくて」

胸の谷間を汗が伝う。

なぜ祖母は、亡くなった母の名前で真那を呼ぶのだろう。末娘の子で、孫の中でも年若な真那のことは、ずっと『真那ちゃん』と呼んでくれていたのに。

「急に帰ってきてなに？　真一さんと喧嘩でもしたの？」

祖母の優しげな顔には、困り果てた表情が浮かんでいる。

真一というのは真那の父の名前だ。完全に、真那を母だと思っているらしい。

「仕方ないわね、お母さんが晶子のお話を聞いてあげる。今日は二人でお食事に行きましょうか」

祖母が華奢《きゃしゃ》な手で、真那の手を優しく握る。手を取られたまま祖父の秘書を振り返ると、彼は悲しそうに目を伏せた。

なにかある。真那は慌てて笑みを浮かべ、様子のおかしい祖母を刺激しないよう優しい声で告げた。

「ちょっと待ってて、着替えてくるから」

嬉しそうな祖母から離れ、真那は祖父の秘書に目配せをして居間から出た。

「あの、お祖母様はどうなさったのですか？　もしかして認知症の症状が……？」

真那の問いに、祖父の秘書は首を振る。

「いいえ、晶子様が帰ってこないと言い張られる以外は、普通なのです。お医者様も、その点以外は問題ないと……ですが最近、大旦那様に対して『晶子が帰ってこないのは、貴方のせいだ』と、お怒りになられて、ご自分でここへ引っ越してしまわれました。大旦那様の顔を見たくないと」

「そんな……。驚きました。お祖母様がお祖父様のそばを離れるなんて」

祖母は入り婿の祖父を立てるため、理想の賢夫人《けんぷじん》として、弾正家の跡継ぎ娘として、完璧に振る舞ってきた。世間体もあるのに、別居するなど考えられない。

眉根を寄せた真那に、祖父の秘書は続けた。

「私どもも驚いたのですが、大奥様は『私は正気だ』と言い張っておられて……。大旦那様は非常に外聞を気にしておられます。弾正本家の嫡子《ちゃくし》は大奥様でいらっしゃいますから。ですので大奥様を落ち着かせるために、一度真那様をここにお連れするようにと仰《おっしゃ》って」

そのとき、真那の背後で、何人かの人の気配がした。

振り返ると、護衛の人や第二秘書を引き連れた祖父が、ゆっくりした足取りでやってきた。手には、三年前会ったときには持っていなかった杖をついている。

祖母はそれほど変わっていないのに、祖父はこの三年でどっと老け込んでいた。

なにも言えない真那の前で、祖父が足を止める。

相対すると威圧感に言葉を失う。幼い頃は末の愛娘が生んだ外孫として、愛玩物のように可愛がられていたから『お祖父様は怖くなかった』のだ。

祖父から強制されたお見合いを拒み、時生への恋心を咎《とが》められて以降、真那は祖父にとって『孫』ではなくなった。『弾正太一郎』個人に逆《さか》らい続けた、愚《おろ》かな若い女にすぎないのだ。厳しい視線から、その事実を思い知らされる。

だから、こんなに圧倒された気持ちになるのだ。

「……お久しぶりです、お祖父様」

せめて怯《おび》えた顔は見せたくない。真那は顔を上げ、上背のある祖父をまっすぐに見つめた。

なにも言わずに祖父が手を上げ、真那の頬を叩いた。加減したらしく、たいした力ではない。しかし祖父に手を上げられて、頬以上に心が痛んだ。

「馬鹿が、勝手に戸籍を汚しおって」

挨拶《あいさつ》もなく、突然手を上げられて言葉も出ない。

やはり祖父は時生と結婚したことを知り、激怒しているのだ。

「私、お見合いはできません」

どんなに祖父を怒らせたとしても、従うことはできない。だから謝罪もしない。できないことを強《し》いられても、永遠に応《こた》えられないし、真那はもう時生に償《つぐな》うために生きると決めたのだ。過去の暴言で傷つけた彼に償《つぐな》って、幸せになってもらうために努力する、と。

「お前はやはり、あの疫病神の娘だな」

突然の言葉に真那は眉をひそめる。

――疫病神……だれのこと……？

「私の娘を死なせた男と、それでも会社を救ってやろうと奔走した私の顔に泥を塗ってくれたお前、どちらも弾正家にとっては疫病神だ。これ以上恥《はじ》の上塗りをするな」

真那を押しのけ、祖父が居間に向かって歩いていく。その途中で、ひと言真那に言った。

「馬鹿者。一人で働いて、誰とも結婚せずに生きていくのではなかったのか？　お前を好きにさせるのではなかった。あの下衆と離婚して私の決めた相手に嫁ぐか、ばあさんの看護をしてこの家から出ないか、どちらかを選べ。それ以外の選択肢は与えないからな」

祖父の言葉がショックすぎて、反論が出てこない。

――確かに、お父様の運転していた車にトラックが突っ込んできたから、同乗のお母様まで巻き込まれてしまったのだけど……あれは、相手の脇見運転のせいで、お父様はなにも悪くないのに。

真那の目に涙が滲《にじ》んだ。

父母がお見合いをした当時、葛城家と弾正家の間には、大きな差があったという。

飛ぶ鳥を落とす勢いの弾正グループと、傾いた葛城工業を継いだばかりで四苦八苦していた若き父。

だが、祖父の恩人が『優秀な若者だから』と、母の見合い相手として父を強く推薦したらしい。

断り切れずに渋々設けられたお見合いの席で、父母は強く惹《ひ》かれ合ったそうだ。

祖父は『恩人の顔を立てるために見合いをさせただけだ』と怒ったらしいが、母は、どうしても父がいいと言い張った。

結果、祖母が娘可愛さに折れ、祖父を説得して結婚にこぎ着けたのだと聞いている。

──だって、お母様、本当にお父様一筋だったものね……

その後、父は日本でも指折りの経営者として名を馳せ、母との間に真那を授かって、祖父との間のわだかまりもなくなったように見えていたのに。

「……私のお父様は、疫病神ではありません」

「ばあさんがおかしくなったのも、あの男のせいだ。あの家に嫁がせなければ、私の言うとおりの相手を選んでいれば、晶子だってまだ生きていたはず」

祖父は真那に背を向けたまま言う。そのとき、居間から祖母が飛び出してきた。

「どうして来たんです。出ていって！」

突然面罵《めんば》され、足を止めた祖父に向けて、祖母が聞いたこともないような険しい声で言う。

祖父の取り巻きたちが、皆気まずそうに黙りこくった。

「出ていって頂戴《ちょうだい》、また晶子が帰ってこなくなったらどうなさるの！」

「あれはもう死んだんだ、お前が余計なお節介を焼いて、葛城真一に嫁がせたせいで！」

険悪な声を張り上げ、祖父が祖母を恫喝《どうかつ》する。

なにも言えずに真那は立ち尽くす。

真那が一人で傷ついた心を抱えて彷徨《さまよ》っている間に、愛娘だった母を亡くした祖父母の間にも、巨大な亀裂が走っていたのだ。

「晶子の相手は、私が決めた男にしておけばよかったんだ。そうすれば、あの子は事故に遭わなかったはず、違うか？」

祖父の言葉も、真那にはひどくいびつに聞こえた。

可愛い末娘を突然亡くし、孫の真那はまるで言うことを聞かず、祖父の心も過剰なストレスで歪んでしまったのかもしれない。父だけを悪者にしなければ、現実を受け入れられないほどに。

「違います、晶子は毎日、真一さんと幸せに暮らしていますよ。家に一度も帰ってこないのは貴方のせい。貴方が怒ってばかりいるから顔を出してくれないんです。さ、出ていって頂戴《ちょうだい》、晶子がまたどこかへ行ってしまいますから！」

引《ひ》き攣《つ》った顔の祖母から顔を背《そむ》け、祖父は言った。

「ばあさんと真那を閉じ込めておけ。見張りを付けろ。こんな恥晒《はじさら》し共を勝手に出歩かせるな」

真那は拳《こぶし》を握りしめる。

「さ、晶子、お父さんは追っ払いましたからね……大丈夫よ、もうどこにも行かないでね」

真那の腕を取り、祖母が震える声で続けた。

「ねえ、晶子……お父さんが言っているのは嘘よね？　お母さんが真一さんとの結婚を許してあげたから、事故に遭ったなんて……嘘よね？」

祖母の涙交じりの言葉に、真那は息を呑む。

母が死んでいるのか、生きているのかさえ定かではない様子だ。正気と狂気を行き来しているのだろうか。

どうしてこんなに悲しいことになってしまったのだろう。

父母の事故はただの不幸だった。祖母のせいでも、父のせいでもないのに。

「ええ。お父様が仰《おっしゃ》っていることは間違いです」

真那も、祖母と同じくらい震える声で答えた。母の振りをして、母ならきっとこう答える、という言葉を必死に探す。

「私は毎日毎日幸せよ、お母様」

真那の言葉は、どのように祖母に届いたのだろう。

孫が娘の振りをしてくれたとわかったのか、それとも、幻の愛娘、『晶子』の言葉として届いたのか……

祖母はしばらく涙を流していたが、やがて品のいい仕草で目元を拭い、顔を上げて微笑んだ。

「お茶にしましょうか、『晶子』」

真那はなにも言えずに祖母の顔を見つめ返す。気付けば、持ってきたはずのバッグが見当たらない。軟禁を命じた祖父に取り上げられたのだ、と気付いたが、後の祭りだった。

――時生の帰宅時間までに戻らなくちゃ。心配掛けてしまう……どうしよう……

笑顔でティーセットの準備を始めた祖母を見つめたまま、真那は立ち尽くした。

こんな状態の祖母を置いて逃げ出していいはずがない。

それに、あれほど怒り狂っている祖父に更に逆《さか》らったら、時生が危険だ。

祖父は入り婿で、若い頃は周囲から見下され、辛い思いをして、その屈辱をバネに今の地位にのし上がった。

その分『家の体面』には過剰に気を遣う部分がある。自分が当主である以上、馬鹿にされてたまるかという矜持《きょうじ》を持っている。

今、祖父の怒りをかき立てているのは、祖母の錯乱と、真那の勝手な結婚だ。なにもかもが自分の思い通りにならないという強い怒りが、祖父を煽《あお》っている。

これ以上刺激したら、なにをするかわからない。時生は昔から祖父に敵視されていた。

少しでも切っ掛けがあれば、祖父は徹底的に時生を追いつめるだろう。

『ここで祖母の面倒を見ろ』という命令は、真那に対する最後通牒《つうちょう》だ。それすらも無視したら、祖父はなにをするかわからない。

時生を傷つけたくない。もう、嫌な思いをさせたくない。彼は真那を守ってくれようとして何度も嫌な目に遭わされたのだ。生まれを侮辱《ぶじょく》され、日本での就職も邪魔されて。

――どうし……よう……

拳《こぶし》を強く握りしめると同時に、掌《てのひら》に鋭い痛みが走る。爪が刺さってしまったらしい。肌のきめに沿って、じわじわと血が広がっていく。赤く濡れた掌《てのひら》を見ていたら、目の前がくらりと揺れた気がした。

父母の葬儀の夜、目が覚めたら服も手も血で汚れていた。怪我をしたところを無意識に触ったからだろう。あのときは本当に悲しくて痛くて、本当に辛かった。

でも、あの日、一つだけ希望が生まれたのだ。息の仕方すらわからないくらい苦しい真那に示された、生きる理由。

――え……？　あの頃の私には、希望なんて……

強い違和感に、真那は掌《てのひら》の痛みも忘れて虚空を見据える。

救急車に乗せられたとき、祖父のわめき声が聞こえたことが、急に思い出された。

孫娘を家に連れ込んだのは貴様の息子の犬畜生だ、と誰かを怒鳴りつける声だ。

だが、頭部を強打した真那は動けなかった。

動けたら、祖父に掴《つか》みかかってふざけるなと怒鳴っていたかもしれない。

どうかこれ以上あの人を侮辱《ぶじょく》しないでほしい、あの人に余計な真似をしないでほしい。

私がいたら、彼の人生はめちゃくちゃにされる。動かない身体で、真那は今と同じように拳《こぶし》を握ろうとした。動かない手を震わせて、時生になにかしたら許さないと……

そこまで考えたとき、ずきんと頭が痛んだ。

——違……う……私、庭で転んだんだよね……？

不安で足元がぐらぐらする。あのとき真那は庭で転んで怪我をしたはずだ。

倒れた身体にかすかに雨が降りかかってきたことだけは、はっきり覚えている。

だから多分、空気を吸いに庭に出て怪我をしたのだと思っていた。

汚れた手を上げ、真那は髪の毛越しに古傷を押さえた。

すると、不意に明るい声に思考を妨げられた。

「ほら晶子、貴女の好きなお紅茶。ニルギリの新茶が届いたから持ってきたのよ」

言いながら祖母がカレンダーを確認する。

「もう三月だから、ニルギリのトップシーズンは過ぎてしまったけど。いいお味だったから、頂きましょう？」

真那は青ざめた顔で祖母を振り返り、うしろ手に汚れた手を隠して微笑んだ。

「あ、ありがとう……お祖母……いえ、お母様」

どうすれば祖母を刺激せずに済むのだろう。そう思いながら、真那は先ほど突然思い出した、祖父の罵声《ばせい》と、救急車の中の記憶を反芻《はんすう》した。

――私が庭で転んだだけなら、お祖父様があんな風に周囲に当たり散らすわけがない。

違和感が膨らんでいく。微笑む祖母に調子を合わせつつ、真那は小さく唇を噛みしめた。

～時生　V～

休日出勤から解放された時生は、足早に家への帰り道を歩いていた。

――休日も文句しか言わないクライアントの相手をさせられる上、たいして評価も上がらない……。日系企業の若手役員の給与、安すぎじゃないか？　やっぱりアメリカに戻ろうかな。

真那に、もう少し昔に近い暮らしをさせたい。そこまで考え、時生は慌てて振り払う。

――いや、違う。自分のキャリアの安売りをやめたいからだろう？

最近、どうも魔性の奥様中心の人生になっていて困る。

そう思いながら、時生は自宅のドアを開け、明るく声を掛けた。

「ただいま、真那さん」

だが、返事は返ってこない。家の中は真っ暗だ。

嫌な予感がした。真那は神経質なくらい気を遣って、時生に留守の連絡をしてくれる。

今日は家にいるはずなのに気配すら感じない。時間は……もう夜の十時だ。土曜日で、真那の取引先が仕事をしているとも考えにくい。

「真那さん？」

声を掛けながら居間に入る。真っ暗で、綺麗《きれい》に片付いていた。昼間どこかに出掛けたまま戻ってきていないような印象を受けた。冷蔵庫にも夕飯の材料や、完成済みの料理はない。多分、時生の予想通りだ。彼女は出ていって連絡もなく戻ってきていないのだ。

自分の意思でいなくなったのだろうか。

まず、心によぎったのは『真那は自分から逃げたのでは』、という哀しい疑念だった。

こんな風に自信がなくなるのは、真那に強引な真似をしたという自覚があるからだ。

本当はこんな暮らしは嫌なのではないかと、心のどこかに不安があるから。

――逃げた……んじゃ、ないですよね……？

もちろん答える声はない。なにも言えず、時生はがらんとした広い部屋に立ち尽くした。

帰宅して二時間が経った。もう日付が変わるのに、真那からは連絡がない。もちろんメールをしても返事はなく、電話は『電源が切れているか、電波の届かない場所にいる』と繰り返すだけで繋がらなかった。

逃げたのなら、もう少し荷物を持ち出すはず。

だが、真那に渡した銀行のカードは使われた様子がない。時生の口座からお金が引き落とされた形跡はなく、持ち出されているのも、彼女が普段使っている小さなバッグだけだ。多分、スマートフォンと財布しか持っていない。

――真那さん、どこに……

彼女はしっかり者だから可能性としては低いが、誘拐されていたり、なにか事件に巻き込まれていたらどうしよう。考えるだけで胃が絞り上げられるように痛い。

危険な目に遭うくらいなら、逃げ出したのであってほしいし、同時にどこにも行かないでくれとも思う。

不安と恐怖で身体が強ばって動けない。こんな感覚は久しぶりだ。夫妻が亡くなった日、真那の行く末を案じながら曇った夜空を見上げた日以来かもしれない。

――真那さん……

もしかして、太一郎が彼女を連れ去ったのだろうか。

一番ちらついているのは、その可能性だ。

時生との結婚を絶対に許さない。その意思表示として、真那を無理矢理連れ去ったのか。

真那は『もう祖父とは絶縁した、自分が見合い結婚を果たせないから見切られた』と言っていた。だから油断したのだ。まさか、連れ去るまではしないだろうと。

――下手にあの家に触りたくはないけど、調べてみるか。

時生は重い腰を上げ、これまでに何度か調査を頼んだ興信所に連絡を取ることにした。休日の夜なので、動いてくれるかはわからない。相手が弾正太一郎と知れば、仕事そのものを受けてくれない可能性もある。ダメ元で、時生はそこに連絡を取った。

『旧姓・葛城真那が弾正太一郎の屋敷に滞在しているか調べてほしい』

その依頼が受理されたのは、日曜日の昼前だった。

――さすがは政府要人の御用達《ごようたし》だな……。

どうやら、調べることは可能らしい。前職のコンサルティングファームの日本法人が懇意にしていた最大手の調査会社だけはある。もちろん、料金もかなりの額なのだが、今は出し惜しみをしている場合ではない。

その夜、興信所から『成瀬真那は弾正太一郎の屋敷には滞在していない』という回答がきた。旧姓・葛城真那の捜索は、一日では無理そうだという。

他の手がかりはないのか、とも逆に尋ねられた。さすがに真那に小型探知機を持たせるほど我を失ってはいなかったのだが、今回はそのささやかな理性が裏目に出てしまった。

スマートフォンはどうやら電源が入っておらず、今の状態で現在地の把握《はあく》は難しいようだ。

——お祖父様に連れていかれて、別の場所に軟禁されているんだろうか？

真那とは、まだ連絡が取れない。

取り戻さねばという思いだけが、ぐるぐる頭の中を回っている。

真那が冷蔵庫に残していった飲みかけのジュースを見るだけで胸が痛い。

昨日までここにいたのにと思うと、泣きたくなってくる。

一度、真那に振られたときとは違う。

笑顔が突然ぷつりと消えて、探しても見つからない。喪失感が半端ない。

振られたときは真那が元気で生きていることがわかっていたから、恨むことができた。

だが、消息がわからない今は、不安と恐怖と、もし二度と会えなかったらどうしようという悲しみばかりだ。同時に、今更ながらに真那が味わった悲しみが胸に迫ってきた。

真那が過去の約束を破った贖罪《しょくざい》として自分と入籍してくれたことくらい、もうわかっている。

使用人の息子とは結婚できない、との暴言も、真那は後悔しているのだ。

だが、こうして真那のことだけをひたすら考えていると、違和感がある。

三年前、真那は本当に『結婚するなら同じ階級の人間がいい』と考えていたのだろうか。葛城家で共に過ごしていた頃も、そして、一緒に暮らしている今も、真那は『他の男は嫌』と鳥肌を立てて拒絶している。

離れていた三年間も、ずっと一人でひっそり暮らしていて、結婚に関する前向きな行動などなにもしていなかったようだ。

少なくとも、時生が嫉妬《しっと》に狂いつつ調べ尽くした限りでは、ずっと真那に男の影はなかった。見合いすらしていない。

本人は『自分で思ったほど、上手くいかなかったから』と言っていたけれど……本当なのだろうか。

――うぬぼれかもしれないけれど、俺は、あの言葉を本気で言われたとは思えなくなってきたんです。真那さん……

それに、もう一つ気になることがあるのだ。些細《ささい》な点だが、真那らしくない部分だ。

結婚して以降、真那は一度も、時生の『二十歳になったら迎えに行く』という誓いに言及しない。

今の真那が、もし時生の機嫌を取り、二人の関係を改善したいと思っていたなら、『あの時交わした約束を破ってごめんなさい』と言ってくれたはずだ。

一番時生を傷つけているのは、あの約束が反故《ほご》にされたことだから。賢い真那なら、その点は絶対にわかっているはず。なによりも時生の態度を和《やわ》らげるのに効果的な謝罪をしないなんて考えにくいし、真那はそもそも、自分の失態を謝罪せずに平然としているような性格でもない。

なのに、真那はあの約束にだけ、不自然なほど言及しないのだ。

真那は、必ず約束を守り、自分の行動に責任を持とうとする性格のはずだ。

小さな、幼稚園児の頃からずっとそうだった。亡き奥方は『私の頑固《がんこ》な娘』なんて、冗談めかして真那を呼んでいたくらいで……

真那が約束の件に言及しないのは、彼女の頭の中に、『必ず迎えにいく』と約束をした記憶が存在していないからではないか。

頭の傷も庭で転んで負った怪我ではないのに。真那に葬儀の夜の記憶がないとしか思えない。

時生は『離れていかないで』という真那の懇願《こんがん》に、二十歳になったら必ず迎えに行く、貴女が不幸なのに俺一人では幸せにはなれない、とはっきり告げた。

思えばたったの十六歳で、大の男にあそこまで言わせる真那が魔性の女でなくてなんなのかという話だが、今はそれは置いておく。

とにかく、あのときの真那は間違いなく時生の本音を知り、それを受け入れてくれたのだ。

だが、三年前の、そして今の真那には、その記憶が完全にないのだとしたら……

――だとすれば、俺は一人で空回りしたわけですね。真那さんは俺が本気で愛の告白をしたことなど覚えていないし、俺に頷き返したことも、覚えていない。つまり……三年前、俺がアメリカから迎えに行ったときの真那さんは、俺が迎えに行ったことを『幼なじみが助けにきた』としか思っていなかった……

考えれば考えるほど血の気が引く。

おそらく三年前、時生は真那に助けられたのだ。

彼女の思惑通りにプロポーズを取り下げ、傷ついた心を抱えて彼女の前を去った。

『家のことや、祖父のことで時生に迷惑を掛けたくない』

必ず迎えに行く、という約束を忘れた真那の望みは、『時生を守る』ことだけになってしまったから……

時生は歯を食いしばる。自分の推論は間違っていないだろうと確信できて、心が痛い。

――真那さんにとっては、番犬の俺を御《ぎょ》することくらい、簡単なんだ。……俺を永遠に追い払うために、あんな言葉も思いつけるくらいなんだから。

もし、この仮説が正しいのだとしたら、彼女になにを言えばいいのだろうか。

本当は自分を裏切っていなかったのでは、と問い詰めるべきなのか、なにがあっても俺は離れないと訴えるべきなのか。

――いや、違う……俺が本当に彼女にぶつけたかったのは、そんな言葉ではないはずだ。

時生は顔を覆《おお》い、ため息をついた。

この期《ご》に及んで、時生の世界には真那以外の色彩は存在しない。感情も理性も真那一色だ。

そろそろ警察にも届けるべきかとため息をついたとき、時生のスマートフォンが震えた。

――え……？

差出人は知らない人物だ。電話番号あてに送られたショートメッセージの文面は、かつてきた悪戯《いたずら》メールを彷彿《ほうふつ》とさせた。

『あとで、まなを、むかえにきてください。そのとき、またれんらくします』

差出人の電話番号に急いで折り返したが、繋がらない。

――このメールは、前と似てる……もしかしたら、同じ人が書いているのかもしれない。誰なんだ？　あとで迎えにこいって、どういう意味なんだ。

考えるが、心当たりは浮かばない。

発信者の電話番号に何度電話をかけても繋がらない。メッセージを送るだけ送り、その後は電源を切っているのだろう。

焦りが募《つの》り、時生は前髪をかき上げた。

――この電話番号の主も調べたほうがよさそうだな。

明日から更に忙しくなりそうだと、時生は腹を決めた。なんとしても真那を探し出して、取り戻さなくては。

第七章

祖母が暮らす屋敷に軟禁されて、三日目。火曜日だ。なに不自由ない『お嬢様』として遇されながら、真那は焦燥《しょうそう》に満ちた日々を送っていた。

早く時生に連絡を取りたい。彼はちゃんと会社に行っているだろうか。なにか困ったことはないか。突然消息を絶った真那を探すために、大事な仕事の時間を割いたりしていないだろうか……。

――私は大丈夫だからって伝えたい。早く。

だが、祖父が敷いた監視態勢は強固で、家の外に出ることすらできない。電話はなく、祖母にスマートフォンを貸してくれと頼んでも持っていないという。

――昔はスマートフォンで色々な方とお話なさっていたのに。メールはお嫌いみたいだったけど。

祖母は弾正家の総領娘としてチャリティや福祉活動、パーティ、知人の冠婚葬祭に引っ張りだこだった。祖母のソサエティは、野心がある者からしたら垂涎《すいぜん》の的《まと》、というべき豪華絢爛《けんらん》な場所だったのだ。

もちろん常に知人やその秘書、所属団体の運営者から頻繁《ひんぱん》に連絡がきていた。それらのすべての交際を断ち、七年前に死んだ娘が帰ってきたと言い張っているなんて……。

「ねえ、聞いてちょうだいな晶子」

取り寄せた高級ホテルのスイーツを突《つつ》きながら、祖母がふと声を上げる。

母が好きだったハイブランドのツイードスーツを着せられた真那は、祖母の声に我に返った。

「ど、どうしたの」

いまだにお祖母様と呼びかけていいのか、お母様と呼ぶべきなのか迷う。

だが、なんと呼びかけても、祖母の中では、ここにいる真那は『私の大事な娘、晶子』らしい。

祖母はひたすら、目の前の孫を亡き娘として扱ってくるのだ。しかも時折、我に返ったように『お母さんのせいで死んだなんて違うわよね』と尋ねてきて、いたたまれなさで胸がいっぱいだ。

——お祖母様、お祖父様の秘書の方と話しているときは普通なのよね。本当に心を病んでしまわれたのなら、もっと、普段の言動もおかしいのではないかと思えるけれど。

「あら、まだケーキを食べてないの？　話の前に食べてみて。晶子が好きなお店の新作よ？」

戸惑いながらも、真那は祖母に勧められるがまま、香り高いオペラケーキを一口だけ食べた。味を感じない。早く時生に会いたくて……それでも、もし祖父が彼に嫌がらせをしたらどうしようと思うと、耐えがたくて、心が千々《ちぢ》に乱れたままだからだ。

「あのね、晶子。お母さんねえ、お父さんと話が全然合わないの」

ぼんやりと考え事をしていた真那は、驚いて祖母の顔を見つめ返す。

「ど、どうなさったの、突然」

祖母は、入り婿で有能だった祖父を立てていて、決して人前で夫の文句を言わなかった。五人の子供にも恵まれ、社交界でも指折りの仲睦まじい夫婦と知られていたはずだ。祖父は苛烈な性格で他人を裁くことにも躊躇《ちゅうちょ》がないが、そんな祖父を祖母が上手く宥《なだ》めてくれて、真那もお似合いの夫婦だと思っていたのに。

「だって、『俺の言うとおりにしないと、晶子は幸せになれない』って言いはるんだもの。嫌になっちゃう。お父さんの幸せは、自分の意見が受け入れられて、周囲に言うことを聞かせた満足感でしか得られないのよ」

失言を注意深く避け続けていた祖母の言葉とは思えない。

祖母が、たとえ孫とはいえ、人前で弾正家の主《あるじ》である祖父の悪口を言うなんて……

「な、なにを、急に……」

「昔は優しい人だったのだけど……入り婿の当主って、そんなに辛かったのかしら。だから、人間が変わっちゃったのかしらねえ。だとしたら、お父さんに苦しい思いをさせたお母さんのせいなのかもしれないわね。だけど、晶子が真一さんに嫁がなければよかったなんて、それだけは絶対に、お父さんが間違っているわ」

なんと返事をしていいのかわからず、真那は義務のようにオペラケーキを口に運ぶ。

長い沈黙のあと、真那は小さな声で切り出してみた。

「わ……私は……迎えにきてもらって幸せだったわ」

真那の胸によぎるのは、二十歳のあの日、アメリカから駆けつけてくれた時生の姿だ。

本当に幸せで、なにがなんでも彼に嫌われねばならないことが辛かった。

だが、祖母には、真那の言葉は『晶子』のものに聞こえているのだろう。

「そうよね、真一さんが迎えにきてくれるまで何年でも待つって言っていたものね」

真那の言葉に、祖母が目を細めた。

「お父……いえ、真一さんは律儀《りちぎ》な人だから、絶対に私を迎えに来てくれると思ったの」

母の幸せが羨《うらや》ましかった。ただ一人手を取ってほしいと思える人が必死に迎えにきてくれて、天に召されるときまで二人でいられて。

真那にとっては、好きな人と一緒にいられる以上の幸せはない。母もそうだったのだとしたら、きっと似たもの親子なのだ。

「晶子ったら、真一さんとなら、駆け落ちして貧乏になってもいいとまで言うんだもの。お母さん、びっくりしたわ。温室育ちの貴女が、そんな生活に耐えられるはずないじゃない。あれは本気じゃなかったんでしょう？　お父さんとお母さんを困らせようとしたのよね？」

オペラケーキを食べ終えた祖母が、優雅に紅茶のカップに口を付けた。

母の言葉に己の姿を重ねながら、真那は絞り出すように答える。

「ううん、私、生活が苦しくても、好きな人と一緒に行く」

「ちゃんとしたおうちの方で、絶対に貴女に苦労をさせないお相手候補はたくさんいたのに？　それでもどうしても、傾きかけたお家を継いだばかりの真一さんがよかったのかしら。お父様の手前、意地になっていただけじゃなくて？」

真那は強くかぶりを振る。

「違う。私は自分の意思を通したいとか、お祖父……いいえ、お父様に逆《さか》らいたいとかじゃないの。好きな人と絶対に一緒にいたいだけ」

むしろ、こんなに執着が深くなければ幸せだっただろう。他の男の人でもまあいいか、と思えるくらいの柔軟さがあればよかった。でもそれは、仮定の話だ。真那は時生のことしか考えられない。彼以外は愛せない。

「そう、それを聞けてよかったわ。お父さんったら『お前は絶対に真那に甘い顔をする、晶子の二の舞になる』って言い張って、絶対に貴女に会わせてくれなかったから」

──お祖母様……？

目を丸くした真那の前で、祖母がゆっくりとカップを置いた。

「今のあの人なら、家の恥《はじ》になる人間は全部ひとまとめに押し込めて、監視しようとするだろうなぁって思ったの。絶対にライバルに弱みを見せたくないでしょうから。……昔のお父さんだったら、私がおかしくなったら心配してくれたんでしょうけどね。だけど、私の予想通りになってよかったわ。『真那ちゃん』の気持ちも聞けたし」

祖母に昔のように名を呼ばれ、真那は凍り付く。

「あら、違うの？　好きな人と一緒にいられればいいっていうのは、本当は真那ちゃんの気持ちよね。貴女は頭がよすぎて、どんなときでも『相手にとって一番いい回答』を言ってくれるから」

「お……お祖母様……なにを……私のことがわかるの？」

祖母は真那の問いに答えず、居間の外を確認するように振り返り、腕時計を確認した。

「秘書の皆様はもう帰られたわね。警備の人しかいないわ」

息を呑む真那の前で、祖母が上着のポケットから持っていないはずのスマートフォンを取り出す。

「おばあちゃまね、今からおじいちゃまのところに行ってくる。離婚しましょうって言ってくるわ。子供たちや孫たちの幸せに対する考え方が違いすぎるから、もう一緒にいられませんって。ふふっ、今のおじいちゃまは自分の面子《メンツ》がなにより大事だから、貴女に構うどころじゃなくなっちゃうわね」

「お、おばあさま……?」

驚愕した真那に、祖母はまっすぐに背筋を伸ばしたまま、平然と告げた。

「その隙に、旦那さんのところに逃げなさい。呼んでおいてあげるから」

祖母の揺るぎないまなざしは、なにがあっても落ち着いていた母そっくりだ。

どういうことなのだろう。なぜ、祖母は時生と連絡を取れるようなことを言っているのだろう。

想定外すぎる祖母の言葉にあっけにとられていた真那は、ようやく回り出した頭で首を振る。

「だ……だめ……時生に迷惑が掛かっちゃう、だって、お祖父様が。お祖父様、前にもあの人を困らせて、就職さえ邪魔をして……っ……」

時生は、大学で学生ベンチャーを興《おこ》し、トップクラスの大学を上位の成績で卒業したにもかかわらず、祖父の嫌がらせで日本で就職すらできなかった。

あんなに優秀な彼が、仕事が見つからないなんてありえないのに。時生ならもっと伸びやかに自由に、能力を思う存分生かして人生を歩いていけたはずなのに。

真那の執着のせいで彼を苦境に陥《おとしい》れてしまった。

次は、どんな迷惑を掛けてしまうのだろう。葛城工業の役員の仕事にも影響があるのではないだろうか。

――私のせいで、あの人の人生が、またぐちゃぐちゃに……！

どんなに時生と一緒にいたくても、二度は同じ過《あやま》ちを繰り返してはいけない。

「だから、私、やっぱり……あ、あの……時生には迷惑掛けられないの、絶対、もうこれ以上、迷惑は……」

涙が溢《あふ》れ出し、真那は慌てて顔を覆《おお》った。

祖母の突然の豹変に驚き、時生の面影が心に溢《あふ》れて、言葉にならない。顔を覆《おお》った真那に、祖母の穏やかな声が届いた。

「旦那さんに、本当に迷惑に思っているかどうか聞いたの？」

「え……？」

なにを言われたのかわからず、真那は動きを止めた。

「私とおじいちゃまは、何回も話し合った末に決裂したのよ。おじいちゃまは、晶子が亡くなったのは私や真一さんのせいだって決めつけて、私は、晶子は幸せだったたって言い張って。もちろんおじいちゃまもショックだったはずよね。可愛い娘を亡くして、なにかのせいにしたくなる気持ちもわかります。私たち夫婦は、この七年話し合い尽くしたわ。もうなにも未練はありません」

サバサバとした表情の祖母に、言葉が出ない。

――私が、時生と話し合う……？　だって、一方的に傷つけたのは私なのに。言い訳することなんてできるはずが……

ふたたび、時生への罪悪感が頭をもたげる。

いや、真那が抱《いだ》いている罪悪感はそれだけではない。政略結婚を果たせなかった申し訳なさ。結果的に葛城工業を見捨てる形になってしまったふがいなさ。祖父の期待に応《こた》えられなかった情けなさ、すべてだ。

真那は両親を亡くした日から、何度も繰り返し自分を責め続けている。もう、どんな声が自分を罵倒《ばとう》しているのかもわからなくなってしまうほどに……

唇を噛みしめた真那に、祖母は続けた。

「でも真那ちゃんは違うんじゃないかしら。だって貴女たちは、結婚して半月も経ってないじゃない？　そんなひよこさん夫婦に話し合いが足りているとは思えません」

「私に……話し合ってもらう権利なんて……」

絞り出すように答えた真那に、祖母が笑いかけた。

「晶子がね、亡くなる少し前に、真那のお婿さんはお手伝いさんの息子さんになるかもって言ってたの。そうなったらお父さんをどう黙らせよう、お母さんも助けてねって……その息子さんは、真一さんもとても気に入っていて、真面目で頭のいい、優しい子なんだって。晶子と真一さんの見る目に間違いはないはずよ」

「あ……」

思いがけない言葉に、真那の胸が引き絞られるように痛む。

両親亡き今、二人の思いはもう永遠にわからないのだと思っていた。

父が時生の進学を手厚く支援していた理由も、想像してため息をつくしかないのだと……。突然明かされた真実に、頭の中が真っ白になる。

やはり父母は、祖父の怒りを買うことになったとしても、真那がどうすれば幸せになれるかを考え抜いてくれていたのだ。

声が出せない。真那は溢《あふ》れ出す涙を堪《こら》えきれずに、顔を覆《おお》う。

祖母の言うとおりだ。時生は、両親が認めていたくらい聡明な人なのだ。

本気で頼めば、話し合いくらいちゃんと受けてくれる。

今は真那への憎しみでいっぱいかもしれないが、時生自身の今後のキャリアにも関わる話だと言えば、自分でこれからどうするかを決めてくれるだろう。

——私が時生から『また迷惑を掛けられた』と言われるのが怖かっただけなんだ。どうしても離れたくなくて、それで……

すすり泣きながら、真那は何度も祖母に頷き返した。

『やはり、貴女は俺の人生に不要です』と言われるのが怖くて逃げていたのは、真那のほうだ。

「じゃあ、私は家に帰って、おじいちゃまと話をしてくるから。貴女は迎えにきた旦那さんと一緒に行きなさい」

祖母が優雅な仕草で立ち上がり、居間を出ていく。

すぐに、誰かの声が上がった。

「大奥様、お部屋にお戻りください」

「いいの、もう孫との話は済んだから。あとは主人と話をすればおしまいです」

ずっと『死んだ娘が帰ってきた』と言い続けていた当主夫人のまともな言葉に、警備の人が戸惑ったような声を上げる。

「で、ですが、大奥様、真那さ……お嬢様と一緒にお部屋にいるよう、大旦那様が」

「あら、まぁ……あの人いつから私を軟禁できるほど偉くなったのかしら?」

皮肉な祖母の声に、警備の人が黙り込む。

祖母は弾正グループの筆頭株主だ。伯父たちが住んでいたこの屋敷も、本家の屋敷も、すべて名義は祖母のもので、その財力と影響力は計り知れない。ただ、祖父を立ててずっと陰に控え続けてきただけなのだ。警備の人も、その事実を思い出したのだろう。

『正気に戻った奥様に、本当の意味で逆《さか》らえる人間などいない』と。

たたみかけるように、祖母は続けた。

「大丈夫よ。あなた方は絶対に叱《しか》られないようにしますから、さ、タクシーを呼んで頂戴《ちょうだい》」


祖母が家を出ていったあと、真那はそわそわと落ち着かない気持ちで過ごしていた。何度も居間の窓から、玄関へ通じる通路を覗《のぞ》こうとしたり、家の中から聞こえる音に耳を澄ましたり。

――時生が本当に迎えにきてくれるの？

子供の頃、父が仕事から帰ってくるのを待っていたときのようだ。母に『外ばかり見ていてもお父様の帰りが早まったりはしないわよ』とからかわれたことを思い出し、落ち着きを取り戻そうと、ソファに腰を下ろす。

自分でも笑いたくなってしまう。

時生とまた会えることが、こんなにも待ち遠しいなんて。

――あの人が迎えにきてくれたって、笑顔で二人で帰れるとは限らないのよ。

再会できても、祖父が怒り狂っている事実は変わらない。

話し合いの結果、もう真那さんとは関わりませんと言われるかもしれないのに。

──私の頭の中、いつも時生のことでいっぱいで、怖いな……こんなにあの人に執着していたら、何度迷惑を掛けても足りないのに。あの夜だって、私、時生に……

そこまで考え、また頭を打ったときの古傷が痛んだ。

なにかを思い出せそうだったのに、記憶の手がかりが指先をすり抜けて消えてしまう。

──どうしたんだろう？　最近、時々痛い気がするのは。気圧とかのせいなのかしら？

痛みはすぐに失せた。真那が痛む頭から手を離したとき、玄関の辺りが騒がしくなった。

時生の声が聞こえる。

真那は弾《はじ》かれたようにソファから立ち上がった。

しばらくの押し問答の末、乱暴な足音が近づいてくる。駆け足だ。

立ちすくむ真那の前で扉が開いた。

スーツ姿で、ほんの少し髪が乱れた時生が居間に飛び込んでくる。この三日ほどで目に見えてわかるほどに痩《や》せてしまった。

「あ、あの、時生」

「とりあえず、帰りましょう」

歩み寄ってきた時生が、真那の腕を取り、大股で歩き出す。

「鞄は？」

祖父に取り上げられたまま返してもらっていない。

無言で首を振ると、時生は頷き、ふたたび歩き出した。

警備員たちは困ったように時生と真那を見ていたが、出ていくのを止めようとはしなかった。

——いったいなにが？　お祖母様の手前、様子を見ているだけなのかしら？

祖母が住んでいた家を出て、ようやく時生は真那を振り返る。

「地下鉄で帰りましょう」

時生が、表情を変えずに言葉少なに言った。

とにかく話し合いは家に帰ってからだ。頷き返したとき、暗い空からぽつりと雨が降ってきた。

住宅街の薄暗い道で、かすかな街灯の光に雨粒が浮かび上がる。

冷たい雨粒が次々に落ちてきて、真那の頬を濡らした。

——今日は天気が悪かったのね。最近は家から出してもらえなかったから、知らなかった……

そこまで考えたとき、真那の足元がぐらりと揺らいだ。

こんな雨の夜に、時生の顔を同じように見上げていたことを思い出す。

——時生と過ごす雨の夜って、本当に苦しいことばかりだわ。

両親が亡くなり、時生が病院に駆けつけてくれたとき。あの夜も雨だった。

それに、今夜も同じだ。これから真那は、確実に迷惑を掛けてしまう自分の処遇について、時生に問わねばならない。

このまま結婚を継続したいのか、キャリアの足を引っ張りかねない真那とは別れたいのか。

――そういえば、お父様たちの葬儀の夜も雨だったわね。私、本当に愚《おろ》かだった。どうして時生のところに逃げたんだろう。迷惑を掛けてしまうってわかっていたのに。追い詰められすぎて、おかしくなってたんだろうな。なのに、時生は私を……

そこまで考えたとき、真那の全身に得体の知れない震えが走る。

当たり前のように浮かんだ、今の記憶はなんなのだろう。見合いを強《し》いられて時生の家に逃げた自分。時生に一緒に逃げてくれと愚《おろ》かなことを頼み、祖父たちに見つかって、もみ合って、転んで。

まるで、映画かなにかを見ているようだ。だが、繰り返し思い出すうちに、記憶に感情が伴い始める。

時生と引き離される絶望と、祖父への怒りが生々しく蘇《よみがえ》った。

そして、あの夜、時生がくれた言葉も、はっきりと思い出す。

『真那さんが不幸で、俺だけ幸せなんて嫌ですよ。真那さんが逆の立場でもそうでしょう？』

時生は、はっきりと約束してくれたのだ。

祖父が敵に回ろうと、真那が不幸なよりいいと。

真那の望みに対する、すべての答えを、時生はすでにくれていたのだ。なのに、真那は……。

『私、したくもない結婚をするなら、せめて葛城家と同じ階級の人がいいの』

自分自身の吐いた残酷な言葉が、毒のように身体中に広がる。足がどうしようもなく震え、頭の中が真っ白になり、もうなにも考えられなくなった。

強まる雨足の中、真那は立ち尽くしたまま、そっと己の身体を抱く。

なんて愚《おろ》かなボタンの掛け違いをしてしまったのだろう。

三年前、時生と一緒に行けばよかったのだ。

彼との約束を覚えてさえいれば、これほどに時生を傷つけることなどなかったのに。

あんな台詞《せりふ》を投げつけたのは、理不尽な嫌がらせから時生を守りたかったし、彼にだけは幸せになってほしかったからだ。けれど、選択を誤ったのは、時生の言葉を忘れていたからだ。

本当に真那がすべきことは、時生の手を取ることだったのに。

『真那さんが不幸で、俺だけ幸せなんて嫌ですよ。真那さんが逆の立場でもそうでしょう？』

あの日の言葉が繰り返し蘇《よみがえ》り、真那の心をかきむしる。

——あんなに大事な約束を、顔色一つ変えずに破るなんて……私は……

思い出せなかったとはいえ、こんな振る舞いは許されない。約束を平気で破るのは、その人を尊重していないのと同じことだ。

早く、彼に己が愚《おろ》かな過ちを犯したことを謝らなければ。

「真那さん、雨が強くなってきたから、急いで駅に」

促《うなが》された真那は、我に返ってもう一度時生を見上げた。

「時生、私」

掠《かす》れた異様な声音に、時生が眉根を寄せる。

「約束を、忘れていて、ごめんなさい」

それ以外に、彼に言える言葉がない。気付くと、頭の古傷の辺りに、疼《うず》くような強い痛みが走っている。だが、それを気にするゆとりもなかった。

「ごめんなさい、本当に……あんなに大切な約束を忘れるなんて……どうかしていたわ」

無表情だった時生の顔が、そのとき初めてかすかに揺らいだ。

時生は、形のよい唇を開く。だが、彼はなにも言わなかった。しばしの沈黙の末、彼は絞り出すように、小さい声で言った。

「家で聞きます、帰りましょう」

言い終えた彼が、真那の手を取ったまま足早に歩き始める。真那は呆然としたまま、ふらつく足取りで彼のあとを追った。

～時生　Ⅵ～

真那がいなくなって三日が過ぎた、その日の夜。

ちょうど、仲介に立っていたベンチャー企業の買収案件がまとまった。

葛城工業側の中期収益見込みの計算も終わった。

この三日、仕事だけは機械のようにこなしているが、妻の具合が悪いと言って会食は断り続けている。八時を過ぎた今もオフィスに残っているが、心労も相まってくたくただ。

調査会社の人間の言葉を思い出し、時生は重いため息をついた。

『ご呈示頂いた電話番号の名義人はお教えできません。これまでごひいきにして頂いた成瀬様には申し訳ないのですが、お教えできないような方で……口が滑りましたが、そういうことです』

あの怪しげなメールを送りつけた人間は、恐らく真那の身近にいた人物なのだろう。

メールには『まなさん』ではなく『まな』と呼び捨てで書いてあった。

差出人は恐らく身内で、彼女よりも立場が上の人間だ。年下の従妹《いとこ》などならば、文章の中でも『さん』づけで書いたのではないかと思う。

――真那さんにも、まったく心当たりがなさそうだったな。誰なんだろう……とにかく、彼女の消息だけは追ってもらわないと。

この三日で数百万掛かった。真那が見つかるまで躊躇《ちゅうちょ》なく金をつぎ込み続けそうな自分が怖い。

昨日までは、調査会社からの連絡がいつあるかわからず、まともに眠れなかった。

ただ、送り主が『うかつに触れるわけにはいかない相手』とわかって、少しだけ安心できた。彼女は犯罪者に拉致されたわけではなさそうだからだ。

――夕飯を食べそびれたな。

そう思いながら時生はパソコンで作成していた企画書をもう一度見直した。大丈夫そうだ。これを社長に送って、今日も会食をキャンセルして、真那を捜そう。

仕事を片付け終えた時生は立ち上がり、葛城工業の本社ビルを出た。

そのとき、胸ポケットでスマートフォンが鳴る。

――なにか真那さんの件で続報かな？

急いで見ると、電話番号宛のショートメッセージが届いている。スマートフォンを取り落としそうになりながら、時生は慌てて内容を確認した。

『いそいで　まなをむかえにきてください』

五分以上の間を空けて、次のメールが届いた。都心にほど近い高級住宅街の住所が、ひらがなで書かれていた。時生には心当たりのない場所だ。誰の家なのだろう。

更にその次のメールは比較的すぐ届いた。慣れたのだろう。途中からは漢字の入力方法もわかったようだ。

『まなのはなしをききました。あなたも、なんどもメールを送ってくださって、真那を心配してくださって、本当にありがとう。二人の覚悟はよくわかりました。うちに来て、もし警備員に咎《とが》められたら、弁護士を呼ぶと言いなさい。妻が軟禁されていると弾正うた子に聞いたと言えば、大丈夫です』

――弾正うた子……？

時生は慌ててスマートフォンでその名前を検索する。

記憶に間違いがなければ、真那の祖母の名前のはずだ。娘夫婦を亡くしたあとは、気の毒なことに引きこもりがちだと聞いていたが。

ヒットした検索結果をいくつか調べてみたが、『弾正うた子』は弾正グループの会社の株式の多くを所有している女性のようだ。真那の祖母で、ほぼ間違いないだろう。

『真那が、また夫に連れ去られないように、気をつけてください。夫は意地になると、誰の言うことも聞きません。お金も権力もあって意地悪だなんて、困った爺さんだこと。ごめんなさいね、では、よろしくね』

そのメールを受け取った頃、時生はすでに、教えられた住所に向かって全力で走り出していた。

渇ききった喉にようやく水が流し込まれたような気持ちになる。

もう、これがなにかの罠《わな》であってもいい。真那と再会できる可能性があるなら、どんな場所にでも行く。

異様にドキドキいう胸を押さえ、時生は地下鉄の駅に駆け込む。この時間は道路が混む。地下鉄のほうが圧倒的に早いはずだ。

汗を拭い、時生は息を整えて彼女に言うべき言葉を反芻《はんすう》する。この数日間で考え尽くして、言うべきことは一つしかないと気付いた。

──言おう、ちゃんと、今度こそ……

意を決し、時生は大きな手を強く握りしめた。

最終章

真那と時生は、ほとんど会話を交わさないまま自宅にたどり着いた。

玄関のドアが閉まると同時に、時生がうしろ手に鍵を掛ける。そして、そのままなにも言わずに背後から抱きついてきた。

腕の中に閉じ込められ、真那は戸惑って瞬《まばた》きする。

「どうしたの？」

「心配しました」

時生の腕は緩まなかった。真那はしなやかな腕に指を掛け、小さな声で謝った。

「ごめんなさい。あの……私、お祖父様を怒らせてしまって。黙って結婚したことが許せないって。それで、お祖母様の所有している別宅に閉じ込められていたの」

返事はない。うしろから抱きしめられ、彼の表情も見えない。

なにを言うべきかわからないまま、真那は言葉を続けた。

「それから、三年前に貴方が迎えにきてくれたのに、ひどい言葉で追い払ったことも、ごめんなさい」

時生の顔を見る勇気がない。

「言い訳になるけれど、私、覚えていなかったの。お葬式の夜に貴方に会いに行ったことすら……」

そこまで言って真那は唇を噛んだ。

自分で口にしたとおり、こんなの言い訳だ。

真那は指に力を込め、時生の腕をほどいた。そして彼をゆっくりと振り返る。

「お祖父様は、私が貴方と別れない限り、怒り続けると思うの。お祖母様にもそれなりに発言力はおありだけれど、お祖父様が弾正の当主として培《つちか》ってきた影響力は計り知れないわ。貴方がお祖父様の怒りを買っていると知ったら、お祖父様の顔色をうかがって、一緒になって嫌がらせする人がたくさん出てくると思う」

そこまで言い切って、どっと肩の辺りが重くなる。

――怖いけど、お祖母様の言うとおり、時生にちゃんと聞かなくては。

緊張で硬くなった身体を叱咤《しった》し、真那は口を開く。

「だから、私がそばにいることが迷惑だったらこの結婚を終わりにしていいわ。私から得られるメリットより、被《こうむ》る損害のほうが大きくなるかもしれないから」

言い終えて真那は唇を噛んだ。

俯《うつむ》いた真那の頭の上に、時生の言葉が降ってくる。

「黙っているのはフェアじゃないから、教えてくれたんですね」

感情のない静かな声に、真那は黙って頷く。

「そうですか、ありがとうございます」

言い終えた時生が、不意にかがみ込んだ。俯《うつむ》いていた真那の視界に、彼の整いすぎた顔が飛び込んでくる。

子供の頃、悪戯《いたずら》をして怒られ拗《す》ねていたとき、いつもこんな風に時生が……そこまで考えた刹那《せつな》、目頭が熱くなった。

「相変わらず頑固《がんこ》な方だ」

時生の声は昔と変わらず優しかった。真那がずっと聞きたかった昔と同じ口調で彼は続けた。

「真那さんが俺に謝ることなんて、なにもないと思いませんか？」

「だって、私……約束を……」

そこまで言うのが限界だった。目から涙が溢《あふ》れ、ぽつりとひとしずく落ちる。

歪んだ視界で、時生がかすかに微笑んだ。

「謝らねばならないのは俺のほうです。真那さんは、旦那様と奥様を亡くされ、不本意な結婚を何度も強《し》いられてずっと辛かったのに、俺は三年前、自分の心を守るほうを選んでしまった」

時生がゆっくりと立ち上がり、肩を震わせる真那をそっと抱きしめた。

「申し訳ありませんでした。貴女にひどいことを言われたとき、俺が誓った愛はどうなるんだと、勇気を出して食い下がればよかったんだ」

真那は、必死に嗚咽《おえつ》を呑み込む。

「俺は貴女と出会ったときから、貴女のことしか考えていません。だから、貴女に切り捨てられて、その痛みに耐えられず、逃げ出したんです。三年前も、貴女が心を開いてくれるまで、踏みとどまればよかった」

目を瞑ったが、涙は次々に溢《あふ》れ出す。唇を噛んでも、情けないうめき声が漏れる。

「あのとき俺が間違えなければ、めちゃくちゃな方法で貴女を奪わずに済んだのに。そう思いませんか？」

「違う……私……私が……」

なにも言えない真那の頭を撫《な》で、時生が言った。

「今日は、真那さんを迎えにいって、もう一度やり直させてくださいとお願いするつもりだったんです」

時生の腕に力がこもる。

「自分のくだらないプライドを優先してしまった俺を許してください」

真那は強く首を振る。あんなひどい言葉を投げつけられて、怒らないほうがどうかしている。

「今度こそ俺と一緒に来て頂けませんか。どうしようもない男ですけど……それは、もう真那さんもご存じですよね」

真那は泣きながら小さな声で答えた。

「貴方は、そんな人じゃない」

ぼろぼろ涙を流している真那に、時生は微笑みかけた。

「俺、そもそも学生ベンチャーをやっていた頃から、海外の商習慣を若いうちから身体に叩き込んでおけば、後々仕事の幅が広がると旦那様に助言頂いて、外国資本の会社に興味を持っていたんです。だから外国でしか働けなくても気にならなかった」

真那をフォローしてくれるための言葉だとわかった。

父は時生を跡継ぎにすることを考えていたようだし、一番難しいハードルを示したのだろう、ということも。

真那が軽く唇を噛み、小さな声で言った。

「貴方が優秀なのは、知っていたわ。でも、私のお祖父様から、あまりに不当な扱いを受けすぎていたでしょう。だから、私は耐えられなかったの。私のせいで貴方が困るなんて、どうしようって」

しゃくり上げながら言うと、時生が笑った。

「優秀？　へえ、真那さんにそう言って頂けるなら、そこそこやれてるのかな。あまり褒めると、今以上に調子に乗りますよ」

「違う！　私、心配してるの！　話を最後まで聞いて頂戴《ちょうだい》」

慌てる真那に、時生が笑いながら答えた。

「俺は褒め言葉以外は聞きたくありません」

「時生、もう、真面目に話しているのに冗談は……」

言いかけた真那の唇に指で触れ、時生が優しい声で言う。

「俺は確かに、今の会社で、生まれがどうの、元は葛城の使用人の息子だのと言いたい放題言われていますけど、同ランクの役員の中では一番給与をもらっています。『金と実績を得る』という目的を果たせているので、嫌がらせなんてどうでもいい」

そこまで言って、時生がかすかに赤くなった。

「それに家に帰れば真那さんがいるし。犬は、飼い主に愛されていれば幸せなんですよ」

とんでもない例えを持ち出され、真那の涙が驚きで止まる。

「犬……？　なに言ってるの？　貴方みたいに賢い犬なんて見たことないわ」

言い返して、昔のような軽口を叩いていることに途中で気付いた。

ようやく涙が収まり、真那はかすかに口元を緩める。

いつも冷静で、言葉少なで、なにをしても大人顔負けの的確さだった時生。

真那に絡んでくる変な男たちを鼻で笑って追い払ってくれた、強気な時生。

昔の彼の色々な表情が、花咲くように次々と蘇《よみがえ》る。ずっと思い出せなかった。大好きな表情が……

「三年前は申し訳ありませんでした。俺には真那さんと一緒にいる以外の選択肢が存在しないのに、なぜ、貴女から離れたのか。でも結局は諦《あきら》められなかった」

大きな手が真那の頬に触れ、そっと包み込んだ。

真那は泣き笑いの表情で口を開く。

「私も、時生のことしか考えていなかったわ。だから、貴方と再会するまでの三年間は、このままなにもなく人生が終わっていくんだろうと思っていた」

灰色の服を着て、仕事をして、周囲が華やぐ年末や夏休みは、ぼんやりと膝を抱えて過ごしていた日々を思い出す。

本当になにもなく、これからも永遠に、なにもないのだろうと思っていた。

孤独を悲しいとすら思わなかったのだ。

両親の死と、時生との別れで、一生分の嘆きは使い果たしたのだろうと。

「では、あの日の間違いを、今取り戻していいですか？」

長い指が真那の髪を梳《す》く。

「お祖父様が怒り狂って大暴れされたとしても俺は気にしませんし、度を越すようであれば噛みつき返します。ですから、今度こそ信用してください」

ふたたび真那の視界が潤《うる》み始める。

「貴女は俺が守りたい」

真那はその言葉に頷く。

温かな涙が、時生を見上げる真那のこめかみを伝って、髪へと吸い込まれていった。

嬉しくて幸せで、胸が苦しい。

未来が明るく見えたのは久しぶりだ。

あの葬儀の夜、時生に会いたくて家を飛び出した瞬間から、真那はずっと闇の中を彷徨《さまよ》っていたのだ。手を握り返してくれるはずの人すら見失って。

でもよかった。

時生が真那を忘れずにいてくれてよかった。

向けられた感情が怒りでも憎しみでもいい。

時生が真那の存在を心の中で生かしてくれたから、こうしてまた出会えたのだから。

暗闇の迷子は、奇跡的に明かりを見つけた。もう二度と、彷徨《さまよ》ったりしない。

「ありがとう」

震える声にすべての思いを乗せ、真那は時生に笑いかける。

「私も時生を守りたい」

力いっぱい抱きしめられ、引き締まった胸に縋《すが》り付きながら、真那はもう一度繰り返す。

「絶対守りたかったし、これからも守りたいの」

「ありがとうございます。真那さんに守って頂けるなんて、心強すぎますね」

そう言って時生が不意に身体を離す。

大きな手で顔を傾けられ、涙で濡れた唇が、時生の滑らかな唇に塞《ふさ》がれた。

しばしの甘い口づけのあと、真那は唇を離して時生に言った。

「私、本当は三年前に迎えにきてくれたとき、涙が出るほど嬉しかった。今日だって、貴方が来てくれて、本当に嬉しかったの。時生といるのが幸せだから……」

言いかけた唇が、ふたたび塞《ふさ》がれた。

先ほどよりも激しく、絡みつくようなキスだった。腕の中に閉じ込められ、口腔《こうこう》を貪《むさぼ》られると、身体の芯から力が抜けていく。

かすかにコーヒーの味がする舌が、真那の薄い舌をまさぐった。

大きな手が愛おしむように、背中を上下する。

真那は時生の腕に指を掛けて身体を支えながら、激しくなっていくキスを受け止めた。

「それにしても……どれだけ俺を振り回せば気が済むんでしょうね、貴女という人は」

口づけをやめ、ほんのわずかに唇を離した時生が、優しい声で囁《ささや》きかけてくる。

長い指で両頬を包まれたまま、真那は落ち着かなく視線を彷徨《さまよ》わせた。

「ご……ごめんなさい……時生の言う通りね。大事な貴方に、あんなひどいことを言ったりして」

泣きたい気持ちで呟くと、時生が真那の額《ひたい》に自分の額《ひたい》を押しつけてきた。

「もう一度言ってください」

「ごめんなさい、ひどいことを言ったりして」

「違います、そこではなく」

ふたたびキスされながら、真那は慌てて考える。

――時生は、なにを言ってほしいのかしら……

戸惑いつつも、真那は時生の頬にそっと触れた。こんなにざらざらしているのは初めてだ。髭《ひげ》を剃《そ》らなかったのだろうか。

――新鮮な感触……

いつも神経質なくらい身なりを整えている時生らしくない。

滑らかな肌に浮く髭《ひげ》の感触が不思議と気に入って、真那は繰り返し指で触れた。

「あの……」

真那の指を掴《つか》み、時生が唇を離した。

時生は顔を赤らめ、きょとんとしている真那を軽く睨《にら》んだ。

「俺は、貴女に甘い言葉を囁《ささや》いてもらうのを待っているんですけど」

「えっ……？　甘い言葉……って？」

「さっきの『大事な貴方』という台詞《せりふ》です。もう一度堪能したいので、お願いします」

言い終える頃には、時生の顔は耳まで赤くなっていた。

真那も、つられて顔を赤らめる。

「そ、そんな風に、言われると、意識しちゃって……あの……」

恥《は》ずかしさのあまり目を逸《そ》らすと、背中を抱き寄せられ、耳元で囁《ささや》かれた。

「嬉しいんです、もう一度言って。俺がどのくらい好きなのか言ってくださいよ、貴女の甘い言葉に飢えているんですから」

「あ、甘い、言葉？」

真那は必死で頭を回転させた。

抱きしめられた身体中に、どくどくと心臓の音が響く。真那は愛しい時生の匂いを吸い込みながら、勇気を出して口を開いた。

「あのね、私、時生が大事なの。昔から私にとって貴方は王子様だし、お祖父様に貴方を侮辱《ぶじょく》されたときは、噛みつきたいくらい悔しかった。ど、どのくらい好きかっていうと……貴方の写真を、スマートフォンの壁紙にしたい……くらい……？　お祖父様に返してもらったら、壁紙にしていい？」

時生の返事はなかった。

恥《は》ずかしさの極みで真那は唇を噛む。やはり余計なことを言うのではなかった。

「へ、変でしょう、変よね、やっぱり壁紙はやめようかしら」

真那の背中を撫《な》でていた手を止め、時生が尋ねてくる。

「なんでそんなことを？」

「時生の顔、仕事中にも見たくて……わ、私、好きな人とは、ずっと一緒にいたいタイプだったのかも……重いかしら……重いわね……」

正直に答えて、焼けるほど熱くなった額《ひたい》を時生の胸に押し付ける。

「……ご、ごめんなさい……甘い言葉って言われたのに……私、なにを言っているのか……」

やはり、言い慣れないことは、言うものではない。真那はふたたび、そっと唇を噛む。

「犬や猫の写真をいつも壁紙に設定している同僚は、何人か知っていますけどね」

真那を抱きしめたまま、時生が言った。

「ペットの写真を飾りたい感覚とは、ちょっと違うわ。私、貴方の奥さんになれて、嬉しすぎて、浮かれているのかもしれない。す、好きな人と両想いの時間を過ごすのは初めてだから、中学生の女の子が、初恋の彼氏とするようなことがしたいの……かも……」

時生の返事はない。羞恥《しゅうち》のあまり爆発しそうだ。

きっと呆《あき》れられたのだ。

「でも、やめておく。私、大人だもの。ごめんなさい、変なことを言って」

しゅんとした真那が小声で言ったとき、時生がゆっくりと身体を離し、顔を覗《のぞ》き込んできた。

「……やばいな。真那さんが可愛いことを言うと、破壊力満点ですね。俺のほうも、貴女が好きで好きで、どうしようもなくなってくる」

時生の甘い声に、落ち込み気味だった真那の心が、瞬時に明るくなった。どうやら、呆《あき》れられたのではなさそうだ。

「これからは、堂々と貴女に惚れていいんだ、嬉しいな」

切れ長の目を細め、時生が優しい声で言った。

しなやかな指で真那の頬を撫《な》で、幸せそうに続ける。

「俺は真那さんが本当に好きだった。だからこうして、貴女から今も好かれているってわかると……改めて、めちゃくちゃ、勃《た》ちます」

えっ、と驚く間もなく、ふたたび激しく唇が奪われる。

――た、勃《た》つって……時生……っ……

あられもない欲情の言葉に、真那の足が羞恥《しゅうち》に震え出す。

「真那さんの身も心も、堂々と俺のものにしていいんだって思うと、ヤバいくらいクる」

腰を抱かれた真那は、ぴったりと時生の胸にもたれかかる。押し付けられた腰の辺りに、熱い昂《たかぶ》りの気配を感じた。

耳までチリチリと熱くなってくる。

「心も俺がもらっていいんですね？」

息もできないくらい強く抱きしめられたまま、真那はしっかりと頷いた。

「俺を置いて他の男のところに行ったら、地獄の果てまで追いかけますから」

「行くわけないでしょう！　何度言えばわかるの、あ、あ、貴方以外は、全部嫌なの……！」

真っ赤な顔で、真那は抗議の声を上げた。

その答えに満足したのか、時生が形のよい口元をほころばせた。

低く艶《つや》のある声が、真那の耳朶《じだ》を震わせる。

「ええ、それで結構。真那さんを抱くのは、生涯俺だけです」

ふたたび貪《むさぼ》るような勢いで、唇が奪われる。

服越しに触れた、硬く勃《た》ち上がる杭の感触に、真那の身体の奥も熱く疼《うず》き出した。

唇を離した時生が、真那の腕をそっと掴《つか》んで、大股で歩き出す。足早に連れていかれたのは、時生の寝室だった。

部屋に入るなり、また口づけされ、そのまま真那の身体はベッドに押し倒された。

服を脱ぐ余裕もないまま、絡み合い、抱き合って、互いの口腔《こうこう》を舌でまさぐり合う。

時生の手がスカートの中に潜《もぐ》り込んだ。今日はガータータイプのストッキングを穿《は》いているのだ。真那はそのことを思い出し、真っ赤な顔で時生に教えた。

「し……下着だけ脱がせば、大丈夫。そのままできるわ」

唐突な真那の言葉に、時生がぴくりと広い肩を揺らす。

「いきなり大胆なことを仰《おっしゃ》いますね、本当に、貴女という人は」

時生がうめくように呟くと、身体を起こして真那の足からショーツを抜き取る。

「毎度毎度、誘い方がお上手すぎます。どこでお勉強なさったんですか」

「な、なんの勉強？」

大人しく様子をうかがっても、時生の答えはなかった。

膝頭《ひざがしら》を真那の無防備な脚の間に割り込ませ、時生がふたたび覆《おお》い被さってきた。手をついて身体を支え、端整な顔で真那の顔を覗《のぞ》き込む。

「このエロい下着はなんなんです？　大サービス期間でもお始めになったんですか、小悪魔め……俺を搾り取るのがそんなに楽しいと？」

「違うの、ええと、これは……普通のガータータイプの……あ……っ……」

ふたたび手が、なにも穿《は》いていない場所に伸びてくる。

ほんのわずかに触れられただけで、吐息が漏れた。

愛しい指に触れられると思うと、身体中が期待に火照《ほて》る。

――ああ、大好き、時生。帰ってこられてよかった。

時生の指先がスカートの下の晒《さら》された茂みに触れたとき、真那はゆっくりと膝を曲げた。

祖母が用意させた、高価なスプリングツイードのスカートが、脚の付け根までまくれ上がる。

真那は時生の頬を両手で挟み、無精髭《ぶしょうひげ》の感触を楽しみながら小声で懇願《こんがん》した。

「きて……」

すぐそこにある時生の喉が、ごくりと上下した。

口づけを受け、真那は優しく時生の唇を舐《な》めた。

三年前に真那を背負ってくれようとした恋しい背中は、あの頃よりもますます逞《たくま》しく力強くなっている気がする。

真那は、かすかに髭《ひげ》の浮いた頬を指先で撫《な》でながら、恐る恐る、時生の舌を自分の舌で突《つつ》いてみた。

たちまち情熱的に舌を絡められる。

それだけの刺激なのに、真那の身体の奥が柔《やわ》らかくうねった。

「なんだか、時生のこんなに伸びたお髭《ひげ》って初めて触る」

唇を離し、真那は恥《は》じらいながら言った。

普段は感じない新たな雄の匂いに惹《ひ》きつけられ、真那は指先でチクチクした感触を楽しむ。だが、プライドの高い時生は身支度が足りないと言われたように感じたらしい。

「剃《そ》るのを忘れたんです！　余裕がまったくありませんでしたから。そんなにお見苦しかったですか」

拗《す》ねている時生がおかしくて、真那は小さな声で笑った。

「男の人っぽくて好き」

「……では、土日は剃《そ》り忘れますので、好きにお触りください」

真那はこくりと頷いた。

「もうだめだ……クソっ……」

時生が、苦しげに大きな息を吐き、身体をずらして真那の脚を大きく開かせた。スカートの裾《すそ》は大きくめくれ、お腹の辺りまでずり上がっている。

真那は下腹部を丸出しにされ、反射的に身体をよじった。だが、巧みに組み伏せられた身体は、どこにも逃げられない。時生が片手を己のウエストに伸ばす。熱い胸は、シャツの上からも興奮に上下していることがわかる。

ベルトのバックルを外すカチャカチャという音がした。苛立っているような乱暴な手つきだ。さっきからひどく昂《たかぶ》っていた時生の『事情』を思い出し、真那は真っ赤な顔のまま、小声で囁《ささや》いた。

「す、すぐして、大丈夫……すぐ入れていいわ……」

言い終えると同時に、真那の腰がぐいと下方に引きずられる。

「……どこで覚えるんです、そういう、いやらしい誘い方を。余計に興奮するので、おやめください」

濡れた蜜口に、逸《はや》る昂《たかぶ》りが押し付けられる。

「ですが、俺も正直言うと、早く入りたい、真那さん……このままいいですか」

真那は時生の首筋に縋《すが》り付き、うん、と呟いた。

「キスしながら入れたい、上も下も俺が塞ぎたい」

時生が掠《かす》れた声で呟き、真那の唇に、滑らかな唇を押し付けた。同時に、圧倒的に硬くなった杭が、真那の中を押し開く。

「ん、う……」

身体が割られるほどの勢いだった。

真那は思わず背を反らせ、腰を浮かせた。

――中……熱い……

時生のものを呑み込みながら、真那は身をよじった。

お互い服を脱ぐ余裕もなく、獣のように絡み合いながら、真那が感じるのはただ、幸福感だけだった。

「んく……っ……んん、う……」

口を塞《ふさ》がれながらも、真那は切れ切れの喘《あえ》ぎ声を漏らした。

隘路《あいろ》を満たす肉塊はますます力強さを増し、真那の中をぐちゅぐちゅと乱しながら、緩やかに動き出した。

「本当だ、貴女の仰《おっしゃ》るとおりです。すぐに入れても、ぐしょぐしょでした」

唇を離した時生が、笑いを含んだ声で言った。

――は……恥《は》ずかしい……

真那は唇を手の甲で拭い、そっと目を逸《そ》らす。

「俺を咥《くわ》え込みたくて、待っていてくださったんですね」

言いながら、時生が緩やかに杭を前後させた。

「……っ、あ……あぁ……」

視界の端に、曲げられて、大きく開かれた自分の脚が見えた。

蜜音を立ててゆっくり突き上げられるたびに、膝頭《ひざがしら》がびくん、びくんと震えている。

――ああ、だめ……気持ちいい……

淫窟が、欲張りなくらいに夫のものを頬張って、舐《な》めるように絡みつく。

「あ……あ……いや……」

獰猛《どうもう》に反応する己の身体に、真那はゆらゆらと首を振った。息が弾《はず》み、涙が滲《にじ》んでくる。

生々しく猛《たけ》る熱に貫かれて、蜜が次から次にこぼれ出た。

「俺を食いちぎりそうなくせに、なにを嫌だなんて……」

艶《つや》めいた声で笑われ、こじ開けられた秘裂がひくりと収縮する。

「は、あ……あぁ……だって、これ……っ……」

「ぐちゅぐちゅ言わせているのも、締め付けているのも、全部貴女ですからね」

「っ、やぁっ！」

奥深い場所をぐっと突き上げられて、真那は思わずシーツを蹴った。

「あ、だめ……私、あぁ……っ……」

掴《つか》んでも、つるつるのシーツは爪先から逃げていく。抽送は激しさを増し、気付けば真那は無我夢中で、時生の下で身体を揺すっていた。

「そんなに、速くされたら……あぁ、ひ……ぅ……っ……」

時生に身体を貫かれる淫《みだ》らな音が、激しさを増した。

「真那さんの中、最高です」

ひくつく隘路《あいろ》に己の熱塊を収めたまま、時生がうわずる声で言う。時生は長い指先で、真那の平らな腹を撫《な》でた。

「外から触っても、中がびくんびくんしているのがわかりますよ」

「だって……だって……あぁ……」

目尻から涙が幾筋も伝う。

「だって、なに？　イきそうだからですか？」

「あ、あ、やぁん……ッ……！」

言葉と同時に、接合部を擦り合わされて、真那は思わずのけぞった。

目がくらみ、絶頂が近いことがわかった。

しっかりと着込んだままの服の下で、乳嘴《にゅうし》が硬く尖《とが》って勃《た》ち上がる。身体中のすべてが、時生と番《つが》い合う喜びに震えていた。

「あんまり濡らすから、せっかくの綺麗《きれい》なストッキングが汚れてしまいました」

「っ、あ、あぁ……意地悪……あ……」

「イくのも孕《はら》むのも、永遠に俺限定にしてくださいね」

真那の中を焦らすようにゆるゆると行き来しながら、時生が言った。聞いたこともないような甘い甘い声音に、真那の全身が震え出す。

「……あ……」

真那は大きく目を開いた。

雄を貪《むさぼ》る場所に、激しい熱がうねる。下腹部がのたうつ。真那の身体が、激しいストロークに、淫猥《いんわい》な打擲音《ちょうちゃくおん》を立てた。

「あ、あ、時……あぁんっ」

波打つ下腹部から、耐えがたい快感が全身に広がる。時生を咥《くわ》え込んだまま、蜜路が彼自身を搾り取るように痙攣《けいれん》した。

時生がひときわ大きく息を吐き出し、真那の唇に、汗で濡れて塩辛くなった唇を押し付けた。貫かれ果てながら、真那はキスを受け止める。

同時に、ひくつく花洞の奥に、おびただしい欲が吐き出された。熱い水が腹の深い場所に広がり、真那の目尻から、涙が一つ伝い落ちる。

真那は時生の背中にしっかり手を回し、汗ばんだ頬に頬ずりした。

激しい呼吸に、時生の身体中が喘《あえ》いでいる。

息づかいも汗の匂いも、硬くて力強い身体も、全部が愛おしい。これからは、誰に憚《はばか》ることも、自分の心を抑えることもなく、彼と寄り添っていられるのだ。

「時生、愛してる」

涙で頬を濡らしながら、真那は言った。

時生が愛の言葉に応《こた》えるように、真那に頬ずりを返してくれる。

「俺もです、俺のほうが、愛してます」

荒い呼吸の下で時生が短く答え、真那を柔《やわ》らかく抱きしめてくれた。

――世界一好きな人に、こんな風に触れてもらえるなんて……もう、ずっと、諦《あきら》めてたのに……。

優しい温もりが、真那の身も心も満たしていく。

温かな腕の中に帰ってこられて、真那は世界一の幸せ者だ。

迷子だった三年間、ずっと、この腕を探して彷徨《さまよ》い続けていたのだから。

エピローグ

とある冬の初めの朝。

久しぶりの連休を取得して、時生は自宅の居間でくつろいでいた。

ここは北米の某大都市。正式に結婚した後、日本での仕事に区切りを付け、かつてのコンサルティングファームに再度舞い戻った時生は、妻の真那と共にパークサイドの賃貸住宅に暮らしている。

勤務先が融通してくれた家は、日本で購入したマンションほどの広さは望むべくもないが、不動産事情の厳しい米国の大都市では、贅沢《ぜいたく》と言っていい間取りだった。

ソファで書類を読んでいる時生の傍《かたわ》らでは、真那が笑顔でタブレットを覗《のぞ》きこんでいる。日本の祖母とビデオチャットアプリで会話をしているのだ。

結婚して二年、故国を発って三ヶ月。

ようやくこちらでの生活も落ち着いてきたところだ。

半年前、時生は葛城工業を辞めた。真那の祖父に嫌がらせをされるから、ではなく、仕事の領域をもっと広げて、更に出世したかったからだ。

本当は、もう少し早く転職したかったのだが、結婚してしばらくは理由があって難しかった。

葛城工業の仕事には、きちんと区切りを付けてきた。

手がけていた案件は、すべて収益化の目処を付けた上で後任に引き継いだ。

美味《おい》しい上客とは引き続き連絡を取り合っている。

お互い、稼げるビジネスパートナーとは長く蜜月を過ごしたいと思っているからだ。

アメリカ行きが決まったとき、本当は、真那が付いてきてくれるか少し不安だった。

家が少し狭くなるし、日本ほど食事も美味《うま》くない。治安も遙《はる》かによくないからだ。

だが真那は、いつも通りの静かな笑みを浮かべて『家族で一緒に暮らしたい』と言ってくれた。

「お祖父様はお元気になさってるの？」

日本の義祖母に、真那が笑顔で話しかけている。

『まああかしら』

結局、太一郎は奥方にひたすら頭を下げ、三下《みくだ》り半《はん》を撤回してもらったらしい。

娘夫婦の事故以降、ますます狷介《けんかい》さを増した彼も、もしかしたらエスカレートする自分にブレーキをかけたかったのかもしれない。亡き娘婿を罵《のの》り、妻を罵《のの》り、孫を罵《のの》る怒りだけの人生に疲れていたのかもしれない。

真那の祖母は、あの鬼のような太一郎の性根を叩き直すことに成功したようだ。

夫婦で出席しろと言われたパーティをすっぽかし、太一郎にどれほど凄まれても無視して『パリのお友達』のところへさっさと逃避行したらしい。

そして、完全無視されて音を上げた太一郎に『私とやり直してくれ』と花束を贈られて『ごめんなさいは？』と言い返したという。

これらは、真那から又聞きした『お祖母様の武勇伝』だ。

たいした女傑だと思う。真那たちにも、その強い女の血が流れているのかと思うと、おかしいやら怖いやらだが、時生は、愛する奥様の尻に敷かれる生活は大歓迎なので、なんの問題もない。

そこまで考えた時生の耳に、元気な泣き声が届いた。

――起きたかな？

ビデオチャット中の真那を手で制して、時生は立ち上がり、居間に続く寝室に向かった。

ドアを細く開けて光を遮《さえぎ》った部屋には、ベビーベッドが置いてある。

その上で、起床した一歳の娘、実那《みな》が泣いていた。

だが『パパ』の姿を目にして、すぐに泣き止む。

真那そっくりの大きな目でニコッと微笑まれて、時生は相好《そうごう》を崩した。

軟禁事件のあと、すぐに葛城工業を辞め、新天地に渡ってこられなかったのは、真那のお腹にこの子がいるとわかったからだ。

妊娠がわかったときは、ただ嬉しかった。

そして、真那と共に親になれることに純粋に感謝できた。

「おはよう、実那」

声を掛けると、実那はぷくぷくした丸い手を時生に差し伸べて、もう一度笑う。

「あ……ぅ、パ、パ！」

実那の笑顔は、パパが自分に甘いことも、手を伸ばせばすぐに抱っこしてもらえることも、心の底から信じ切っている愛おしい表情だ。

時生は実那を抱いて頬ずりし、居間に戻った。

ビデオチャットでは、真那の祖母が嬉しそうな声を上げている。

『あら、実那ちゃんが起きたの？　お顔見られる？』

どうやら、アメリカ暮らしのひ孫が可愛くて仕方がないらしい。ソファから立ち上がった真那が、時生の腕から実那を抱き取り、もう一度タブレットに向き合った。

「起きたわ、ほら実那、ひいおばあちゃまよ」

実那の寝癖を優しく直しながら、真那が笑顔で言う。不思議そうに画面を見たり、手を伸ばしたりしている実那を、時生は笑顔で見守った。

もにゃもにゃとなにか喋っている実那に、画面の向こうの祖母がはしゃいだ声で笑った。

『お父さんも実那ちゃんの顔を見てくださいな』

しかし太一郎は頑《がん》としてビデオチャットに顔を出さない。

今までも一度も通話してくれたことがない。

どうやら、孫娘たちに合わせる顔がないと思い込んでいるのと、単純に時生が嫌いなようだ。

正直な態度を取ってもらえれば、時生としてもはっきり答えられる。

時生も、太一郎が大嫌いだ。

上昇志向が強くて野心がある男同士、この感情は、同族嫌悪だろうと自己分析をしている。

だが、仲良くなれなくていい。

太一郎が真那に謝ってくれたのは知っている。『お前に結婚を強《し》いた上、晶子の死について、真一君を侮辱《ぶじょく》して申し訳なかった』と。

優しい真那が祖父を許したことも聞いた。甘すぎるだろうと思ったが、真那はもう人を憎んだり、悲しい気持ちになるのは嫌なのだそうだ。

祖父とはある程度距離を置いて、娘と夫と暮らす幸せのほうに心を砕きたいと言っている。幸せになるか怒りに身を任せるか選べるなら、前者を選びたいと。

――確かに、真那さんの人生に、これ以上苦しみを持ち込むべきではないな。実那をどこに連れて行こうかとか、なにをして遊んであげようとか考えているほうが幸せだし。

真那がいいなら、時生としては太一郎などもうどうでもいい。

縄張りを侵してこないならば、見逃《みのが》すつもりだ。

なにしろ、長年苦楽を共にした妻に離婚を宣言され、半年近く撤回してもらえなかった太一郎は、意地の悪さも毒気もやや抜けて、普通の気の強い頭の切れる爺さんになってしまったのだから。

それでも、充分すぎるほどの存在感ではあるのだが。

『実那ちゃん、最近パパそっくりになったねえ』

物思いにふけっていた時生は、義祖母の声にギョッとする。

――な……っ、そんなはずは……うちの子は真那さんそっくりなはず……！

可愛い可愛い実那が、能面のような自分に似ているはずがない。慌てて実那の顔を覗《のぞ》き込むと、小さな手で顔を押し返されてしまった。

「どうしたの、貴方」

実那を抱いて、祖母と笑い交わしていた真那が不思議そうな顔をする。

「いや、お義祖母《ばあ》様が、実那が俺に似ているっていうから」

「どうして？　似てるじゃない」

真那が不思議そうに首をかしげた。

「俺とは全然似てないでしょう？　貴女に生き写しだと思ってるんですが」

娘は、時生にとっては世界一の美女である妻に似てほしいのだ。

だが、焦りながら口にした時生の問いは、真那の美しい笑みで一蹴された。

「ううん、似てる。最近すごく似てきたと思う。ねぇ、パパに似て美人さんでよかったね、実那」

そのとき、真那の腕の中の実那がなにやら声を上げた。

娘の様子をうかがっていた真那が、時生の膝に実那を抱かせて立ち上がる。

「ちょっと実那の唇が乾いてる気がする。麦茶作ってくるわね」

「そういえば、夜寝る前もあまり飲みませんでしたね」

「ええ。寒くなってきたからかしら……。暖房を入れているから、気をつけて水分を取らせないと。ちょっとお祖母様と喋っていてくれる？」

実那の小さな頭を撫《な》でながら、時生は真那の言葉に頷いた。

聡明な真那は、新米母親業を驚くほどの細やかさでこなしている。

どれほど尊敬しても、し足りない。実那が元気でいい子なのは、すべて真那のお陰だ。

真那の背を見送った時生は、膝の上の実那の顔をじっと観察してみた。ふくふくの顔に、黒目がちの大きな目、長いまつげに、ちょこんと愛らしい鼻と口。

時生の天使は、本当に自分にそっくりになってしまったのだろうか。

――まあ、可愛いからいいか。……本当に可愛いな。

寝起きで、まだ少しぼうっとしている実那をあやしつつ、時生は義祖母と繋がったままのタブレットに向かい合った。

——そういえば、俺はお義祖母《ばあ》様と一対一で話すのは初めてかもな。

真那と一緒に食事をしたことはあるが、二人で話したことはなかったはず。

台所の様子をうかがい、時生は前から義祖母に聞いてみたかった質問を口にした。

「お義祖母《ばあ》様、あの……以前、俺宛にメールを送ってくださいましたよね。なぜ、急に送ってくださったのですか」

画面の向こうで、義祖母が真那によく似た笑みを浮かべた。

『貴方が日本に戻ったって、風の噂で聞いたからよ。晶子たちが狙っていたお婿さん候補が帰ってきたと知ったから』

『なんだそれは、私は一度も認めておらんからな！』

すぐそこで太一郎の怒りの一喝《いっかつ》が聞こえ、時生は笑い出しそうになる。

——どれだけ自分の思い通りでないと気が済まないんだ。お義祖母《ばあ》様にあれだけ怒られたくせに……

『お父さん、もう寝たらどうですか』

義祖母の冷ややかな声に、太一郎が静かになる。

——俺も将来トゲトゲしい爺さんになったら、真那さんにこんな風に怒られそうだ。

気をつけよう。

『ごめんなさい、お話の途中だったわね――』

そう言いかけた義祖母だが、ふたたび時生との会話を中断し、画面の横を向いて言った。

『あらお父さん、もうお休みになるの？』

どうやら太一郎は、席を外すようだ。怒りを自制できるようになったのであれば、ギリギリ及第点《きゅうだいてん》かもしれない。

『あの人、実那ちゃんと真那ちゃんの写真を見てニヤニヤしてばかりのくせに、絶対にお話はしないの。本当に、ひねくれ者でごめんなさい』

「送った写真は、俺も写っているけど大丈夫ですか？」

『時生ちゃんだけ指で隠して見てるわよ。本当に器の小さなおじいちゃまだこと』

義祖母がそう言って、ころころと笑い声を立てる。

太一郎が真那や実那と写った写真があったら、自分も同じことをしそうだ。

やはり似たもの同士だと思いつつ、時生も噴き出した。

「それで先ほどの話なんですけど、『まなをむかえにいってください』というメールを見ても、俺がなにもしなかったら、どうなさるおつもりだったんですか」

『あら、行くでしょう？』

当たり前のように言われ、時生は虚《きょ》を衝《つ》かれて、目を丸くする。

『だって時生ちゃんの周りに、真那ちゃん以上の女性がいて？』

余裕の笑みで問われれば、返す言葉など一つしか見つからない。

「……仰《おっしゃ》るとおりです」

そのとき、麦茶をマグに入れた真那が戻ってきた。

「はい、実那、できたわ」

時生の膝に乗った実那が、大喜びで身体を揺すり始める。麦茶が好きなのだ。

真那は時生のそばに腰を下ろして、実那にマグのストローを咥《くわ》えさせた。

『じゃあ三人とも、そちらは日本より寒いようだから気をつけて頂戴《ちょうだい》ね』

義祖母の言葉に挨拶《あいさつ》を返し、電話を切った時生は、膝の上で麦茶を飲ませてもらっている実那をあやしつつ、今の言葉を反芻《はんすう》した。

義祖母の言うとおりだ。

時生は真那以上の女性など知らないし、そんな女性がいるかもしれないと思ったことすらない。

しみじみとそう思いながら、時生は窓辺に置かれたサイドボードに視線をやった。

真那や実那の写真の他に、葛城夫妻が並んで写っている写真、時生の母と義父の写真も飾ってある。

葛城夫妻に咎《とが》められているような背徳感は、最近感じなくなった。

それはきっと、真那がそばにいて、いつも笑ってくれるから。時生と実那との暮らしが幸せであることを、日々の何気ない言葉や行動で教えてくれるおかげだ。

「真那さん、公園脇のカフェで朝ご飯を食べませんか。そのあと、プレイグラウンドで実那を遊ばせるのは？」

時生の提案に、真那が柔《やわ》らかな笑顔で頷く。

「小さな子がたくさんいる場所に、実那が早く慣れてくれるといいわね」

実那を見守る真那の白い顔は、時生が知っている誰よりも優しくて、美しい。

真珠《しんじゅ》のような、宝箱の中で守りたくなる清楚《せいそ》で可憐な美しさだ。

けれど真那は、儚《はかな》げな容姿の内側に、葛城家の令嬢としての揺るぎない矜持《きょうじ》と、時生ですら掌《てのひら》の上で転がすほどの知性を秘めている。

時生は彼女のたぐいまれな個性に恋し、今でも強く惹《ひ》かれ続けている。

最近の真那には、更に母としての強さも加わり、ますます輝かしく美しくなったと思う。

――たしかに、俺には、真那さんを迎えにいく以外の選択肢なんてなかった。俺の中には今も昔も、真那さんしかいないから。

時生の人生には、真那の存在が刻み込まれている。

無理矢理引き裂かれ、理不尽な悲しみを味わっても、彼女の面影を忘れられなくて苦しんでも。他ならぬ真那自身に手ひどく傷つけられ、激しい怒りを抱いていたときでさえも、時生の心の中には真那しか住んでいなかったのだ。

時生は麦茶を飲み終えた実那の口元を、卓上のガーゼタオルで優しく拭った。

「さ、実那、お外に行こうか」

パパの言葉に、実那がニッコリと笑う。可愛くてたまらず、時生は白いふくふくの頬にキスをした。

「実那ね、最近、貴方がお仕事に行っている間、パパを探しに行こうって騒ぐの」

じゃれ合っている時生と実那を見ていた真那が、微笑みながら言う。

そんなことを言われるとますます離れがたくなるではないか。そうでなくても、家を出るとき、毎回うしろ髪を引かれているのに。

「俺、毎朝泣きますよ、可愛い娘にそんなこと言われたら」

わざと拗《す》ねてみせると、真那がますます笑った。

これから先も、彼女の笑顔を守っていこう。

そして、彼女に見守られている毎日に感謝を捧げよう。

時生は実那を抱いたまま、もう片方の腕で真那を抱き寄せて、その滑らかな額《ひたい》にキスをした。

書き下ろし番外編

うちの奥様がすごすぎる件。

N・Y《ニューヨーク》には、数多《あまた》の超大富豪が暮らしている。

セントラルパークの超高級住宅街には、ハイ・ソサエティ専用の集合住宅がいくつもある。そこはN・Yの上流階級の中でも特に上流が暮らす世界だ。

鉄鋼王の子孫やら、大統領を輩出する家柄の人間やら、時生に言わせれば『教科書で見たことがある』苗字がずらりと並ぶ。

時生は、そんな超セレブの一人に、妻子と共に招かれていた。

といっても、招かれたのは真那であり、時生と娘の実那はおまけである。

――意外と普段着なんだな。全身ハイブランドなのかと思ってた。

『真那、葛城のお屋敷がなくなったと聞いてとても悲しかったわ。あの素晴らしいお庭でのガーデンパーティは今も忘れていないのよ』

『嬉しいわ。ありがとうございます、リンダさん。リンダさんが日本で開いてくれたチャリティ・ガラのおかげで、途上国に学校を作ることができたのですもの。亡き母も今頃天国で驚いていますわ。私と、ＮＰＯの大恩人であるリンダさんがＮ．Ｙで再会したなんて知ったら』

――本当に真那さんは英語が達者だな……

時生は、惚れ惚れと妻の姿に見とれていた。

真那と話をしているのは、超有名な軍事産業一族の奥様、リンダ夫人である。

彼女自身も、歴史の教科書に載っているような家柄に生まれた。

そしてうなるような財産を持つ夫と共に、この超絶大豪邸……としか表現できない、ひっそりとした、広大なアパルトマンに暮らしている。

つまりは、セレブの中のセレブ。時生がボーッと生きていても、お目にかかれることは絶対にありえない女性なのだ。

――しかしうちの奥さんのお母様のご友人……なんだな。これが。

リンダ夫人の年の頃は五十くらいだろうか。

身に纏《まと》っているのは、上品だが地味な茶系のパンツスーツだ。

そこにジャケットを重ねている。だが耳にきらめく大粒の透明な石は本物のダイヤモンドだろう。一つだけ嵌《は》めている指輪も、超逸品のアンティークジュエリーだ。

恐らくは一族の奥方に伝わる指輪に違いない。

『真那、貴女のご主人を紹介してくれる？　中学生だった貴女がもうお母さんだなんて。

私がおばあさんになるわけよね』

リンダ夫人は、世界的なチャリティ団体のリーダーの一人だ。

アメリカの上流階級では『どれだけ社会活動に貢献したか』を重視する空気がある。社会全体が、お金持ちならば、働かずに済む時間を福祉活動に宛てて当然、という機運に満ちているのだ。

福祉活動の活発さが、日本の比ではない。

いわゆる駐妻の真那は専業主婦だった。

だが、真那がN.Yに来ていることを知ったリンダ夫人が、『真那を遊ばせておくなんてもったいない！』とお呼び出しを掛けてくださったのである。

相手は正式な地位こそ一般人だが、ぶっちゃけたことを言えば『現代の大貴族』だ。逆らうわけにもいかず、時生は妻と共にお招きにあずかった。

そして何十億円もする現代アートがさらりと飾られたアパルトマンの一室で、ぽかんと口を開けて立っているのである。

だが日本のトップ・セレブリティの令嬢として生まれ、場慣れしている真那は落ち着き払っていた。

単にリンダ夫人に再会できるのが嬉しいらしい。

——俺はあの超巨大グループのオーナー夫人に会うのが、緊張しすぎて怖いですけどね!?

と思ったが、かっこ悪いので黙っておくことにした。

タクシーでここまで来る道中、真那はリンダ夫人のことを説明してくれた。

日本でチャリティ団体の支部を立ち上げたいリンダ夫人を、母が支援したこと。

そのときにチャリティ団体のガラ・パーティーの会場として実家の庭を提供したこと。

リンダ夫人は実家の庭を気に入ってくれたこと。

母が亡くなったときに、手紙をくれて『気晴らしになるならN．Yに遊びにおいで』と気遣ってくれたこと……

『なんでも覚えているんですね』

他人のことなどどうでもいい時生は、すぐに人のことを忘れる。きっちり頭に入っているのは、仕事関係の人間だけである。

だが真那はそうではないらしい。社交界の人脈が全部頭に入っているようなのだ。

『そうかしら？　楽しい時間を過ごした相手のことは忘れないわ』

――うちの奥さんは、すごい。

それしか時生の頭の中にはない。時生の血を引いてしまった実那を、果たして真那のような社交上手に育てられるのだろうか。

さっきから考えているのはそれだけだ。

——無理だったら天国の奥様と旦那様に土下座しないと駄目だぞ、これは……！

焦る時生をよそに、真那はリンダ夫人と再会してもまったく動じなかった。

『ああ、リンダ夫人！　お会いするのは何年ぶりでしょう。やっとN．Yに来るお約束が果たせましたわ！』

——俺の口からは一生出そうにない台詞……

リンダ夫人は目を赤くして『なんて綺麗になったの！』と真那を褒め、一応時生も褒めて、幼い実那を『本当に可愛い赤ちゃん』と褒めてくれた。

——社交上手は褒め上手なんだな……

己を反省しつつ、時生は実那をあやすことに全力を注ぐことにした。

この場は真那に任せるのが唯一絶対の解だからだ。

真那は飾られた絵を『好きだ』と真っ先に褒め、リンダの服装を『ピアスが貴女にとても似合っている』と褒めて、会えてうれしいとハグしていた。

——そういうのが俺には無理なんですよ。庶民なんだな、根が。

時生は真那の社交の巧みさをただ見守っているしかできない。

腕の中の実那は知らない家に連れてこられて、大人しくしていた。

床に下ろすわけにはいかない。

その辺に置いてある家具一つに、いったいどれだけの価値があるのか……そう思うと怖くて下ろせないのだ。

「パパぁ……あのー……あのー」

二歳の実那が、言外に『そろそろ飽きた』と匂わせてくる。

そのとき、リンダ夫人が笑顔で時生に歩み寄ると『失礼、ミナを抱かせて』と言ってきた。

真那が頷くのを確かめ、時生は愛娘をリンダ夫人に委《ゆだ》ねる。

『退屈だったでしょう？　ごめんなさいね、ミナ、貴女のママを取ってしまって。遊んでいらっしゃい』

そう言って実那の頬にキスすると、リンダ夫人はためらいもなく、高価な家具だらけの御殿の中に実那を下ろした。

実那は一目散に、超高級ブランドの真っ白なソファに駆け寄っていく。

——こ、こ、こ、こらー！

時生は青ざめた。

なぜ幼児は親が『それだけは止めてね』と思うことを全部するのだろうか。

実那は嬉しそうにソファに這い上がると、ちょこんと腰掛けた。

フカフカの座面が楽しいのだろう。

小さな身体を揺すってご機嫌である。

——まずい……！

再度慌てて娘を抱き上げようとしたとき、リンダ夫人がしみじみと言った。

『なんて可愛いの』

『ありがとうございます』

『まだ二歳なのに、あんなにお利口にお座りして。さすがは真那の娘ね』

リンダ夫人はそう言うと、実那の隣に優雅に腰を下ろした。

『ミナ、座り心地はどう？』

リンダ夫人の問いかけに、実那がたどたどしい英語で答える。

『とても……よい……スキ』

その答えに、リンダ夫人は再び破顔した。

――一千万くらいするソファに子供が這い上がったのに……傷の心配なんてまったくしていない……

おそらく『普段使いの家具』に『子供がいたずらした』くらいでは、リンダ夫人は怒らないのだろう。

桁違いである。すべてが。

『孫が遊びに来るから、ここには子供に危険なものは置いていないのよ』

――いや置いてありますよね……別の意味で危ないものが山と置いてありますよね？

スーパーセレブの感覚についていけないまま、時生は汗だくで『はい』とだけ答えた。

「それでね、来週マイアミのリンダ夫人の別荘でパーティがあるから、私もお手伝いすることになったの。時生も来て」

ママ友にバザーの手伝いを頼まれた、というのと同じテンションで真那が言う。

わかっていたが、時生の愛妻は生まれながらの『最高のお嬢様』だ。

そんなところがリンダ夫人にも気に入られているのだろう。

「そのパーティに副大統領が来るっていうのは……」

「ええ、奥様とリンダ夫人が仲良しなんですって。ご挨拶《あいさつ》できるといいわね」

時生は実那を抱いたまま無言で目をつぶる。

アメリカでは多忙ながらも平穏なサラリーマン夫婦になって、真那と実那にはお金の苦労をさせないように暮らそう。

そう思っていたが、今は『真那は、自分と結婚して本当に良かったのだろうか？』と不安になっている。

これまでも何度か不安になったが、またなった。

懲《こ》りない男だと思う。

だが、生まれながらのお嬢様の底力は凄《すさ》まじすぎる。

真那が結んだご縁の力で、来週副大統領夫妻に会うなんて、考えるだけで気が遠くなりそうだ。

会社の上司は『素晴らしい、自分を売り込んでこい』と言うに決まっているが。

「あ、山田《やまだ》さんから子供達を遊ばせないかってメールが来たわ。行かない？」

真那がスマートフォンを見ながら言う。

山田というのは、日本から赴任してきた商社マン夫婦の姓で、住まいこそN．Yのミッドタウンウエストあたりの社員寮だが、一般人である。

普通のサラリーマンの専業主婦も、先ほどのリンダ夫人のような超絶セレブの奥方も、真那にとっては平等に付き合う『友人達』なのだ。

その感覚もすごい。

誰に対しても同じ態度で、同じように時間を使うのがすごすぎる。

たぶん副大統領夫妻と知り合いになっても、山田さんと先約があれば、真那はそちらを優先するのだろう。

時生だったら、もしかしたら、セレブを贔屓《ひいき》してしまうかもしれない。いや、一番贔《ひい》屓《き》してしまうのは真那と実那だが。

夢のようなアパルトマンの御殿を思い出しながら、山田夫妻の人の良さそうな笑顔を頭に浮かべる。

圧倒的に後者と会話している方が安心できる。

子供同士がおもちゃの取り合いをして、親同士は謝り合って、N．Y暮らしの不便さを愚痴ったり、子連れで入れる美味《おい》しい店の情報を交換し合ったり……

——やっぱり俺は普通のサラリーマンと話している方が落ち着きます。

そう思いながら、時生は真那を見つめる。

真那は真面目な顔で『是非今からお会いしましょう』というメールを作成していた。

「あの……真那さんって、不思議な人ですよね」

「そう？　私は普通よ」

「いや、普通じゃないんですって」

「そうなの？　時生に愛されているなら、どんな私でもいいと思っているけれど」

目を丸くした時生に、真那は微笑みかけた。

「だから、もしも私に嫌なところがあるなら言ってね」

……やはり、奥様はすごすぎる。時生の不定愁訴《ふていしゅうそ》めいた不安を、たった一言で消してしまえるのだから。

最愛の妻の掌《てのひら》の上で転がされていることを感じながら、時生は照れ混じりに答えた。

「いえ、自由な貴女に日々惚れ直しているので大丈夫です」

日本屈指の名家“山凪《やまなぎ》家”の侍従を代々務める家に生まれた里沙《りさ》は、山凪家の嫡男・光太郎《こうたろう》への恋心を隠しながら、日々働いていた。だが二十四歳になった彼女に想定外の話が降ってくる。それは光太郎の縁談よけのため彼の婚約者のフリをするというもので…!?　内心ドキドキの里沙だが、仕事上での婚約者だと、自分を律する。そんな彼女に、光太郎は甘く迫ってきて——

B6判　定価：704円（10%税込）　ISBN 978-4-434-27986-7

OLの華《はな》は近々、退職して留学する予定。…のはずが、留学斡旋会社が倒産し、払った費用を持ち逃げされてしまった。留学も仕事も住むところもなくなる華。そんな中、ひょんなことから営業部のエース外山《とやま》と一夜を共に！　さらに、自分のどん底状態を知った彼から「住み込み家政婦として俺の家で働かないか？」と提案されて――!?

B6判　定価：704円（10％税込）　ISBN 978-4-434-23649-5

本書は、2019年7月当社より単行本として刊行されたものに、書き下ろしを加えて文庫化したものです。


この作品に対する皆様のご意見・ご感想をお待ちしております。

おハガキ・お手紙は以下の宛先にお送りください。

【宛先】

〒150-6008 東京都渋谷区恵比寿4-20-3 恵比寿ｶﾞｰﾃﾞﾝﾌﾟﾚｲｽﾀﾜｰ 8F
（株）アルファポリス　書籍感想係

メールフォームでのご意見・ご感想は右のＱＲコードから、
あるいは以下のワードで検索をかけてください。

アルファポリス　書籍の感想　検索

ご感想はこちらから

エタニティ文庫

贖罪婚《しょくざいこん》～それは、甘《あま》く歪《ゆが》んだ純愛《じゅんあい》～

栢野《かやの》すばる

2023年4月15日初版発行

文庫編集－熊澤菜々子
編集長－倉持真理
発行者－梶本雄介
発行所－株式会社アルファポリス
〒150-6008 東京都渋谷区恵比寿4-20-3 恵比寿ｶﾞｰﾃﾞﾝﾌﾟﾚｲｽﾀﾜｰ8F
TEL 03-6277-1601（営業）　03-6277-1602（編集）
URL https://www.alphapolis.co.jp/
発売元－株式会社星雲社（共同出版社・流通責任出版社）
〒112-0005 東京都文京区水道1-3-30
TEL 03-3868-3275
装丁イラスト－天路ゆうつづ
装丁デザイン－ansyyqdesign
印刷－中央精版印刷株式会社

価格はカバーに表示されてあります。

落丁乱丁の場合はアルファポリスまでご連絡ください。

送料は小社負担でお取り替えします。


ISBN978-4-434-31890-0 C0193